Patricia A. McKillip
Winterrose

Waldwiese ∞ Nial Lynn - Großvater
← Tearle " - Vater
Corbet " - Sohn

SERIE PIPER

Zu diesem Buch

Wie aus dem Nichts taucht Corbet Lynn in dem armen Dorf am Rand des großen Waldes auf und will das vor fünfzig Jahren verlassene Anwesen seiner Vorfahren wieder bewirtschaften. Ein Fluch lastet angeblich auf ihm und seiner Familie. Doch ist das der Grund für die mysteriösen Ereignisse, die die Dorfbewohner in Angst und Schrecken versetzen? Die naturverbundene, heilkundige Rois erliegt Corbets faszinierender Ausstrahlung und verliebt sich in ihn. Ein düsteres Geheimnis verbindet die beiden, und Rois fühlt sich vom Zauberwald der Elben immer stärker wie magisch angezogen. »Winterrose« ist eine poetisch erzählte, phantastische Liebesgeschichte, die alte Märchenmotive mit der geheimnisvollen Atmosphäre der Schwarzen Romantik verbindet.

Patricia A. McKillip, geboren 1948 in Oregon/USA. Nach längeren Aufenthalten in Deutschland und England und einer ersten Berührung mit Fantasy-Literatur, studierte sie an der San José State University Literaturwissenschaft. Sie veröffentlichte erfolgreiche phantastische Romane und erhielt neben zahlreichen anderen Auszeichnungen den renommierten World Fantasy Award.

Patricia A. McKillip

Winterrose

Ein Fantasy-Roman

Aus dem Amerikanischen von
Anne Löhr-Gößling

Apotheke S. 27 f

Piper München Zürich

Ungekürzte Taschenbuchausgabe
Piper Verlag GmbH, München
September 1999

Titel der amerikanischen Originalausgabe:
»Winter Rose«, Ace Books, New York 1996

Umschlag: Büro Hamburg, Andreas Rüthemann
Umschlagabbildung: Dr. Fred Weidmann
Foto Umschlagrückseite: Kate Kincheloe
Satz: KCS GmbH, Buchholz/Hamburg
Druck und Bindung: Clausen & Bosse, Leck
Printed in Germany ISBN 3-492-22693-0

Für uns alle

1

Später hieß es, er sei auf einem buttermilchfarbenen Pferd ins Dorf geritten, aber ich sah, wie er aus dem Wald gelaufen kam.

Ich kniete an der Quelle und hatte gerade meine Lippen mit Wasser benetzt. Die Quelle war eines der Geheimnisse des Waldes: ein tiefer Urquell, klar wie das Licht, der hinter einem Vorsprung dunkler Steine verborgen lag, an dem sich den ganzen Sommer hindurch wilde Rosen herabrankten, weiß wie Schnee und rot wie Blut. Unter ihren süßen Duft mischte sich etwas Schattenhaftes, Unheimliches: der Geruch von Erde, Wasser, nassem Stein. Ich schob die herabfallenden Rosen zur Seite und sah auf mein eigenes Spiegelbild hinunter.

Corbet, so nannte er sich gegenüber den Dörflern. Aber ich erkannte ihn, bevor er überhaupt einen Namen hatte.

Mein Name ist Rois und doch sehe ich ganz und

gar nicht wie eine Rose aus. Das weiß ich vom Wasser. Das Wasser lügt nie. Ich sehe mehr wie eine Amsel aus, mit meinen schwarzen Haarsträhnen und mit Augen, deren Bernsteinfarbe stärker leuchtet als das sonnige Gelb von Amselaugen. Meine Haut eignete sich nicht für Märchen, denn ich stand gern im Licht, mit geschlossenen Augen und der Sonne zugewandtem Gesicht. So sah ich ihn zuallererst: als Lichtstrahl, aus dem sich dann eine Gestalt löste. So schien es. Ich bewegte mich nicht. Leise ließ ich das Wasser an meinem Handgelenk hinablaufen. Aus verschwommenem Gold zeichneten sich seine Haare ab. Und dann blinzelte ich und sah sein Gesicht deutlicher.

Da habe ich wohl ein Geräusch gemacht. Vielleicht habe ich mich zwischen dem Wildfarn bewegt, vielleicht geseufzt. Er sah zu mir herüber, aber das Licht war zu stark. In seinen Augen muss ich wie ein unscharfer Schatten erschienen sein.

Dann trat er aus dem Licht.

Natürlich dachte ich über ihn nach, zuerst in der Weise, wie man über das Wetter oder die Zeit nachdenkt, über etwas, das immer irgendwo einen Platz am Rand der Gedanken hat. Er kam mir nicht wirklich vor, gerade so wie etwas, das ich an einem heißen Sommertag erträumt hatte, während ich Wasser trank, das nach Rosen und Stein schmeckte. Ich erinnerte mich an seine merkwürdigen Augen, die schweren Lider, die Farbe. Dann dachte ich an seine Haare. Als ich ihn ein oder zwei Tage später sah, war ich überrascht.

Ich pflückte Wildlilien, Geißblatt und Tränendes Herz, die meine Schwester Laurel liebte. Lange noch blieb ich im Wald und sah hin, aber er war fort. Der Himmel nahm die Farbe der Brust einer Trauerschwalbe an, bevor ich zwischen den Bäumen hervorkam. Dann fiel mir die Zeit ein. Ich war müde und hungrig und wünschte mir, ich wäre hinüber zum Wald geritten. Ich wünschte mir, ich hätte Schuhe an. Aber ich hatte gelernt, wo man wilden Ingwer finden konnte und bei welchem Baum Honig aus einer Holzspalte blutete und wo Brombeeren reiften. Mein Vater verzweifelte an mir, meine Schwester wunderte sich über mich. Aber meine Verzweiflung war größer, wenn ich meine Verwunderung in einen Käfig einsperrte wie einen wilden Vogel. An bestimmten Tagen ließ ich sie frei herumfliegen und folgte ihr. An solchen Tagen fand ich den Honig und die geheime Quelle und die Alraune.

Meine Schwester Laurel ist ziemlich schön. Sie hat kastanienbraunes Haar, eine Haut wie reife Pfirsiche und große graue Augen, die Dinge zu sehen scheinen, die für andere nicht erkennbar sind. Dabei sieht sie gar nicht so gut; ihre Welt ist einfach und durch und durch menschlich. Ihre Stirn hebt und wölbt sich besorgt, wenn sie auf Zweideutigkeiten stößt oder manchmal nur auf mich. Jeder im Dorf liebt sie. Sie ist sanft und liebenswürdig. Im nächsten Frühjahr sollte sie heiraten.

Als ich in jenem Zwielicht barfuß und mit einem Rock voller Blumen heimkam, war Perrin, ihr Geliebter, da. Perrin sah mich wie immer entsetzt an und schüttelte den Kopf.

»Barfuß. Und das Haar voller Rosenblätter. Du siehst aus wie etwas, das unter einem Pilz gezeugt wurde.«

Ich steckte ihm einen Geißblattstängel ins Haar und meinem Vater einen Stängel Tränendes Herz. Ich glitt nach vorn, um ihm eine Kette kleiner Herzen verlockend vor die Nase zu halten. Wir lachten. Er richtete einen dicken Finger auf mich.

»Es wird Zeit, dass du aufhörst, zwischen Farnen herumzuspringen, dir Schuhe anziehst und endlich etwas von der praktischen Art deiner Schwester abbekommst.« Er trank sein Bier, wobei die Herzen immer noch über seiner Nase zitterten. Ich nickte ernst.

»Ich weiß.«

»Das sagst du so«, brummte er. »Aber du hörst ja doch nicht zu.« Er schob sich den Blumenstängel hinters Ohr und trank noch mehr Bier.

»Weil du ja auch nicht wirklich meinst, was du sagst.« Ich ließ alle meine Blumen in Laurels Schoß fallen und stellte mich hinter ihn, um die Arme um seinen Hals zu legen. »Du liebst mich so, wie ich bin. Außerdem, wer wird sich um dich kümmern, wenn Laurel heiratet?«

Er schnaubte, während er meine Hände tätschelte. »Du kannst dir ja nicht einmal merken, dass du abends die Türen schließen musst. Meiner Meinung nach brauchst du jemanden, der für dich sorgt, bevor du in einen Teich stolperst und ertrinkst oder vom Baum fällst.«

»Seit Jahren schon«, so log ich mit einiger Würde, »bin ich nicht mehr auf einen Baum geklettert.«

Perrin machte ein empörtes Geräusch. »Erst letzten Herbst habe ich dich auf einem Pfirsichbaum in der Nähe der Ruine des alten Lynn gesehen.«

»Ich hatte Hunger. Das zählt nicht.« Ich ließ meinen Vater los und griff nach Brot, da ich immer noch hungrig war. Er seufzte.

»Setz dich wenigstens hin. Wenn du schon keinen Gedanken daran verschwendest, dir die Farnblätter aus den Haaren zu zupfen oder die Hände zu waschen oder sonst etwas im weitesten Sinn Zivilisiertes zu tun. Wie willst du je einen Mann finden?«

Ich setzte mich. Ein Gesicht wandte sich mir aus dem Licht zu und einen Augenblick lang vergaß ich zu atmen. Dann schluckte ich Brot hinunter, während Laurel, die Blumen aus ihrem Schoß auflas, liebenswürdig sagte: »Vielleicht will sie ja keinen. Nicht jede will einen Mann.« Aber ihre Stirn kräuselte sich zu jenem kleinen, besorgten Runzeln. Ich schwieg, fasste Vorsätze und verwarf sie allesamt als sinnlos.

»Ich will tun«, sagte ich knapp, »was ich tun will.«

Wir lebten angenehm in dem weitläufigen, reetgedeckten Bauernhaus, das mit dem Alter schief geworden war. Im Laufe von Jahrhunderten hatten Schritte die Fliesen ausgehöhlt, die Böden hatten sich mehr oder weniger zufällig in die Erde gesenkt, Türrahmen neigten sich, Decken hingen durch.

Noch andere Dinge widerfahren alten Häusern, die nur ich zu bemerken scheine. Gerüche waren ins Holz gewoben, sodass in bestimmten Momenten die Luft unerwartet nach Lavendel oder frisch gebackenem Brot duftete. Nachts spiegelten sich manchmal in den Fenstern andere Feuer, die Schatten anderer Gesichter. Spinnen webten in hohen, schattigen Winkeln Netze, die mit den Jahren immer feiner wurden, als ob jede Generation ihrem geerbten luftigen Palast noch etwas hinzufügte. Manchmal fragte ich mich, ob sie mit uns aussterben oder ihre komplizierten Behausungen auch verlassen würden, wenn wir gingen. Aber ich bezweifelte, dass ich darauf je eine Antwort bekäme: Mit seinem Weizen und den Apfelgärten, seinen Scheunen und Ställen wurde mein Vater nur noch reicher und wenigstens würde die Ehe meiner Schwester ihm Erben für sein Haus und seine Spinnen bescheren.

Perrin sah mich mit dem objektiven, grüblerischen Ausdruck an, den er jedes Mal bekam, wenn er sich vorzustellen versuchte, wer von den Dorfbewohnern von mir bezaubert sein könnte. Mir fiel keiner ein. Sie waren eine nüchterne Truppe, auch wenn sie mittlerweile wegen der Heilsalben und Tees kamen, die ich von meinen Beutezügen im Wald mitbrachte. Selbst der unkomplizierte Perrin wäre an mir verzweifelt. Und ich würde nie bleiben, wo ich nicht frei wäre; ich würde einfach zur Tür hinausgehen und verschwinden, Eheversprechen hin oder her.

Hin und wieder machte mir das Angst, erfüllte mich mit einer drängenden, kopflosen Verzweiflung, so als ob mir etwas Lebenswichtiges fehlte – ein Arm, ein Auge – und ich nicht wüsste, was mir fehlte und was andere Leute hatten, um vollständige Menschen zu sein. Meistens aber war es mir egal. Nett wäre es, dachte ich, einen Perrin zu haben mit diesem eigenwilligen pechschwarzen Haar, das ich glatt streichen, oder mit solchen Schultern, die ich unter meinen Händen formen könnte. Aber nicht diesen Perrin. Auch keinen, mit dem ich aufgewachsen war. Nicht einmal einen von denen, die ruhelos aufgebrochen waren, um ihr Glück anderswo zu suchen.

Laurel erhob sich, um die Blumen ins Wasser zu stellen. Ich knabberte an diesem und jenem: einem

Hähnchenflügel, einem Löffel voll Rosinen und Walnüssen in einer süßen klebrigen Soße, von der unsere Köchin Beda wusste, dass ich sie liebe. Sie liebte die wilden Kräuter und Pilze, den Ingwer und die Hagebutten, die ich ihr brachte. Alle anderen hatten gegessen und darauf gewartet, dass ich heimkäme. Mein Vater holte seine Pfeife hervor; Laurel stellte Blumen in Nischen und Ecken; Perrin fand Laurels Flöte, blies sanft hinein und stimmte eine alte Ballade von Liebenden an, die auf Erden getrennt und im Grab wieder vereint wurden. Noch vor Ende der ersten Strophe fuhr Laurel ihn an: »Spiel das nicht.«

Wir alle blickten zu ihr auf, erstaunt. Ihr Gesicht verfärbte sich; abrupt wandte sie sich ab und verschob eine Vase ein wenig.

Perrin sagte schnell: »Tut mir Leid, Liebes.«

»Das bringt Unglück.«

»Es ist nur eine alte Ballade«, sagte ich, immer noch über ihren Tonfall erstaunt. Sie war so selten ärgerlich oder unbeherrscht. »Wir alle haben sie schon hundertmal gesungen.«

Sie schwieg. Dann schüttelte sie sich leicht und wandte sich wieder uns zu, wobei auf ihrem Gesicht ein sanftes, entschuldigendes Lächeln erschien. »Ich weiß. Es ist nur … Ich will jetzt nicht an ein solches Unglück denken.«

Perrin streckte wortlos eine Hand aus. Sie ging zu ihm und nahm seine Hand zwischen ihre beiden. »Spiel nur glückliche Lieder«, befahl sie ihm. Ihre Stimme klang leicht, aber ihr Lächeln war erloschen, bis er sprach.

»Ich werde also«, sagte er ernst, »›Die Ballade der Schweinetrogtaverne‹ spielen.«

Da ließ sie ihn los und stupste ihm mit einem leeren Bierkrug an den Kopf. »Das wirst du nicht tun. Spiel das ›Lied des Seemanns an seine Herzdame‹ oder ich werde dich nie wieder lieb haben und du kannst die Bänder und das geblasene Glaspferd und all deine Gedichte zurückbekommen.«

»Gedichte!«, riefen unser Vater und ich gemeinsam aus und Perrin wurde so rot wie ein Hahnenkamm. Aber er lachte und Laurel ebenfalls und schließlich kam es nur darauf an.

Ein oder zwei Tage später erfuhr ich seinen Namen.

Ich hatte meine Stiefel angezogen, mein Haar geflochten und war mit unserem Vater und einem Wagen voller Apfelkorn, der in kleinen Eichenfässern gereift war, ins Dorf gefahren. Während er sie im Dorfwirtshaus ablieferte, brachte ich einen Topf, der geflickt werden musste, in die Schmiede und kaufte Bänder für die Säckchen mit getrockneten Blütenblättern für Laurel, die sie zwischen ihre Hochzeitswäsche legen konnte. Das Dorf bestand aus einigen verstreuten Häusern, einem schlichten Gasthaus, einer verfallenden Spelunke, einer Apotheke, der Schmiede, einem Stall, einem Bäcker, einem Weber, einem Kerzendreher, der Mühle und einem Anger in der Mitte, wo Gänse, des Webers Schafe und die Kuh des Gastwirts grasten. Als ich ins Gasthaus kam, um meinen Vater abzuholen, hörte ich, wie Crispin, der träge Sohn des Schmieds, sagte: »Mein Großvater erinnert sich an alles: wie sein Vater und Großvater miteinander kämpften und der Sohn den Vater tötete und der Großvater mit seinem letzten Atemzug die Familie mit einem Fluch belegte.«

Es dauerte einen Moment, bis irgendjemand begriff. Mein Vater sagte: »Warte mal …«

»Sein Enkel«, Crispin nickte, »wer sonst!« Er hatte ein schönes Lächeln und eine sanfte, angenehme Stimme, die einen die Zeit vergessen ließ, die sie verschwendete. Er nippte an seinem Bier und klärte dann meinen Vater auf. »Corbet ist sein Name. Corbet Lynn. Sein Vater ist gestorben und er ist hergekommen, um sein Erbe anzutreten.«

»Diesen alten Trümmerhaufen?« Travers, der Wirt, schüttelte den Kopf und wischte eine Bierspur auf, die das Glas meines Vaters hinterlassen hatte. »Das Land muss ein Vermögen wert sein, aber wo will er wohnen? Das Gutshaus ist eine Ruine. Nichts als ein verfallener Mauerrest, der von wildem Wein überwuchert ist. Der Wald holt es sich zurück. Will er das Land verkaufen?«

»Er hat zu meinem Vater gesagt, nein. Er beabsichtigt zu bleiben. Er ist jetzt da draußen.« Sein Blick fiel auf einen Rock und langes Haar im Türrahmen und er lächelte; er brauchte kein Gesicht zu sehen, die Andeutung einer Gestalt reichte, um ihn derart gefangen zu nehmen. »Rois.«

Mein Vater wandte sich flüchtig zu mir um. Aber seine Aufmerksamkeit galt einem anderem. »Corbet.«

Crispin nickte. »Kam durch das Dorf geritten, auf einem Pferd so weiß wie Milch«, sagte er munter. »Oder wenigstens wie Buttermilch. Hübsch. Hat an der Kreuzung ein Hufeisen verloren. Deshalb erfuhren wir die Geschichte zuerst.«

»Sein Vater ist nicht gehenkt worden?«, fragte der Wirt.

»Nein. Er verschwand. Niemand hat sehr gründlich nach ihm gesucht. Mein Großvater sagte, Nial Lynn musste ja so enden. Jedenfalls hat keiner was gesehen.«

»Aber wie ...«

»Niemand hat zugegeben, etwas gesehen oder gehört zu haben. Aber irgendwie wusste jeder, wer das Blut in Lynn Hall vergossen hat und wie die Familie verflucht wurde.«

»Was war das für ein Fluch?«, fragte ich, genauso entzückt über solche Leidenschaften in unserer ruhigen Welt wie jeder andere und ebenso skeptisch.

»›Mögen die Deinen dir antun, was du mir angetan hast.‹ Daran erinnert sich mein Großvater.«

Mein Vater hatte die Brauen hochgezogen. Er beglückwünschte sich selbst, das konnte ich sehen, für die Klugheit nur Töchter bekommen zu haben. »Und hat er?«

Crispin zuckte die Schultern. »Seinen Vater getötet? Hat er nicht erwähnt. Er hat das Gesicht seines Großvaters. Hat meiner gesagt. Aber vielleicht erinnern sich andere anders. Er wirkte jedenfalls einigermaßen fröhlich.«

Meine Füße wollten mittlerweile aus den Stiefeln heraus.

»Vater«, sagte ich und er stand auf. Crispin lächelte mir wieder zu und hob sein Bier.

Ich drehte mich um, lief in das heiße Mittagslicht hinaus und sah ihn mit seinem blassgoldenen Haar und den lichterfüllten Augen, wie er auf seinem buttermilchfarbenen Pferd über das grüne Gras ritt, so als ob er so menschlich wäre wie wir alle und nicht etwas, das aus dem Licht heraus in die Zeit getreten war. Ich konnte mich nicht bewegen; ich konnte nicht atmen. Und dann, als habe er meine Gedanken gelesen, trafen seine Augen meine. Blasses Grün schien mich zu durchschmelzen und ich dachte: Wie könnten sie auch eine andere Farbe haben?

»Rois«, sagte mein Vater und seine Augen ließen mich los und ich konnte mich wieder bewegen.

2

Der Sommer war beinahe vorüber, als ich mit ihm sprach. Hin und wieder wehte ein launischer Windzug seinen Namen zu mir. Er hatte verschiedene Dörfler angeheuert, einschließlich des trägen Crispin, damit sie ihm halfen, verdorrte Wurzeln und Pflanzen aus dem Inneren des alten Gutshauses zu entfernen. Crispin arbeitete meiner Meinung nach nur aus Neugier auf den Mann, der verflucht war zu morden und ermordet zu werden. Als das Fundament sichtbar wurde, heuerte er weitere Dörfler an, die Steinmauern wieder zusammenmörteln und allmählich die überwucherten Felder freiräumen sollten. Manchmal trieb ich mich zwischen den Bäumen in dem tiefen Wald hinter dem Gutshaus herum. Ich erblickte ihn hoch auf den Steinmauern, wo er einen Dachbalken dirigierte, der von Seilen herabhing, oder in einem Raum zwischen drei Wänden, wo er einen Kamin inspizierte, der im

Leeren stand. Nie sah ich ihn aus der Nähe. Seine bewegliche Gestalt, die hochgerollten Ärmel und der Nacken, den sein Hemd freiließ, seine Art, sich beiläufig den Schweiß vom Gesicht zu wischen und nach Wasser zu rufen, machten nicht den Eindruck, als sei er ein verfluchter Mann oder ein Wesen, das sich selbst im Sommerwald erschaffen habe und in die Menschenwelt getreten sei.

Aber ich hatte ihn gesehen, bevor er ein Gesicht hatte.

Bei den Alten, deren Erinnerungen die Zähne überdauert hatten, wurde der Fluch an heißen Nachmittagen das Thema langer und weitschweifiger Auseinandersetzungen. Jede Variation, in Blut geboren und mit Gefahren versehen, lenkte unser Interesse auf den Mann, der sein Haus wieder aufbaute, als ob das Unvermeidliche über seinem Kopf schwebte, während er sich über seine Arbeit beugte. Und wir konnten nur raten, ob er von einem Blitz getroffen würde, noch bevor er von seinem Dach stürzte oder bevor Crispin einen Hammer auf seinen Kopf fallen ließe.

»Meine Mutter hat heute Shave Turls alte Tante vor dem Haus des Webers getroffen«, erzählte Perrin am Ende eines atemlosen Tages, als die Luft so schwer und voll geschmolzenen Lichts erschien, dass jeder Gold statt Salztropfen schwitzte. Perrin hatte auf seinen Feldern geerntet; er hatte Stroh im Haar und Stoppeln auf dem Kinn. Wir saßen draußen, beobachteten die Vögel der Dämmerung, wie sie in der zitternden Luft kreisten, und warteten auf einen Blitz. Laurel arbeitete wie gewöhnlich an solchen Abenden an etwas Zartem, nähte Spitze auf einen Kissenbezug oder bestickte ein Taschentuch mit Perrins Initialen.

Beim Klang seiner Stimme blickte sie auf. Unser Vater schnaufte und zog an seiner Pfeife. »Er hat sogar Shave zum Arbeiten gebracht«, kommentierte er. »Shave hat noch keine drei Tage in diesem Jahr gearbeitet. Seine Knochen sind zu zart. An manchen Tagen tragen sie ihn nicht einmal aus dem Bett heraus.«

»Seine Tante hat gesagt, Crispins Großvater erinnere sich ganz falsch an den Fluch und sein Kopf sei voller Schafwolle.«

Wieder schnaufte mein Vater, diesmal interessierter. »Und woran erinnert sie sich? Vermutlich war sie dabei in Lynn Hall und schaukelte in einem Stuhl neben dem großen Kamin, während der Junge seinen Vater tötete.«

Perrin zuckte die Achseln. »Wer weiß?«

»Jeder scheint was zu wissen.«

»Erzähl weiter«, sagte ich ungeduldig und zog meine Arme fester um die Knie. Ich saß barfüßig im Gras und der Rocksaum umspielte meine Knie. »An welchen Fluch erinnert sie sich denn?«

»Sie sagt, Nial Lynn habe mit seinem letzten Atemzug zu seinem Sohn gesagt: ›Kummer und Leid und Bitterkeit werden dich und die Deinen und deine Kinder verfolgen, bis Lynn niedergeht und sich wieder erhebt.‹«

Mein Vater runzelte die Stirn. »Das hat er alles in einem Atemzug gesagt?«

»Was hat er damit gemeint?«, fragte Laurel neugierig. »Bis Lynn niedergeht und sich wieder erhebt. Das Haus? Die Familie?«

»So genau konnte Shaves Tante das nicht sagen.«

»Das ist ein passender Fluch, wo sich doch das Haus schon erhebt.« Mein Vater klopfte seine Pfeife an einem Stein aus. Ich blickte über den dunkler werdenden Wald und wünschte mir, ich wäre etwas Wildes, das in der Nacht umherschweift. Ich wollte durch das Mondlicht laufen bis zum Gutshaus, wo im alten Rosengarten die wilden Rosen zwischen den gezüchteten wuchsen. Und dann wollte ich von einem Versteck aus sehen, was aus ihm würde, wenn das Mondlicht ihn berührte.

Ich bewegte mich unruhig. Laurel legte eine Hand auf meine Schulter und sagte sanft: »Kannst du für mich Lavendel suchen oder Rosen – etwas Süßes, das meinem Hochzeitsstoff Duft verleiht, bis ich ihn verarbeite?« Sie hatte meine Regung gespürt. Ich hatte ihr schon so viel Lavendel zum Trocknen gebracht, dass das ganze Haus danach roch.

Ich nickte wortlos. Perrin hielt schnuppernd die Nase in die Luft. »Noch kein Regen.« Er war unruhig und wollte mit der Ernte fertig werden. Danach könnte die Welt um ihn herum ertrinken. Eine solche Stille schien geladen, gefährlich: Wenigstens sollte man Schlangenzungen über die trockenen Blätter züngeln hören oder leises, entferntes Donnergrollen.

Laurel lehnte sich zurück. »Es ist zu heiß zum Nähen. Meine Nadel sticht mir in die Finger und ich weiß nicht mehr, was ich tue. Ich weiß kaum noch deinen Namen, Pernel. Oder heißt du Perekin?«

»Nicht«, hauchte Perrin, dessen Gesicht im Dunkeln lag. Sie lachte und legte ihre Hand auf seinen Arm. Sie wurden beide komisch und neigten zu Unsicherheiten und abergläubischen Gedanken über ihre

Liebe. Wahrscheinlich würden sie kurz vor ihrer Hochzeit unerträglich sein. Und dann würden sie ihre Zweifel ebenso leicht vergessen wie mitternächtlichen Regen.

Sie zog ihre Hand wieder fort, ihr Lachen verebbte. »Es ist zu heiß ...« Ihre Stimme klang fremd; wäre ich ein Tier, hätte ich ein Ohr aufgestellt. Ich konnte sie nicht sehen; alle unsere Gesichter waren dunkel geworden. Wäre ich ihre Flöte gewesen, hätte ich eine Melodie in Moll gespielt. Wäre ich sie gewesen, hätte ich eine ruhelose Bewegung in der heißen, süßen Nacht gemacht. Ich hätte berühren und nicht berühren wollen. Ich hätte meinen Namen verlegt.

Die nächste Woche brachte einen weiteren Fluch ans Licht.

Perrin hatte sein Korn eingefahren. Er half unserem Vater, noch vor dem Regen mit dem Heu fertig zu werden. An jedem Abend nahmen die Wolken am Horizont die Farbe von Blutergüssen oder überreifen Pflaumen an. Die Luft schien, wie wir, nach Regen zu lauschen. Aber der Regen kam nicht. Die Arbeit auf den Feldern und die Arbeit in Lynn Hall gingen weiter.

Laurel, die Corbet Lynn noch nicht gesehen hatte, brachte den nächsten Fluch nach Hause. Sie war ins Dorf gefahren, um gefärbtes Garn, Knöpfe aus Knochen und noch mehr Leinen zu kaufen, das sie offensichtlich in außerordentlichen Mengen brauchte. Sie kam beladen mit Dorfklatsch zum Abendessen.

»Leta Gett hat sich wieder einen Knochen gebrochen und ist ans Bett gefesselt. Ich habe Beda gebeten ihr etwas Suppe zu bereiten.« Sie reichte mir kalten Braten und Salat. Es war immer noch zu heiß, um warm zu essen. Perrin und unser Vater tranken Bier und sahen beide so aus, als hätten sie irgendwann im Laufe des Tages ihre Köpfe in welches eingetunkt. Ihre Augen waren rot vor Müdigkeit, ihr Haar stand steif ab und sie trugen Dreitagebärte, die sie oft abwesend kratzten, aber nicht abrasieren wollten, bevor das Heu eingebracht war. Wieder aßen wir draußen, dicke Kerzen rauchten und vertrieben die Insekten. »Ich dachte, eine von uns beiden könnte sie ihr morgen bringen, Rois. Du könntest ihr einige Wildblumen besorgen.« Ich gab einen unverbindlichen Laut von mir, da ich den Mund voller Radieschen hatte. Laurel berührte meinen Arm und senkte ihre Stimme, wodurch sie die Aufmerksamkeit der Männer auf sich zog. »Und einen kleinen Skandal gibt es auch: Crispin muss heiraten.«

Ich schluckte etwas herunter, das sich wie ein ganzes Radieschen anfühlte. »Wen?«

»Aleria Turl.«

Ich sog laut die Luft ein, wie eine richtige alte Klatschtante. »Aleria – die ist doch noch ein Kind! Und dumm wie ein Kürbis.«

Perrin grinste. »So jung ist sie auch nicht mehr und auf Crispin hatte sie schon ein Auge geworfen, als sie sieben war. Vielleicht arbeitet er deshalb plötzlich so hart.«

»Der nimmt das Geld und haut ab«, brummte unser Vater.

Perrin schüttelte den Kopf. »Das glaub ich nicht. Er ist immer noch hier. Wenn er verduften wollte, hätte er das in dem Augenblick getan, als sie es ihm sagte. Und er kann nicht bestreiten, dass es seines ist, wo doch jeder weiß, dass sie immer nur Crispin wollte. Und jeder kennt sie. Er wird bleiben.«

»Er wird abhauen«, sagte mein Vater knapp.

»Er ist zu faul abzuhauen.«

»Er bringt es nicht fertig zu heiraten.«

»Doch.« Perrin blieb dabei. »Der wird seine vertraute Umgebung nicht verlassen.«

Laurel sah mich an; ich schüttelte den Kopf. Ich kannte sie beide und anscheinend doch überhaupt nicht. Dass Crispin ein Mädchen schwängerte, das Augen wie Stachelbeeren hatte und einen strichdünnen Mund, erschien mir unvorstellbar. Niemand wäre eine Wette darauf eingegangen, dass er Geheimnisse haben könnte, die ihn so heftig von seinem gewählten Kurs, so wenig wie möglich zu tun, abbringen konnten. Und doch war es so.

»Ein Fass von deinem Apfelkorn gegen einen Kasten von meinem Bier«, sagte Perrin hoffnungsvoll, »dass er hier bleibt und sie heiratet.«

»Wann?«, fragte ich Laurel. Sie lächelte leicht, reuevoll, über die Wette oder über Aleria.

»Ende des Sommers«, sagte sie. »Wie lang wird sie schon warten können? Und das ist noch nicht alles – ich habe einen weiteren Fluch aufgetan.«

»Die gibt es allmählich«, sagte unser Vater mit einem Klaps auf seinen Schenkel, »wie Sand am Meer.«

»Welchen?«, fragte Perrin und kaute knackend Sellerie. Ich stützte mein Gesicht auf die Hände, starrte Laurel an und wunderte mich über all das drohende unsichtbare Unheil, das sich über Generationen hinweg über jemandem zusammenbraute, der noch nicht einmal geboren gewesen war, als man ihn verfluchte – wenn er überhaupt jemals geboren worden war.

»Leta fiel er ein«, sagte Laurel. »Sie hatte wegen ihrer Hüftschmerzen etwas Portwein getrunken und ihre Dachstube ausgekehrt, wie Caryl Gett es nennt.«

Perrin kicherte. »Erzähl weiter. Was hat sie da oben gefunden?«

»Dass Nial Lynn seinen Sohn mit seinem letzten Atemzug folgendermaßen verfluchte: ›Du bist der Letzte von uns und wirst als Letzter sterben: So viele du auch haben magst, deine Kinder werden nie deine eigenen sein.‹«

Wir schwiegen; merkwürdigerweise erschien uns dieser Fluch schrecklicher als die anderen.

Perrin brach das Schweigen. »Wenn das stimmt, wer ist dann im Wald und baut Lynn Hall wieder auf?«

Ich wandte den Kopf, um ihn anzusehen. Aber es war keine echte Frage; er wartete nicht auf eine Antwort. Er gab sich einen Ruck, seufzte und ging zu Laurel für einen Kuss.

»Danke«, sagte er. »Ich muss bei Tagesanbruch raus.«

»Ich weiß.«

»Wirst du mich vermissen?«

»Und du?«

An dieser Stelle stand ich auf und spazierte über das Gras. Ich hörte, wie unser Vater Beda rief, damit sie den Tisch abdeckte. Ich blieb stehen und sah über die halb gemähten Felder zu der Stelle, von der ich wusste, dass Lynn Hall dort im Mondlicht badete, zerbrochen und noch nicht wieder heil, immer noch Licht und Regen ausgesetzt und allem, was sich bewegte.

»Rois«, rief Laurel und ich wandte mich widerstrebend um. Ein einzelner Regentropfen traf meinen Mund, als ich hineinging. Weitere platschten auf die Stufen und verschwanden im Nu auf dem warmen Stein. Ich sah auf, aber es war nur eine vorbeiziehende Wolke, ein Bote dessen, was noch kommen sollte.

Am nächsten Tag brachte ich Leta Gett die Suppe. Ich wollte hören, was ihr noch zu dem Fluch und Nial Lynn einfiel. Wer hat Ihnen das erzählt?, wollte ich fragen. Waren Sie dort? Wer war dort, der den Mord gesehen und Ihnen von dem Fluch erzählt hat? Was hat Nial Lynn seinem Sohn angetan, das diesen zum Mord trieb? Und weswegen war Nial so verhasst, dass jeder wegsah, als der Mörder floh? Und wenn jeder wegsah, wer sah dann das Geschehen und hörte den Fluch?

Aber Leta Gett schlief tief und fest. Ihre Tochter Caryl nahm die Suppe und die wilden Lilien entgegen, die ich mitgebracht hatte. Als ich mich nach dem Fluch erkundigte, schüttelte sie nur den Kopf und seufzte.

»Es war ein langer Winter und zu viele Leute hatten zu wenig zu tun, außer zusammen Geschichten zu spinnen. Nial Lynn wurde ermordet, sein Sohn verschwand, aber niemand war da, der Nials letzte Worte in der Angelegenheit hörte, wenn er überhaupt welche geäußert hat.« Dann lächelte sie. »Genau das tun wir jetzt wieder: zusammen Geschichten spinnen. Rois, würdest du meiner Mutter einen Tee gegen die Schmerzen mischen? Sie kann nicht immerzu Portwein trinken.«

Ich versprach es. Das verschaffte mir einen Vorwand, in den Wald zurückzugehen und nach Kamille und Frauenschuh zu suchen. Ich würde Wasser von dem geheimen Quell mitbringen, sagte ich mir und wusste dabei, dass ich nicht wegen Leta Gett, sondern um der Erinnerung willen dorthin ginge. Ich würde das süße Wasser trinken und das Licht beobachten ...

Ich überquerte den Anger und hörte die Schar, die draußen vor der Tür des Apothekers versammelt war: alte Männer und Frauen, die sich auf Bänken sonnten, während sie auf den von ihm gebrauten Trank warteten. Im Licht sahen ihre Haare silbern und weißgolden aus, ihre Haut wehte sanft wie Samt oder geschmolzenes Bienenwachs. Die knotigen Knochen ihrer Hände ähnelten den Wurzeln von Bäumen. Sie saßen eng beisammen und mit ihren Vogelstimmen stritten sie angeregt miteinander, ohne zuzuhören, einfach aus dem Wunsch heraus, sich zu erinnern. Sie hielten kurz inne, mit ihren vor Alter rauchigen Augen, gaben mir einen Namen, einen Ort. Und als ich dann die Apotheke betrat, fingen sie wieder an zu sprechen. Ich blieb im Schatten stehen, um zu lauschen.

»›... wirst in dem Jahr, der Stunde, der Minute sterben, in der ich sterbe, und alle deine Erben mit dir.‹«

»›... wirst hassen, wie ich hasste, und sterben, wie ich starb, und deine Söhne und deren Söhne ...‹«

»›... nie wieder deinen eigenen Namen aussprechen und niemand wird je erfahren, wann du starbst, und sogar dein Grabstein wird schweigen ...‹«

»›Niemand deines Namens wird dieses Haus wieder aufbauen noch werden die Felder für jemanden deines Namens Früchte tragen, denn ich vermache alles dem Wald und das ist mein letzter Wille.‹«

Plötzlich fühlte ich mich leer, als ob ich unter all ihren Stimmen die des Sterbenden gehört hätte. Der Apotheker, der ein Kobaltgefäß füllte, sagte leichthin: »So sind sie schon seit Tagen; da haben sie was zu tun. Geschichten von den Toten zu erzählen erinnert sie daran, dass sie noch leben. Wolltest du etwas, Rois?«

Ich schüttelte den Kopf und schluckte. »Nur sie hören. Nur eine Antwort.«

Er hielt inne, verkorkte dann sein Gefäß. »Ich vermute, Nial Lynn brach sich das Genick, als er betrunken stürzte, und sein Sohn war nicht einmal dabei. Reicht das als Erklärung?«

Ich vermache alles dem Wald …

Er hat das Gesicht seines Großvaters …

Ich richtete mich auf und drückte mich von der Wand ab. »Das reicht«, sagte ich, »bis zur nächsten.«

Er lächelte, doch ich konnte nicht. »Schick doch bitte Mat Gris herein. Und ich könnte noch mehr Alraune gebrauchen, falls du welche entdeckst.«

»Ja.« Ich erinnerte mich. »Ich weiß, wo sie wächst.«

Und dort fand er mich früh am nächsten Morgen: neben den wilden Himbeeren und unter der Silberulme, wo ich im Schatten von Lynn Hall eine Alraune ausgrub.

3

Wieder konnte ich sein Gesicht nicht sehen; es schien verschwommen vor Licht. Dann wurde mir klar, dass er mit dem Rücken zur aufgehenden Sonne stand, und obwohl Licht überall um ihn herum flutete, war sein Gesicht im Schatten. Er hockte sich neben mich, um zu sehen, was ich aus seiner Erde zog, und ich konnte ihn klar erkennen.

Sein Gesicht war wie jedes andere von der Sonne braun gebrannt; sein in allen Goldschattierungen gesträhntes Haar fiel ihm locker über die Stirn. Seine Wimpern waren elfenbeinfarben. Er betrachtete mich neugierig aus halb geöffneten Augen; ihr in Licht gebadetes Grün schien kaum wahrnehmbar, eine namenlose Farbe, die nur in diesem Augenblick existierte. Seine Hände, die nach dem griffen, was ich fest hielt, waren groß, schlank, muskulös. Da er den halben Sommer über Steine geschleppt und

Bäume entwurzelt hatte, war seine Haut mit Muskeln wie mit glatten Steinen unterlegt. Er sah älter aus als Perrin oder vielleicht war nur sein Gesichtsausdruck älter.

»Ich habe Sie gesehen«, sagte er, »im Dorf.« Seine Stimme klang leicht, ruhig; seine Augen sagten nichts weiter. Er sah hinab auf das, was er hielt. »Alraune.«

»Sie ist für den Apotheker«, sagte ich. Immer noch hockte ich zwischen den Ulmenwurzeln und starrte ihn an. Er wirkte ziemlich menschlich; sein Blick traf meinen und passte zu ihm. Er drückte nur milde Neugier aus, bis ich spontan hinzufügte: »Man sagt, Sie seien verflucht.«

»Oh.« Dann sah er mit einem kleinen Lächeln zur Seite. »Ich habe davon gehört.«

»Und, welcher ist es?«

»Welcher was?«

»Welcher Fluch? Welcher stimmt?«

Da stand er auf und betrachtete die Alraune in seiner Hand. Er antwortete nicht auf meine Frage. »Wofür ist das gut?«

»Schlaf«, sagte ich. »Liebe.« Auch ich erhob mich und spürte den weichen Farn unter meinen Füßen, die kühle, bröcklige Erde darunter, die Gerüche, die unsere Bewegungen in die Luft aufwirbelten. »Sie ist gefährlich«, setzte ich hinzu. »Ich benutze sie nicht; der Apotheker kennt sich damit aus.«

»Damit beschäftigen Sie sich also?«, fragte er. »Sie suchen Sachen für den Apotheker?«

»Ja«, sagte ich. »Ich finde Kräuter zum Kochen und für Heilsalben, Blumen zum Trocknen, Wurzeln und Beeren, die nützlich sein können oder auch nicht. Ich suche nicht für jeden; ich nehme, worauf mein Blick fällt, und gebe die Dinge dann weiter oder benutze sie selbst.«

»Sind Sie eine Hexe?«

Mir stockte der Atem, so unerwartet kam diese Frage. Dann lachte ich. »Nein, natürlich nicht. Ich liebe einfach diesen Wald.«

Er lächelte ebenfalls. »Ja. Ich auch. Sie kennen meinen Namen; ich Ihren nicht.«

»Rois Melior. Mein Vater besitzt den Hof östlich von Ihrem Land.«

»Ah, ja.« Er sah zu der Wurzel in seiner Hand hinunter. »Haben Sie nicht eine Schwester …?«

»Laurel.«

»Laurel Melior.« Er sagte der Alraune sanft ihren Namen; ich hörte, wie die Buchstaben schwankten und glitten, so als spräche er eine unbekannte Sprache. Dann gab er mir die Wurzel in die Hand. Er warf einem Geräusch einen kurzen Blick zu; wieder fing sich Licht in seinen Augen und überrascht von dem, was ich bereits wusste, dachte ich: *Nicht immer enthüllt Licht, Licht kann auch verheimlichen.* »Wie heißt Ihr Vater?«, fragte er.

»Mathu.«

»Vielleicht komme ich Sie besuchen. Als Ihr Nachbar.«

»Ja«, sagte ich sofort. »Mein Vater liebt Gesellschaft. Aber ich warne Sie, wir sind alle sehr neugierig, was Sie betrifft. Besonders ich.«

Er sah mich an und lächelte das kleine, angenehme, nichtssagende Lächeln. »Warum Sie?«

»Weil Sie in diesem Wald wohnen.«

Sein Ausdruck veränderte sich nicht. *Ich habe Sie*

gesehen, wollte ich da rufen, *wie Sie neben der verborgenen Quelle aus dem Licht traten; Sie sind kein Mensch, Sie sind Wald; Sie sind der versteckte unterirdische Fluss; Sie sind nichts, wofür wir einen Namen haben.*

»Noch nicht«, sagte er. »Aber bald.«

»Bald?«

»Ich habe ja kaum ein Dach auf meinem Haus, um hier zu wohnen.« Er wandte seinen Kopf wieder den Stimmen zu – einem Ruf, einem Lachen; seine Arbeiter trafen ein.

»Hier kommt Ihr Haus«, sagte ich und sein Gesicht öffnete sich.

»Hoffentlich«, sagte er inbrünstig. »Wenigstens ein Zimmer, eine Tür, ein Kamin und über all dem ein Dach, durch das mir im Winter keine Eiszapfen über dem Kopf hereinwachsen.«

»Sie benehmen sich nicht wie ein Mann, der verflucht ist«, sagte ich unverblümt. Achselzuckend tat er den Fluch ab; er war mehr an seinem Dach interessiert.

»Das ist Vergangenheit«, sagte er ein wenig kurz angebunden und ich setzte entschuldigend hinzu: »Sie müssen mir sagen, wenn Sie nicht wollen, dass ich auf Ihrem Land grabe.«

»O nein«, entgegnete er schnell und sein Blick fand wieder zu meinem. »Wenn Sie diesen Wald lieben, werden Sie keinen Schaden anrichten. Kommen Sie nach Belieben und nehmen Sie, was Sie möchten. Vielleicht können Sie mich beraten, wenn ich den Garten anlege.«

Ich nickte. Er hob zum Abschied eine Hand und ging, um seine Arbeiter zu begrüßen. Ich hörte, wie er einer Spottdrossel zupfiff und der Vogel spottend antwortete.

»Ich habe mit ihm gesprochen«, erzählte ich später Laurel atemlos, als ich Wurzeln, Myrtenblätter und wilde Orchideen auf dem Tisch stapelte. Neugierig befingerte sie die Alraune.

»Wen?«

»Corbet Lynn.«

»Ist er das hier?«

»Was?« Sie sah auf, wich dann der Orchidee aus, die ich ihr zuwarf. Sie lachte.

»Sie sehen so merkwürdig aus, diese Wurzeln ... wie kleine verschrumpelte Bilder. Hast du ihn über den Fluch befragt oder warst du höflich?«

»Natürlich habe ich ihn gefragt. Und natürlich hat er nicht geantwortet.« Ich bewegte mich unruhig um den Tisch, runzelte die Stirn und sah ihn so, wie er von uns gesehen werden wollte, und verwirrt fiel mir dann ein, wie er meines Wissens war. »Ich war nicht unhöflich. Es ist nicht seine Art, irgendeiner Fremden zu erzählen, wie sein Vater starb oder was ihn dazu trieb, hierher zurückzukommen.«

»Nein«, sagte Laurel nachdenklich. »Du hast Recht.«

»Aber wenn er genug vom Schnaps unseres Vaters getrunken hat ... vielleicht erzählt er uns dann etwas.«

Sie sammelte die Orchideen auf. »Du bist sehr neugierig auf ihn.«

»Wie jeder.«

»Wie sieht er aus?«

Ich machte den Mund auf und schloss ihn dann wieder. Worte drängten aus mir heraus, Worte, die ich noch nie auf einen Mann angewandt hatte. *Seine Haare*, wollte ich sagen. *Diese Augen. Diese warme Haut. Seine Hände.* Ich konnte nicht sprechen. Aber sie hatte verstanden; aus weit aufgerissenen Augen starrte sie mich an und hauchte: »Rois, du errötest.«

Da fühlte ich die Hitze in meinem Gesicht, blickte schnell zur Seite und wunderte mich über mich selbst.

»Es ist heiß«, sagte ich kurz.

Taktvoll wie immer beobachtete Laurel die Orchideen, als ob ihnen plötzlich Flügel wachsen könnten. Aber ein kleines Lächeln kam und legte sich über ihre Lippen. Ich lehnte mich gegen den Tisch, plötzlich hilflos in der Hitze, verwirrt wie nie.

»Es ist nichts«, sagte ich schließlich. »Ich bin nicht an Fremde gewöhnt. Es gibt bei uns so wenig Neues, das man ansehen könnte.«

Ihre Stirn zog sich nach oben und dann zusammen. Sanft sagte sie zu den Orchideen: »Ich hoffe, er ist ein freundlicher Mann.«

»Ich weiß nicht. Ich habe nicht um Freundlichkeit gebeten. Nur darum, in seinem Wald umherstreifen zu dürfen.«

Darauf hob sie den Blick und lächelte wieder, aber immer noch mit dem leichten, beunruhigten Stirnrunzeln. »Hatte er etwas dagegen?«

»Nein. Auch er liebt den Wald, sagte er. Ich könne gehen, wohin ich wolle ...« Das Stirnrunzeln verschwand; ich setzte hinzu: »Vor allem will er anscheinend ein Dach über dem Kopf. Er beabsichtigt den Winter über zu bleiben. Er beabsichtigt zu bleiben.«

Ich hörte, wie sie ausatmete. »Gut«, sagte sie lebhaft. »Dann können wir ihn besser kennen lernen.«

»Die Flüche«, sagte ich langsam, »haben so viel mit Hass zu tun. An ihm scheint nichts Hassenswertes zu sein. Er wirkt einfach – wie einer von uns. Heimgekehrt. Aber von einem fremden, fernen Ort.«

»Einer fremden Vergangenheit ...« Sie war, erkannte ich da, genauso neugierig wie ich. Wie jeder andere an diesem Ort, wo das Wenige, das sich ereignete, so sehr ins Riesige wuchs, dass wir noch Generationen später darüber sprachen.

Danach habe ich ihn nicht wieder im Wald gesehen, wenngleich ich gekonnt hätte. Ich hätte in seinen überwucherten Gärten nach Hagebutten suchen können oder nach Klettensamen. Aber ich konnte jenen fremdartigen Augen nichts vortäuschen, nicht verbergen, was ich wirklich suchte. Ich hätte ihn heimlich beobachten können; ich fürchtete, dass diese Augen mich finden würden. Wie konnte ich mich denn irgendwo in seinem Wald verstecken?

So durchstreifte ich den Wildwald, weit vom Klang der Äxte, Hämmer und Stimmen entfernt, und wartete darauf, dass er zu uns käme.

Das tat er schließlich ganz zivilisiert. An einem Abend kam er nach dem Essen auf seiner buttermilchfarbenen Stute die Straße heruntergeritten und brachte für Laurel und mich eine Hand voll Rosen, die von den Schlingpflanzen in dem alten Garten nicht erdrückt worden waren, und für meinen Vater eine Flasche guten Portwein vom Wirtshaus. Er war nicht auf Perrin eingestellt, gab ihm aber die Hand und ein freundliches Lächeln. Er saß mit uns auf der Steinterrasse, wo wir immer saßen und zusahen, wie der Tag langsam in die Nacht hinüberblühte.

So jedenfalls erschien es mir immer: nicht wie das

Verlöschen einer verwelkten Blume, sondern wie das Öffnen einer dunklen, vollen Blüte mit unerwarteten Schattierungen und berauschenden Gerüchen. Ich saß auf den Stufen auf der einen Seite von Laurel; Perrin saß zwischen ihr und unserem Vater auf der langen Bank. Corbet ließ sich auf den Stufen in der Nähe meines Vaters nieder, sein Körper ebenso wie meiner leicht zur Seite gewandt, sodass wir sowohl einander als auch die sich verflüchtigenden Farben im Himmel sehen konnten. Im Zwielicht waren sein bleiches Haar und das lockere weiße Hemd undeutlich zu erkennen. Wir anderen waren kaum klarer wahrzunehmen. Unser Vater war ein Geruch nach Pfeifenrauch, eine stämmige Gestalt; Laurel war hin und wieder ein Flügel aus Weiß, wenn sie die Hand hob, um ein Insekt wegzuwischen, und der leichte Stoff ihres Ärmels schwebte auf der Luft. Perrin war eine Stimme, ein schwacher Geruch nach Heu und Schweiß, denn er war wie gewöhnlich direkt vom Feld hergekommen. Ich weiß nicht, was ich war: eine Stimme, ein Paar Augen, die den bleichen Kopf beobachteten, der mal mir, mal Laurel, mal unserem Vater, mal der Nacht zugewandt war.

Dann rief unser Vater Beda und sie brachte uns dicke Bienenwachskerzen, Becher und den Schnaps meines Vaters. Feuer zog Streifen durch die Dunkelheit; Motten flogen auf die Flammen zu, umtanzten sie zwanghaft und dem Untergang geweiht, bis das Feuer sie berührte und sie wie Herbstblätter fielen.

Licht und Schatten glitten über unsere Gesichter, während wir sprachen: zeigten hier ein Auge und verbargen das andere, fuhren da einer geraden Kinnlinie nach und versteckten dort ein Lächeln oder ein kleines ängstliches Stirnrunzeln.

Als der Schnaps herumging, kamen die Fragen leichter.

»Und Sie heiraten also«, sagte Corbet und blickte von Laurel zu Perrin. Sein Kopf wandte sich um; der Schatten maskierte seine Augen, aber sein Lächeln blieb. »Im nächsten Frühjahr?«

»Es scheint eine lange Zeit.« Laurel beantwortete die Frage mit seiner Stimme. »Aber Perrin und ich kennen uns schon unser Leben lang und es gibt keinen Grund zur Eile. Ich möchte die Vorfreude genießen.«

»Mit jedem Stich in jedem feinen Laken«, neckte ich.

»Ja, und Spitze auf jedem Kleidungsstück. Perrin hat auch ein kleines Haus für uns hinter dem seiner Eltern gebaut, sodass wir ganz für uns sein werden.«

»Sie wohnen bei ihnen?«, fragte Corbet Perrin.

»Sie werden zurechtkommen«, sagte Perrin leichthin. »Mein Vater melkt noch – er liebt seine Kühe. Aber ich kümmere mich um die Felder und nehme ihm sogar einen Teil des Melkens ab; seine Hände werden allmählich steif. Meine Mutter kocht; meine ältere Schwester macht alles andere für sie. Sie sehen also, es gibt dort kein Privatleben.«

»Verstehe.«

»Und das Haus wird meine Schwester erben, falls sie nicht heiratet, wenn auch der größte Teil des Hofes an mich fällt. Da möchte ich lieber gleich mein eigenes Heim haben. Wenn wir Kinder haben, baue ich an. Aber Bauen braucht seine Zeit – Sie kennen das.«

»Ja.« Corbet schluckte Apfelkorn. »Das ist köstlich.«

»Die Herstellung ist das Geheimnis meines Großvaters«, sagte unser Vater und Laurel nahm geschwind den Faden auf.

»Kannten sie sich? Dein Vater und Corbets Großvater?«

Mein Vater war einen Moment still, seine Stirn verzog sich. Entweder versuchte er sich zu erinnern oder er strengte sich an taktvoll zu sein. Corbet sagte leichthin: »Hier kennt jeder jeden.«

»Ich glaube«, sagte unser Vater schließlich, »sie kamen nicht gut miteinander aus.«

Wir alle lachten. Corbet, dessen Kopf gesenkt war, sodass sein Haar leuchtete und das Gesicht in den Schatten glitt, sagte reumütig: »Was für einen Ruf der Mann hatte. Sogar sein Hund hat ihn gehasst, wie ich hörte.«

Da schwiegen wir alle, Fragen bebten an dem Gewebe aus Feuer und Nacht zwischen uns entlang: *Warum wurde er so gehasst? Warum hat sein Sohn ihn getötet? Wie lautete der Fluch? Wie starb dein Vater? Wer bist du?*

»Warum?«, fragte ich schließlich und sein Gesicht wandte sich mir zu und in seinen Augen fing sich Feuer.

Langsam sagte er: »Mein Vater hat mir einige Sachen erzählt, als ich fast noch zu jung war, um zu begreifen. Er muss meiner Mutter mehr erzählt haben; ich habe sie nie gefragt. Sie war sehr schön und reich und heiratete meinen Vater trotz seiner fluchbeladenen Vergangenheit. Mein ganzes Leben lang wollte ich an diesen Ort kommen.«

»Warum?«, fragte auch Laurel sanft. Er wandte sich ihr zu und seine Augen waren wieder im Schatten.

»Ich weiß nicht«, sagte er schlicht. »Vielleicht wegen des Landes.«

»Oder vielleicht wegen des Fluchs«, murmelte ich; er hatte es gehört, sah mich aber nicht an.

»Vielleicht«, hauchte er. Dann lächelte er plötzlich und nippte am Schnaps. »Aber ich habe zu viel zu tun, um mir wegen alter Geschichten Sorgen zu machen. Und falls ich verflucht bin, was kann ich daran ändern? Mich vom Dach stürzen, um dem zu entgehen?«

Unser Vater kicherte. »Das ist der springende Punkt. Was können Sie schon tun? Da Sie das Gesicht Ihres Großvaters haben, haben Sie einige sehr alte Erinnerungen geweckt. Aber diejenigen, die sich noch erinnern, haben nur noch wenige Zähne und ihre Köpfe sind voll mit altem Farn und trockenem Laub. Bis zum Frühling werden wir was anderes gefunden haben, das wir anbellen können – es sei denn, Sie verschaffen uns eine ebenso bunte Geschichte wie Ihr Vater.«

»Laurels Hochzeit«, schlug Corbet vor.

»Es gibt immer etwas.«

»Außer«, sagte ich, »dass wir heimlich immer nach dem Fluch Ausschau halten, der Sie treffen soll.«

»Nun«, sagte er seufzend, »hoffentlich trifft er mich nicht, bevor ich das Dach fertig habe.«

Dann stand er auf und ließ uns, dachte ich, kein bisschen klüger zurück als zuvor.

Aber als er Laurel gute Nacht sagte, sah ich seine Augen wieder und plötzlich wusste ich nicht mehr, was uns die Zeit bringen würde: eine Hochzeit oder einen Fluch oder sogar eine weitere Jahreszeit.

Die Nachtblume hatte sich um uns herum geöffnet mit ihren dunklen, schwer fassbaren Farben und reichen Düften und hielt uns in ihren alten Geheimnissen gefangen.

4

Der Sommer, so schien es, ging zwischen zwei Atemzügen zu Ende. Eines Morgens erschienen die ersten goldenen Blätter zwischen dem Grün. Dann flammte ein Baum purpurrot auf. Die Felder waren stoppeliges Gold; Morgennebel hingen über ihnen und verwandelten sich langsam in das tiefe Blau des Herbstes, als ob aus einem anderen Land kalte nördliche Seen und Stürme gespiegelt würden, die uns noch nicht erreicht hatten. Überall fand ich große Spinnweben, die wie Kronleuchter mit Prismen aus Morgentau herabhingen. Ich brachte Nüsse und Äpfel heim und leuchtende Blättersträuße für Laurel. Für Beda suchte ich Holunder- und Wacholderbeeren und jede einzelne Pilzart, bis sie mich wie jedes Jahr fragte, ob ich alle damit vergiften und das gesamte Vermögen erben wollte. Aber die verzerrten Formen und überraschenden Farben der Pilze faszinierten mich; ich durchstreifte Schatten und suchte unter Farnen. Sie waren alte, wilde Dinge. Keiner ähnelte je einem zweiten und sie hatten keine Wurzeln, die sie an einen Ort banden; wie die Neugier wanderten sie überall. Wie ich, in dieser kurzen satten Jahreszeit zwischen der Sommerhitze und dem Herbstregen, wenn das Licht sich mit dem Gold der sterbenden Blätter tönte.

Obwohl mein Vater weiterhin seine mürrischen Weissagungen kundtat, weigerte sich Crispin zu verschwinden, als der Termin seiner Hochzeit näher rückte. Gelegentlich sah ich ihn, wie er am Gutshaus Steine zu Mauern zusammenfügte oder sie aus Corbets Feldern herausschleppte. Corbet sah ich viele Male aus der Entfernung. Ich konnte dem Wald nicht fernbleiben. Ich fand Brombeeren, die groß und süß an Sträuchern hingen und noch nach der Sommersonne schmeckten. Beda backte aus ihnen Törtchen, die sie mit einem Schuss Apfelkorn aromatisierte. Im Garten des Gutshauses sammelte ich Hagebutten und die letzten Rosen, um ihre Blütenblätter zu trocknen. Corbet winkte mir von seinem Dach aus zu, wobei er auf einem Balken balancierte. Atemlos sah ich zu ihm hin, aber er fiel nicht. Blätter trieben in die offenen Zimmer hinunter und vom Wind verwehte Samen, bereit, das zurückzufordern, was er frei geräumt hatte. Aber wenigstens erfüllte sich sein Wunsch: Zwei Zimmer würden fertig sein, bevor der Regen kam. Er konnte das Gasthaus verlassen und im Gutshaus wohnen, das sein Vater vor zweiundfünfzig Wintern aufgegeben hatte.

Der Winter würde ihn dort gefangen halten und wir waren seine nächsten Nachbarn. Im Geiste sah ich ihn schon, wie er sein Pferd durch den Schnee lenkte, um ein Feuer und menschliche Gesellschaft aufzusuchen, Laurel und mich und den Apfelkorn unseres Vaters. Laurel würde Spitze auf einen Ärmel nähen und an Perrin denken; Perrin würde leise auf der Flöte spielen und ich würde ...

Was? Die Frage verblüffte mich und machte mich unruhig. Den Wesen des Waldes erging es im Winter nicht gut. Ich musste Schuhe tragen, war von Wänden umschlossen. Laurel sagte, im Winter sei ich unmöglich; ich könne genauso gut wie ein Bär in der Einsamkeit überwintern, bis ich wieder Mensch sein dürfe. Was würde Corbet tun, fragte ich mich, des Lichtes beraubt und nur mit den schattigen Grüntönen von Wacholder und Eibe, die eine Wildnis aus Weiß unterbrechen würden.

An einem Nachmittag stieß ich auf einen vollkommenen Ring aus Pilzen, neben der verborgenen Quelle. Natürlich trat ich hinein, was sonst? Meine Füße waren nackt, schmutzig und von den Brombeersträuchern zerkratzt; meine Taschen waren schwer von Kastanien. Ich wollte sehen, was es innerhalb des Ringes zu sehen gab. Und was ich dann sah, wie es zwischen den flammenden Bäumen auf mich zukam, schien das Letzte und doch das Eine zu sein, das ich erwartete.

Auch er sah erstaunt aus; vielleicht nur über den Anblick einer erwachsenen Frau, die barfuß mitten in einem Ring aus Pilzen stand. Er sprach zuerst; ich konnte meine Stimme nicht finden.

»Wohin gehen Sie?«

Das war eine so merkwürdige Frage, dass ich kaum antworten konnte: Nicht ich bewegte mich ja, sondern er.

»Corbet.« Meine Stimme bebte leicht. »Sie arbeiten nicht.«

»Gewissermaßen.« Er sah mich einen Augenblick länger an, blinzelte. Dann drehte er sich um und schob die sterbenden Rosen beiseite, um den Quell freizulegen. »Ich suche Wasser. Die alte Quelle ist trocken.«

Ich hielt den Atem an. Hatte er mich an jenem Mittsommertag gesehen, wie ich bewegungslos neben dem Quell gekniet hatte und Wasser an meinem Handgelenk hinablief, während ich ihn aus dem Licht treten sah? Oder hatte er wie ein Tier das Wasser gerochen? Mein ganzes Leben lang hatte ich es nicht gefunden, bis zu dem Tag, als ich ihn sah. Er warf mir einen verständnislosen Blick zu bei dem Geräusch, das ich von mir gab.

»Diese hier ist zu weit vom Haus entfernt. Aber wenn das Wasser aus der Richtung kommt ...«

»Wie haben Sie es gefunden?«

Da sah er mich direkt an und seine Brauen hoben sich leicht vor Überraschung. Er hat mich gesehen, dachte ich verwirrt. Er hat nicht ... Sein Blick fiel dann auf eine Steinreihe, die von der Quelle abzweigte. Moos überwucherte sie; die Steine waren feucht vom Wasser, das leise unter ihnen rieselte. Zwischen Baumwurzeln liefen sie auf das Haus zu, vermaßen das fließende Wasser ein Stück und dann versickerte es und hinterließ überirdisch keine Spuren mehr.

Corbet machte eine Bewegung, um ihm zu folgen, hielt dann inne. Seine Hemd war offen, befleckt von Schmutz und Schweiß; seine Haut glänzte vor Schweiß. Achtlos verschob er noch einmal die Rosenranken; ein Dorn hinterließ einen roten Striemen bis zum Handgelenk hinunter. Er kniete sich neben den Quell, tauchte beide Hände hinein und führte Wasser an seinen Mund, sein Gesicht, sein verstaubtes Haar, spritzte, bis sein nasses Hemd an ihm klebte und die dicken Rosenranken sich über seinen Rücken wanden, als wollten sie ihn tiefer in die Quelle ziehen.

Er befreite sich daraus. Schließlich stand er, wischte sich Wasser aus den Augen, fuhr sich mit den Fingern durchs Haar und schob es sich aus dem Gesicht. Er merkte, dass ich ihn anstarrte, und lächelte leicht. Goldene Blätter trieben um ihn. Ich spürte plötzlich, wie das Blut in meinem Hals klopfte. Seine Augen veränderten sich; etwas kaum Spürbares wie eine leichte Lichtveränderung legte sich über sie und sie wurden opak. Er machte eine Bewegung und dann ich auch, wobei ich ziellos einen halben Schritt machte. Ich wusste nicht mehr, warum ich hergekommen war oder wohin ich wollte.

»Können Sie sie nutzen?«, fragte ich verlegen und er sah mich verständnislos an. »Die Quelle?«

Er schüttelte den Kopf. »Leider nicht«, sagte er. »Das Wasser ist köstlich. Es schmeckt nach Rosen.«

»Ich weiß.«

Wieder lächelte er; in seinen Augen war immer noch ein Geheimnis, wie die Quelle, die plötzlich nicht mehr da war. »Ja«, sagte er sanft. »Sie wissen das. Geheimnisse ziehen Sie an.« Er wandte sich um. »Ich muss wieder an die Arbeit.«

Ich sah ihm nach, bis er in dem dauerhaften, sanften Blätterregen verschwand. Dann sah ich hinunter und bemerkte, dass auch der Ring, in dem ich stand, unter den goldenen Blättern verschwand.

Ich trat aus ihm heraus und ging zur Quelle. Ich teilte die sterbenden Rosen und blickte lange auf mein Spiegelbild, bis die schwachen Ringe und sanften Wellen, die er hinterlassen hatte, gegen die Steine stießen und verschwanden und das Wasser wieder still wurde und nur noch leicht über der verborgenen Quelle zitterte, die es nährte.

Ich ging dann nach Hause, fühlte mich immer noch fremd, als wäre ich zwischen zwei Welten getreten und hätte vergessen, in welche ich nun gekommen war und welche ich hinter mir gelassen hatte. In der Küche schüttelte ich die Kastanien aus meinen Taschen und nahm dann eine mit nach draußen, um sie zu schälen und zu essen. Ich setzte mich auf die Stufen und ließ langsam die Schalen fallen. Die Sonne hing noch hoch über dem Horizont; auf einem fernen Feld sah ich Perrin und meinen Vater, die die trockenen Getreidehalme abschnitten.

Laurel kam zu mir heraus. Einen Augenblick stand sie still auf der Terrasse und beobachtete die Männer auf dem Feld. Dann setzte sie sich neben mich und seufzte leicht. Sie sagte: »Sie ähneln sich so, die beiden.«

»Vielleicht liebst du ihn deswegen. Nichts muss sich ändern.«

Wieder war sie still. Ich sah Corbet, wie er sich über die Quelle beugte; goldene Blätter fielen um ihn herum zu Boden, Rosen hefteten sich an ihn, Wassersterne fingen Licht ein, ergossen sich über ihn und fielen ins tiefe Wasser zurück.

»Ich habe Corbet gesehen«, sagte ich, weil ich seinen Namen in meinem Mund wollte. »Im Wald.«

Sie gab ein Geräusch von sich, interessiert oder

gleichgültig, das konnte ich nicht erkennen. Sie schweifte ab: »Crispin will ihn zur Hochzeit einladen.«

So weit hatte ich gar nicht gedacht. »Ob er wohl hingeht?«

»Das sollte er tun. Er könnte einige Gerüchte aus der Welt schaffen. Es wäre ein Zeichen guter Nachbarschaft, die sein Großvater offensichtlich nie zeigte.«

Ich nickte. Das ganze Dorf war zur Hochzeit eingeladen, ihrem Anlass zum Trotz. Es war Herbst; wir brauchten etwas Fröhliches und Unbeschwertes, bevor die Welt düster wurde. Wie ich hörte, gab es eine Anzahl von Wetten, die erst dann geklärt sein würden, wenn Crispin brav neben Aleria stand und ihr lebenslange Treue gelobte.

»Niemand«, war mein Kommentar, »wettet darauf, dass die Braut davonläuft.«

»Nicht jeder ist so ruhelos wie du. Außerdem, wohin sollte sie schon laufen, mit dem Kind im Bauch?«

»Besser, sie liefe davon. Wie lange wird Crispin diesen Stachelbeeraugen wohl treu bleiben?«

Laurel puffte mich leicht. »Rois. Bist du eifersüchtig? Wolltest du ihn etwa haben?«

Ich lachte und sah auf meine nackten, schmutzigen Füße. »Vermutlich habe ich ihm auch nichts Besseres zu bieten.«

»Du siehst wirklich wild aus ...« Sie überlegte einen Augenblick, umschloss ihre Knie mit den Armen und stützte ihr Gesicht darauf, während sie mich beobachtete. »Rois«, sagte sie sanft noch einmal. »Zu Alerias Hochzeit machen wir aus dir eine

Rose. Da ist doch dieses altrosafarbene Kleid unserer Mutter, mit den winzigen Perlmuttknöpfen vorn. Du musst im Wald ein paar Rosen finden ...«

»Sie sind mittlerweile alle vertrocknet.«

»Such welche. Ich stecke sie dir ins Haar, das wir zu einer Krone oben auf dem Kopf feststecken, damit es nicht hinter dir her flattert.« Plötzlich richtete sie sich lächelnd auf. »Du wirst schön sein – niemand wird dich erkennen.«

Ich brummte etwas vor mich hin. Aber ich dachte: Corbet. Er würde die barfüßige, zerzauste Frau vergessen, die wie ein wildes Kind in einem Ring aus Pilzen stand. Ich würde dafür sorgen, dass seine Augen sich veränderten, wenn er mich ansähe, und diesmal würde er sich nicht abwenden.

»Ich werde Rosen finden«, sagte ich atemlos. »Ja.«

Zwei Wochen später standen wir zwischen den Dörflern auf dem Anger und hörten Crispins lammfrommes und Alerias festes Ja, während um uns herum die Bäume gegen einen klaren Himmel flammten, der alle schattenhaften Blautöne des Winters aufwies. Diejenigen, die gewettet hatten, tauschten am Ende der kurzen Zeremonie ironische Blicke aus; ich fragte mich, wie viele Münzen und Fässer, Werkzeuge und Jagdhunde in diesem Augenblick ihre Besitzer gewechselt hatten. Das Paar küsste sich und es wurden noch andere, heimliche Wetten abgeschlossen: Wie lange es dauern würde, bis er ... bis sie ... Sie lösten sich voneinander, drehten sich um und lächelten. Alerias Hand ruhte auf ihrem kleinen, stummen Zukünftigen. Wir jubelten und die Musik setzte ein.

Wir aßen Schweinebraten und Mais, Salate und Brot in großer Vielfalt; wir tranken Bier, Wein und

Apfelwein. Die Braut schnitt einen Kuchen an, der mit Äpfeln und Nüssen gefüllt war und so stark nach dem Korn unseres Vaters roch, dass man, so Perrin, allein von den Dämpfen hätte umfallen können. Er sah hübsch aus in dem weißen Hemd, das Laurel für ihn gemacht hatte, mit dem dunklen, sorgfältig frisierten Haar und den endlich abrasierten Erntestoppeln. Nach dem Essen schwang er Laurel auf die Tanzfläche. Sie trug Herbstrot, was das Licht in ihrem kastanienbraunen Haar und den Rauch in ihren grauen Augen hervorhob. Sie lachte zu Perrin auf, während sie in seinen Armen geschmeidig und schlank wirbelte, und neben mir sagte unser Vater melancholisch: »Deine Mutter und ich tanzten einst genauso.«

»Dann kannst du das doch wieder tun«, sagte ich und zog ihn zwischen die Tänzer. Er protestierte, blieb aber. Ich blickte über seine Schulter, sah die Augen, die mich beobachteten, überrascht, neugierig und lächelnd, aber keine mit jener Überraschung, jenem Lächeln.

Corbet war gekommen, aber spät, und ich hatte ihn nur flüchtig gesehen – das Aufblitzen von hellen Haaren, ein elfenbeinfarbener Hemdsärmel, der in einer Bewegung flatterte, ein in der Hand erhobener Bierkrug.

»In dem Kleid siehst du aus wie sie«, sagte mein Vater schüchtern zu mir; er war es nicht gewohnt, mir Komplimente zu machen. Als ich ihm auf den Fuß trat, setzte er hinzu: »Du tanzt nicht wie sie.«

»Ich habe nicht ihre Übung«, sagte ich liebenswürdig. Um meinen Haarkranz wanden sich wilde Rosen und ich trug meine besten grauen Ziegenlederschuhe. Es war nur eine Frage der Zeit, bis er mich sah.

Dann erblickte ich ihn, wie er mit der Braut tanzte, die hin und her gerissen ihn mal anlächelte, mal auf ihre Füße achtete und schließlich die Füße sein ließ und nur noch seine Augen ansah. Sie unterhielten sich beim Tanzen. Ich beobachtete sie beide und fragte mich, was er wohl sagte. Die Musik hörte auf; er ließ sie los. Ich hielt meinen Vater, dessen Blick hinüber zum Bier wanderte, fest im Griff.

»Das ist die Arbeit eines jungen Mannes«, klagte er, aber meine Schwester hatte ihr Werk zu gut gemacht: Die jungen Männer wussten nicht, was sie von mir halten sollten. Die Füße meines Vaters waren jünger als sein Kopf; sie wirbelten mich im Kreis herum, bis ich merkte, wie mein Haar sich löste und eine Rose an meiner Schulter vorbei und mir auf die Füße fiel.

Mit einem Schritt zertrat ich sie. Dann hielt uns jemand an und mein Vater überließ mich lachend und keuchend Corbets Armen.

»Sie sehen hübsch aus«, sagte er leichthin. »Eine Rose unter lauter Löwenzahn.« Ich lächelte zu ihm auf, aber seine Augen waren woanders, eingefangen von etwas hinter meiner Schulter: der Farbe eines Rocks oder vielleicht der Bogenführung des Geigers. Bevor ich etwas sagen konnte, setzte er hinzu: »Es ist ein angenehmer Nachmittag für eine Hochzeit. Jeder sieht ungewohnt aus, besonders Crispin. Normalerweise sehe ich ihn bei der Arbeit, mit nacktem Oberkörper und Haaren, die ihm bis auf die Nase fallen.«

»Das allein ist schon ein ungewohnter Anblick«, sagte ich, »Crispin bei der Arbeit.« Dann sah ich Corbet mit seinem nassen Hemd, das ihm am Körper klebte, der goldenen Haut und den Muskeln darunter und ich spürte den schnellen Pulsschlag in meinen

Fingern, die seine Schulter und seine nackte Hand berührten. Seine Augen kamen zu mir zurück, als ob er etwas zwischen unseren Händen strömen fühlte. Bis dahin wusste ich nicht, dass man in den Blick von jemandem hineingesogen werden konnte, dass Knochen, Herz und Atem wie Schatten zu Licht schmelzen konnten, bis nur noch Licht übrig blieb. »Corbet …« Ich wusste nicht, wessen Stimme sprach, wessen Herz so heftig schlug, wessen Finger von seiner Schulter zur bloßen Haut unter seinen Haaren wanderten.

»Er hat einen harten Winter vor sich«, sagte Corbet ungerührt. Er glitt von mir fort und hob unsere Arme, damit ich mich drehen konnte. Dann zog er mich zurück und hielt mich mit lockerem Griff. Seine Augen ruhten auf meinem Gesicht, doch sie sahen Crispin. »Winter und ein Kind unterwegs. Ich habe zu Aleria gesagt, ich würde ihn so oft wie möglich beschäftigen. Bestimmte Sachen können gemacht werden, solange wir nicht arbeiten und uns der Schnee auf die Köpfe fällt.«

Ich trat ihm auf den Fuß, fühlte mich durcheinander und unbeholfen, wie ich so unvermittelt in mich zurückfiel. »Corbet«, sagte ich wieder, verwirrt, darum flehend, dass er spürte, was ich ihm zu sagen versuchte.

»Es tut mir Leid«, sagte er.

»Es war mein Fehler …«

»Nein, meiner. Ich habe das schon eine ganze Zeit lang nicht mehr gemacht.« Er drehte mich wieder unter unseren Armen hindurch; als er mich zurückholte, waren seine Augen ausdruckslos. »So. Das ist besser.«

Ich holte tief Luft, spürte immer noch meinen Herzschlag, spürte einen Moment lang die Tränen in meinem Inneren, die aufstiegen und in meine Augen drangen. Ich zitterte, als wäre ich beinahe gefallen, wenngleich ich nicht sicher war, von wo oder warum. »Es ist nett von Ihnen, sich zu kümmern«, sagte ich. Seine Stirn hob sich ein wenig; ich schluckte trocken. »Um Crispin und Aleria.«

»Ich versuche über das Gesicht meines Großvaters hinauszukommen.« Er lächelte leicht, angespannt. »Die Leute sehen nur, was sie zu sehen erwarten. Außer Ihnen. Sie sehen ganz einfach.«

Einen Augenblick war ich stumm, starrte ihn an. »Aber ich bin nicht sicher«, sagte ich, »worauf ich blicke.«

Er antwortete nicht, aber sein Lächeln blieb, immer noch angespannt, dünn. Da bemerkte ich, dass er mich nur allzu genau sah. Die feine Dame mit Rosen im Haar und Spangen an den Schuhen war nicht die Wirklichkeit; die Wirklichkeit stand im Wald in einem Ring aus Pilzen; die Wirklichkeit trank aus einer geheimen Quelle.

»Im Winter wird Ihnen der Wald fehlen«, sagte er plötzlich.

»Ihnen nicht?«

»Ich weiß nicht.« Sein Blick ließ meinen los und wanderte über die feurigen Blätter um uns herum. »Man hat mir gesagt, dass es nicht mehr viele solcher Tage geben wird.«

»Der Regen setzt bald ein.« Ich dachte wieder an die Quelle, aber nun, in der Erinnerung, fielen mehr Blätter zwischen uns und machten es schwer zu sehen. »Es gibt Wasser für Sie«, fügte ich hinzu.

Seine Augen wurden etwas schmaler und verdunkelten sich. Aber er dachte nur über meine Äußerung nach. »Vielleicht könnte ich einen Teich ausheben … den unterirdischen Wasserfluss hineinleiten.«

»Damit zerstören Sie die Quelle«, protestierte ich, erstaunt, dass ihm das gleichgültig sein konnte.

Er schüttelte den Kopf. »Vielleicht nicht. Jedenfalls hat nie jemand gewusst, dass sie da ist. Außer Ihnen.«

»Und Ihnen.«

Wieder lächelte er; seine Augen taten etwas anderes, blickten mich immer noch an. »Es gibt noch andere Orte im Wald«, sagte er sanft.

»Andere Orte?«

»Tore. Schwellen. Orte des Übergangs. Diese kleine Quelle ist sehr hübsch, aber in dieser Welt wird man sie nicht vermissen. Ich will dennoch vorsichtig sein, weil Sie sie lieben.«

Ich starrte ihn an. Er drehte mich graziös herum, eleganter als jeder Bauernsohn. Ich flüsterte: »Wer sind Sie?«

Sein leichter, offener Ausdruck änderte sich nicht. »Ich bin Corbet Lynn«, sagte er. »Ich bin zurückgekommen, um mein Erbe anzutreten.«

»Zurückgekommen«, flüsterte ich. »Von wo?«

Er antwortete nicht. Sein Blick hatte sich auf etwas hinter mir gerichtet, war wieder dunkel und konzentriert. Spontan drehte ich uns im Halbkreis, sodass ich zu der Stelle kam, an der er gewesen war, und sah, was er gesehen hatte.

Meine Schwester Laurel, die immer noch mit Perrin tanzte, drehte ihn abrupt herum und wirbelte fort, ihren Rücken zu uns gewandt. Aber nicht, bevor ich ihre Augen gesehen hatte.

Die Musik endete. Ich ließ Corbet los. Ich wusste nicht, ob er mich verließ, bevor ich ihn verließ. Ich hörte, wie mein Name ein- oder zweimal gerufen wurde, als ich zwischen den Tänzern lief, aber es war nicht seine Stimme, also blieb ich nicht stehen. Niemand bemerkte mich am Rand der Menge. Vielleicht erkannte mich niemand; die Leute sehen nur, was sie zu sehen erwarten. Ich überquerte den Anger, betrat das leere Gasthaus und ging zur Hintertür wieder hinaus.

Ich fing an zu laufen.

5

Ein Wind erhob sich und zerrte die Rosen aus meinem Haar, dann löste er mein Haar, während ich rannte. Es war mir egal. Einen Augenblick hielt ich an, um meine Schuhe fortzuwerfen; sie landeten in einer Kornkrippe. Ich raffte meinen Rock bis über die Knie hoch und lief quer durch ein Kornfeld. Die Halme waren noch nicht abgeschnitten; wild peitschten sie um mich herum und ihre gelben Blätter griffen wie Hände nach mir. Der Himmel war noch wolkenlos, aber sein Blau hatte sich vertieft; Zwielicht folgte dicht auf den Wind.

Ich rannte vor allem vor meinen eigenen Gedanken davon. Ich wollte mich einfach aus dem Netz befreien, das ich berührt hatte. Ein einziger klebriger, bebender Faden hatte genügt mich abzuschrecken. Ich wollte die Bäume, die Gerüche und Farben, die wechselnden Schatten des Waldes, der eine Sprache sprach, die ich verstand. Ich wünschte, ich hätte einfach in ihm verschwinden können, wie ein Vogel oder ein Fuchs den Winter hindurch leben und das, was ich erblickt hatte, hinter mir zurücklassen können, wo es sich ohne mich klärte.

Die Bäume neigten sich wie große Fächer im Wald. Wolken aus Gold, Rot und Braun segelten mit dem Wind. Als ich die Abgeschiedenheit der Bäume erreichte, wurde ich langsamer. Eine Frau, die im besten Kleid ihrer Mutter durch das Kornfeld rennt, setzt sich den Mutmaßungen der Menschen aus; den Bäumen im Wald war das egal. Ich konnte dort alles anhaben, nichts denken. Ich lief langsam, bis ich wieder zu Atem gekommen war, und dann rannte ich wieder los; ich wusste, was ich wollte.

So schnell ich auch war, die Abenddämmerung holte mich dort ein. Die Jahreszeit der Nacht war angebrochen; die Tage nahmen sich, was für sie an Licht übrig war. Ich sah einen letzten zarten Pinselstrich der Sonne, der sich langsam auf dem Dickicht aus Rosenranken über der Quelle verflüchtigte. Sogar wenn es seine Blätter und Rosen verloren hätte, würde es das Wasser noch verbergen und seine nackten Dornen würden es vor jeder Berührung schützen. Ich wagte nicht den Ranken zu nahe zu kommen; der Wind rüttelte an ihnen, schüttelte sie, peitschte sie in der Luft hin und her. Eine packte mein Haar, eine andere meinen Rock, bis ich mich losriss und mich an einer windgepeitschten Stelle im Laub niederließ.

Aus allen Teilen des Waldes wehten Blätter gegen mich und blieben an mir hängen; ich kümmerte mich nicht darum. Ich wollte nur dort sitzen, wenigstens bis die Hochzeit vorbei wäre und Laurel heim käme und Corbet woanders hinginge. Ich wollte sie nicht zusammen sehen. Ich wollte nicht darüber nachdenken, was ich in ihren Augen gesehen hatte. Es war eine Irrung des Augenblicks, ein Bruch, der gleich wieder geflickt werden konnte. Und der behoben sein würde, bevor ich nach Hause käme.

Der Wald wurde dunkler; die Winde strömten aus jeder Richtung; es waren noch nicht die des Winters, immer noch führten sie die Gerüche von reifem Apfel, Brombeere, warmer Erde mit sich. Aber sie kündeten von Sturm, nackten Zweigen und kalten, zusammengeschrumpften Tagen. Es waren die Herbstwinde; sie kamen, um das Sterbende fortzutragen, die Erde von allem Toten rein zu fegen. Noch nie zuvor hatte ich sie so deutlich gehört; sie schienen jeder eine eigene Stimme zu haben, jeder Wind seine eigene Form. Ich kauerte mich ins Laub neben der Quelle und beobachtete, wie die Welt sich verdunkelte, der Mond langsam über den Bäumen aufstieg und die Blätter wie Vogelscharen an ihm vorüberzogen.

Ich sah plötzlich Gesichter.

Das Mondlicht kämmte den Wind. In diesem Gewirr aus Mondschein und Blättern sah ich auf wilden Winden reitende Gestalten, die es doch nicht gab. Nachtschwarze Pferde glitten über den Boden, gleißender Harnisch blitzte silbern. Gesichter, so bleich, schön und fern wie der Mond, flogen an mir vorbei, so schön wie Corbets Gesicht. Undeutlich hörte ich ihre Stimmen im Wirbel fallender Blätter, den Herzschlag der Hufe, die sirrenden, singenden Winde. Ich konnte mich nicht bewegen. Ich wusste kaum noch, ob ich Mensch war oder etwas, das der Wind packen und mit sich ans Ende der Zeit fortzerren würde. Dann blies ein Wind, der noch heftiger war als alle anderen, die Rosenranken zur Seite, sodass ich den Mond auf dem zitternden Wasser treiben sah.

Ein Schatten löste sich von dem Wind, tauchte seinen Mund ins Wasser und trank. Glöckchen eines Pferdegeschirrs erklangen. Mein Blick erhob sich von einem Aufblitzen zum nächsten: Licht auf einem Steigbügel, einem Zügel, Licht auf einem bleichen, mondbeschienenen Gesicht, gemeißelt aus Elfenbein, Eis und Nacht.

Ich hörte Worte, fragenden Singsang, Gelächter, leicht und zart wie in den Wind geblasene Blütenblätter. Ich verstand nichts. Ich krümmte mich zusammen, starrte, versuchte mich klein und unsichtbar zu machen, versuchte selbst Wind zu werden. Über mir erhob sich die schlanke Hand des Reiters. Etwas fiel herab, glitzerndes Gold, und landete im Laub neben mir. Ich bewegte mich nicht. Die Rosenranken verschränkten sich wieder und versperrten die Sicht auf das Wasser. Die Winde wurden dunkler, galoppierten an mir vorbei, große dunkle Rösser mit fliehenden Mähnen und Schwänzen, deren Augen das Mondlicht reflektierten. Die Blätter wirbelten vom Boden, von den Bäumen hinter ihnen her wie ein trockener Fluss, der in den Herbst rauscht.

Lange Zeit bewegte ich mich nicht. Blätter hatten sich gegen mich geschoben und wehten mit den vorbeiziehenden Winden fort. Blätter verbargen ein Leuchten, enthüllten es dann und verbargen es wieder. Ich wartete und spürte dabei meinen Herzschlag. Ich dachte nichts, weil ich nicht wusste, was ich denken sollte; ich wusste nicht, ob es Worte gab für das, was ich dachte. Laub hat keine Worte, das Dunkle auch nicht. Ich versuchte beides zu werden, während die Wolken den Mond abwärts jagten und er entkam und sie ihn wieder einfingen.

Schließlich spürte ich meine schmerzenden Knochen, die sich bewegen wollten und auf ihrer menschlichen Gestalt bestanden. Da griff ich, immer noch ohne zu denken, hin. Ich wischte das Laub beiseite, bis ich fand, was darunter begraben lag.

Ich konnte es nicht gut sehen; die Wolken hatten den Mond wieder gefangen. Ich stand auf und steckte es in eine Tasche. Ich hatte das Kleid meiner Mutter an, erinnerte ich mich undeutlich. Ich hatte auf einer Hochzeit getanzt, im Licht der Sonne. Dann war ich durch die Felder in die Nacht gerannt und hatte gesehen, hatte bekommen …

Ich zitterte und machte den ersten Schritt heimwärts.

Irgendwann, als ich über die Felder unseres Vaters lief, kam ich wieder in die Zeit zurück. Ich sah Lichter im Haus. Ich hatte keine Vorstellung, wie lang ich fort gewesen war. Vielleicht dachten sie, ich hätte mich mit jemandem davongestohlen, und niemand hatte sich gewundert. Vielleicht nahmen sie auch das Wahrscheinlichste an: dass ich von der Menschenmenge genug hatte und in den Wald gewandert war. Ich würde wie immer sicher heimkommen … Ich ging langsam, müde und folgte dem Pfad, den der Mond mir wies; er hörte über dem Haus auf, als ich auf die Terrasse trat.

Ich sah, wie sich meine Schwester vom Kamin abwandte, als ich die Tür öffnete. Ihr Gesicht sah gerötet, verwirrt aus. Sie hatte sich vor Sorge die

Haare gerauft; sie lagen zerzaust um ihr Gesicht und nur eine Elfenbeinspange hielt noch ein verwelktes Stiefmütterchen über ihrem Ohr. Sie starrte mich an. Ich hörte, wie Perrin, der in einem Stuhl saß, etwas murmelte. Unser Vater stand auf und trat auf mich zu. Noch jemand bewegte sich im Schatten und für einen Augenblick schloss ich die Augen, denn ich hatte nichts hinter mir zurückgelassen, während ich gerannt war: Es war alles hier und wartete auf mich.

Dann öffnete ich die Augen und sah ihn an. Seine Augen gaben keinen Ausdruck preis. Schweigend stand er da und lehnte sich gegen den steinernen Kaminsims, nicht weit von der Stelle, wo Laurel gewesen war, bevor sie mich sah.

Sie atmete durch, berührte mein wirres Haar, mein zerrissenes Kleid, eine Schramme auf dem Nacken. »O Rois ...«

Ich sah, wie ihre Augen sich röteten. Perrin und mein Vater fuhren gleichzeitig auf: »Was ist passiert?«

»Nichts ist passiert«, sagte ich kurz angebunden. »Ich bin im Wald spazieren gegangen.«

»Mit wem?«

»Niemand.«

»Du hast die Hochzeit verlassen und bist nicht zurückgekehrt und auch nicht hierher gekommen«, sagte Laurel. »Du bist verschwunden.«

»Ich tauge nicht für Hochzeiten«, sagte ich seufzend. »Tut mir Leid.« Ich sah unseren Vater an und sagte noch mal, hilflos: »Es tut mir Leid.«

»Du bist die ganze Zeit allein gewesen?« Er streckte mir eine Hand entgegen. »Niemand hat dich ... belästigt?«

Nichts Menschliches, dachte ich. Müde schüttelte

ich den Kopf, seine missratene Tochter, sein elfenhaftes Kind, das seine Schuhe in einer Kornkrippe gelassen hatte, um mit der Nacht zum Tanzen zu gehen. »Du weißt, wie ich bin.« Ich zog mir die Blätter, die letzte Rose aus dem Haar. »Ich wollte euch nicht beunruhigen.«

Sie schwiegen, starrten mich an, spürten mehr, aber ich hatte ihnen nicht mehr zu geben. Corbet bewegte sich und mein Blick richtete sich auf ihn. In einem zeitlosen Augenblick sah ich in seinem Gesicht menschliche und unmenschliche Gestalten treiben, als ob er von der Quelle aus zu mir aufsähe und das Wasser ständig über ihm zitterte.

Er machte eine abrupte Bewegung; ich senkte den Blick. Ich sah Laurel nicht an, fühlte aber ihre Augen auf mir. Ich näherte mich ihr, fand ihre Hand und berührte sie.

»Es tut mir Leid«, flüsterte ich.

Ich hörte ihr Seufzen. »Das ist jetzt nicht wichtig. Wenigstens bist du in Sicherheit.« Keiner von uns war das, wusste ich da. »Du musst Hunger haben. Komm in die Küche; ich mach dir was.«

Bewegung kam in die Männer. Perrin stand auf, Corbet entfernte sich vom Kamin, mein Vater drehte eine Lampe herunter. »Ich werde Sie dann allein lassen«, sagte Corbet. »Da jetzt alles in Ordnung ist.« Seine Leichtigkeit hatte etwas Angestrengtes. Kurz fing er wieder meinen Blick ein, als er das Zimmer durchquerte. »Ich habe mir Sorgen gemacht«, sagte er noch und mir wurde klar: Er wusste, dass ich vor ihm davongelaufen war. »Ich bin geblieben, um bei der Suche nach Ihnen zu helfen, falls Sie nicht zurückgekommen wären.«

»Sie hätten gewusst, wo Sie suchen müssen«, sagte ich leise. Ich beobachtete, wie Perrin Laurel küsste und Corbet folgte. Unser Vater schloss hinter ihnen die Tür. Einen Augenblick lang sah er mich an, verstört, ängstlich. Vermutlich fragte er sich, wo die elegante Frau, mit der er getanzt hatte, geblieben war und welcher Wechselbalg ihren Platz eingenommen hatte.

Er kam zu mir, klopfte mir leicht und unbeholfen auf die Schulter. »Bist du sicher …«, begann er schroff.

»Es geht mir gut«, sagte ich. »Ich habe nichts zu erzählen.«

Er wandte sich ab, machte die Lichter aus und überließ Laurel die Angelegenheit.

Ich hatte auch Laurel nichts zu erzählen. Ich aß kalten Schinken und Brot und hörte mir an, welche Sorgen sie sich gemacht hatten und wie nett es von Corbet gewesen war, bei ihnen zu bleiben. Wo er doch die Orte kannte, zu denen ich ging, und niemand sonst gewusst hätte, wo man mit der Suche beginnen sollte. Müde kauend wartete ich darauf, dass sie aufhören würde zu sprechen. Sie schenkte Wein ein und sah mir beim Trinken zu.

Dann sagte sie sanft: »Quäl dich nicht. Jeder läuft hin und wieder vor solchen Dingen fort, das ist nur menschlich. Die Leute kommen zusammen, trinken, tanzen; Gefühle flattern wie gefangene Vögel herum, Dinge werden wortlos gesagt, Musik deutet an, was einfach nicht sein kann … Liebende haben plötzlich allzu vertraute Gesichter und andere Gesichter verheißen andere Welten …«

Ich schluckte einen trockenen Brocken hinunter.

Ich konnte sie nicht ansehen. Schließlich sagte ich: »Vielleicht war es das ja.«

»Bestimmt.« Sie berührte mein Haar, strich mir eine Strähne aus dem Gesicht. Dann sah ich sie an. Sie lächelte und brachte auch mich dazu zu lächeln, obwohl mein Hals brannte und ich das leichte heimliche Gewicht spüren konnte, das an meinem Rock zog. Sie trank ihren Wein und fügte hinzu: »Du errätst nie, wer den Hochzeitsstrauß gefangen hat.«

»Du?«

»Beda.« Ihr Lächeln wurde bei meinem Ausdruck breiter. »Und Shave Turl fing den Strohkranz, den Crispin warf. Er hat ihn den ganzen Nachmittag über aufgehabt und versuchte mit jeder Frau zu tanzen, die noch keinen Stock brauchte. Crispins Bruder Salish erkundigte sich, wo du seist, und auch Ley Gett und Tamis Orley – sie wollten mit dir tanzen.«

Ich sagte nichts; sie hätte mir genauso gut Schatten als Tanzpartner anbieten können, da sie mir doch nur als solche erschienen wären, nachdem ich in Corbets Augen getanzt hatte. Sie seufzte leicht und trank einen Schluck Wein. Trotz ihrer zerzausten Haare und des beunruhigten Ausdrucks schien sie noch schöner geworden zu sein: Tief in ihren Herbstaugen war ein Blick, als hätte sie den Sturm in einem wolkenlosen Himmel gespürt und ihre Kräfte zusammengezogen, um sich hineinzustürzen.

Aber in dieser ruhigen Küche konnte ich unmöglich glauben, was ich erspäht hatte. Sie liebte Perrin, Perrin liebte sie; nie würde sie ihn oder unseren Vater verletzen. An ihrer Hochzeit würde ich mit jedem tanzen und vor nichts davonrennen. Plötzlich gab ich ein Geräusch von mir, ein reuiges Lachen, und fragte mich, ob ich wohl barfuß tanzen würde.

»Meine Schuhe ...«

»Wo hast du sie gelassen?«

»In Ley Getts Kornkrippe.«

Laurel lachte. »Er wird glauben, sie seien vom Himmel gefallen.«

Sie schob das Essen beiseite und zündete Kerzen an. Ich schleppte mich hinter ihr die Treppe hinauf, mit wunden Füßen und sehr müde; plötzlich war ich zu müde für Liebe, Schrecken oder sogar für Träume. Ich wusch mich wie in Trance und ließ das Kleid meiner Mutter wie eine welke Rose auf dem Boden liegen. Mit geschlossenen Augen kroch ich ins Bett.

Eine bleiche und schlanke Hand drang in die betäubende Dunkelheit des ersten Augenblicks von Schlaf und ließ etwas fallen, das golden im Mondschein glitzerte, als es auf mich zu fiel.

Noch vor Ende des Falls fuhr ich aus dem Schlaf hoch. Ich zog mich aus dem Bett, kniete neben dem Kleid meiner Mutter nieder und griff in die Tasche. Ich konnte nicht sehen, was ich dort fand; das Zimmer war schwarz oder vielleicht waren auch meine Augen noch geschlossen. Ich nahm es mit mir ins Bett, schob es unter mein Kopfkissen und schlief dann, versteckt in der Nacht, in Blättern, traumlos.

Am Morgen fand ich nur ein vertrocknetes, zerbröckeltes Blatt unter meinem Kopfkissen.

6

Der Regen setzte ein.

Hart, dauerhaft peitschte er die Felder, verwandelte Straßen in Matsch, stampfte die goldenen Blätter in den Boden und schwärzte sie. Im Wald beugten sich die triefenden Bäume und Zweige unter den Sturzbächen. Blätter fielen, hefteten sich schlaff an Ranken und Wildblumen und begruben sie allmählich unter ihrem patschnassen Gewicht. Auf den Feldern, auf Lynn Hall wurde die Arbeit eingestellt, obwohl ich ihn die ein, zwei Male, als ich mich in den Wald wagte, innen hämmern hörte. Einmal ging ich zur Quelle; das vom Regen geküsste Wasser gab mir nichts, nicht einmal mein Spiegelbild. Ein anderes Mal, gegen Abend, als der Regen leiser fiel und Tropfen die Luft wie kleine Leuchtkäfer besprenkelten, suchte ich für Beda den allerletzten Holzapfel. Dabei sagte ich mir: Ich musste an dem verfallenen Gutshaus vorbei, um an den Baum zu kommen.

Rauch stieg aus dem Schornstein auf und roch süß nach Buche und Ahorn. Crispin hatte ihm eine Wagenladung mit abgelagertem Holz gebracht. Ich sah ihn nicht.

Die meiste Zeit blieb ich zu Hause und nähte neben Laurel oder sah dem Regen zu. Ich hatte im Wald Angst bekommen: Ich wusste nicht mehr, was wirklich war. Wenn ich eine Welt erfunden hatte, in der niemand von uns lebte, dann war die wirkliche Welt die von Laurel, voraussagbar, zuverlässig, ohne Geheimnisse und ohne herrenloses mitternächtliches Gold, das morgens in ein Blatt verwandelt war. Corbet Lynn war nicht aus dem Licht herausgetreten, sondern auf einem Pferd ins Dorf geritten; Laurel liebte Perrin wie eh und ich hatte nur deshalb wilde Pferde in den Nachtwinden erkannt, weil ich sie dort sehen wollte. Ich machte mir Kamillen- und Verbenentees, um meine Gedanken zu beruhigen, und beobachtete Laurel, die sich ruhig durch ihre Welt bewegte. Niemals lief sie auf und ab oder riss ein Fenster auf, um den Regen oder Wind zu spüren; niemals bewegte sie sich ohne Anmut oder Ziel. Niemals ging sie barfuß.

Also trug ich Schuhe und flocht mein Haar und machte Spitze für ihr Hochzeitskleid, als ob ich Zeit und Versprechungen in jede luftige Schlinge stickte und jeder Zentimeter Laurel sicherer an ihre Zukunft knüpfte. Und dann bemerkte ich, wie leise mein Vater in meiner Gegenwart sprach und wie er umherlief, als ob ich mich von einer Krankheit erholte, so wie er und Perrin sich manchmal nach einem Fässchen Apfelkorn erholen mussten. In Laurels Augen spiegelte sich immer das kleine ängstliche Runzeln, wenn sie mich ansah. Ich hatte geglaubt, dass sie sich immer noch wegen meines Sturmausflugs Sorgen machte, aber allmählich erkannte ich, dass meine beschuhten Füße sie mehr beunruhigten.

»Was ist los?«, fragte sie eines Nachmittags, als wir beide in dem grauen Licht vor dem Fenster saßen und nähten. »Du bist so still geworden.«

»Ich versuche so zu sein wie du«, sagte ich.

Erstaunt sah sie mich an. »Warum?«, wollte sie schließlich wissen. Aber ich konnte ihr den Grund nicht nennen, ohne ihr alle Unterschiede zwischen uns aufzuzählen, ohne Bilder aus dem Wind zu entwerfen. Als ich nicht antwortete, sagte sie noch: »Normalerweise hast du zu dieser Zeit bereits einen Pfad über den Boden ausgetreten und den restlichen Herbst brauchst du, um dich murrend auf den Winter einzustellen. Oder du gehst bei jedem Wetter hinaus und kommst nass wie ein Fisch wieder heim, die Hände voll mit allem, was nicht tot ist. Früher hast du den Regen geliebt.«

»Früher warst du deswegen beunruhigt«, entgegnete ich knapp. Man konnte es niemandem recht machen.

»Rois …«

»Ich bemühe mich einfach nur, zivilisiert zu sein.«

»Aber ich vermisse deine frühere Art.« Ich seufzte beleidigt auf und sie sagte schnell: »Ich meine, ich vermisse es, dass du glücklich bist. Du bist nie glücklich, wenn du ans Haus gefesselt bist. Warum zwingst du dich jetzt so?«

»Ich kann nicht mein ganzes Leben lang wild sein.« Mit meiner Nadel stach ich daneben, versuchte es noch einmal, stach wieder daneben. Schließlich ließ ich Spitze und Haken in meinen Schoß fallen und lehnte mich zurück. An der anderen Seite des Zimmers umrahmte das Fenster weiße Birken, ein schlammiges Feld, ferne Bäume, die mit ihren allerletzten Blättern zerfranst aussahen. Über den Bäumen sah ich Rauch aufsteigen und blickte schnell nach unten. Laurel, die denselben Rauch sah, blickte nicht weg.

Langsam sagte sie: »Ich möchte wissen, was er dort kocht. Wahrscheinlich halbrohes Fleisch und backt verbranntes Brot.«

»Er könnte im Gasthaus essen.«

»Er könnte hier essen.« Plötzlich stand sie auf, lebhaft. »Heute Abend. Geh und lad ihn ein. Ich sag Beda Bescheid.«

»Heute Abend?«

Sie warf mir einen eigenartigen Blick zu. »Er muss essen. Und unser Vater und Perrin mögen seine Gesellschaft. Vielleicht erzählt er uns mehr über seine Vergangenheit. Geh schon.«

»Aber es regnet.«

Sie lachte mich ungläubig aus. Also legte ich meine Spitze beiseite und betrachtete meine Schuhe. Ich zögerte; Laurel sah diskret weg.

Ich beschloss zum Gutshaus zu reiten. Das passte zu meiner geistigen Verfassung, die wie meine Füße sowohl aufgeregt als auch eingeengt zu sein schien. Welcher Ausdruck wäre in seinen Augen, wenn er mich ansähe? Bang stellte ich mir diese Frage, während ich in meiner Erinnerung jeden einzelnen durchging: seine höfliche Ausdruckslosigkeit, sein distanziertes Lächeln, die Art, wie er mich ansah, ohne mich wahrzunehmen, oder noch schlimmer, wenn er viel zu viel wahrnahm. Aber indem ich meine ruhige dunkle Stute ritt, war ich bewaffnet und verkleidet: in Schuhen, mit geflochtenem Haar, mit Mantel und Kapuze aus grüner Wolle gegen den Regen. Sein erster Ausdruck würde Überraschung sein.

Ich ritt um die Ruinen herum und fand eine Tür in der Nähe des rauchenden Schornsteins. Drinnen hörte ich kein Geräusch. Ich stieg ab und klopfte: immer noch nichts.

Lauschend stand ich da und fragte mich, ob er schlief oder ins Dorf geritten war. Dann sagte er hinter mir: »Rois.«

Ich wirbelte herum, mein Herz hämmerte. Er lief zwischen den alten Rosenbäumen, mit nassem Haar und Blättern, die sich wie Hände an seinen grauen Umhang hefteten. Seine Schultern und Stiefel und der Saum seines Umhangs waren dunkel vor Regen; es schien ihm nichts auszumachen.

Ich hielt den Atem an. »Wie konnten Sie mich so erkennen?«, fragte ich. Er hatte doch nur die Rückseite eines Kapuzenmantels und ein Paar Stiefel gesehen und er kannte mein Pferd nicht.

Er zuckte leicht mit den Schultern und seine Augen zeigten wenig, weder Überraschung noch das Gegenteil. »Wie auch nicht?«, fragte er schlicht zurück.

Ich ging darauf nicht ein. Ich wollte nicht noch verwirrter werden. Mit tonloser Stimme übermittelte ich ihm Laurels Botschaft und setzte mürrisch hinzu: »Sie glaubt, Sie essen rohes Fleisch.«

Darüber lächelte er. Dann ging er zur Tür und entriegelte sie. »Kommen Sie und sehen Sie nach.«

Überrascht folgte ich ihm.

Zwei Zimmer hatte er überdacht und sie mit einem Wandteppich getrennt, einem glitzernden Wurf aus Gold- und Silberfäden, der so alt war, dass die Fäden stellenweise durchgescheuert waren und das Muster traumhaft und ungenau schien. Rosen, tiefrot wie altes Blut, umrahmten es. Die marmornen Fliesen waren von ein halbes Jahrhundert lang wucherndem Moos, Unkraut und Gras befreit. Einige Platten waren gesprungen, aber er hatte die Fugen mit Mörtel gefüllt und geglättet und die Platten gescheuert, bis sie die Farbe von altem Elfenbein hatten. Eine Samtcouch und ein Handarbeitsstuhl standen neben dem Marmorkamin. Von beiden hingen lose Fäden herab, aber das dunkle Holz war so lange poliert worden, dass sich in seinen eleganten Schnörkeln und Windungen das Licht fing. Starke, rohe Holzbohlen spannten sich an der Decke über uns; das Dach, so erkannte ich, sollte im nächsten Frühjahr der Unterbau eines weiteren Geschosses werden. Nun aber klopfte der Regen darauf, zuerst leise, dann heftiger, mit fordernden Fingern: Der Wald verlangte zurück, was seines war.

»Das habe ich von dort mitgebracht, wo ich früher wohnte, es gehörte meiner Mutter.« Er hob den Wandteppich und ließ mich einen Blick auf ein Bett werfen, das aus dem gleichen dunklen Holz gefertigt war. Die Decke und der Baldachin waren so ordentlich ausgebreitet und gespannt, dass sie den Eindruck erweckten, festgefroren zu sein, so als ob niemand wirklich dort schliefe.

Nirgendwo sah ich Staub oder Spinnen oder etwas, das er vielleicht im Wald gesammelt hatte: keine Nüsse, keine Schale mit Äpfeln oder helle Blättersträuße. »Sie essen kein rohes Fleisch«, sagte ich, »Sie essen gar nichts.«

»Ich esse im Gasthof«, sagte er geistesabwesend.

»Und heute Abend?«

Wieder lächelte er, erfreut. »Ja. Natürlich. Es war nett von Ihnen herzukommen.«

»Laurel hat mich darum gebeten.«

Ich beobachtete, wie er den Wandteppich auf seinen Holzringen gerade zog; als er Kopf und Arm hoch hielt, verschmolz sein Hemd mit den flimmernden Fäden und einen Augenblick lang kam er mir wie ein Teil des Wandteppichs vor, der gerade ins Freie trat. Ich spürte, wie mein Hals sich vor Worten, vor Erstaunen zusammenzog. *Hast du die Jagd der Winde gesehen?*, wollte ich ihn fragen. *Hast du je etwas gesehen, das so hell und schwer wie Gold war und sich bei Tageslicht in ein Blatt verwandelte?* Da wandte er mir sein Gesicht zu, als hätte er meine Gedanken gehört; sein Blick hielt meinen fest.

Wieder fühlte ich, wie mich ihr grüner Sog durchströmte, als ob diese Farbe das Blut meines Herzens geworden wäre. Bevor ich mich abwenden konnte, sagte er leise: »Was haben Sie gesehen, als Sie in jener Nacht in den Wald liefen?«

Ich hatte sein Gesicht gesehen, bleich, fremd und schön wie der Mond. Die Winde ritten wieder über mir dahin, dunkel, wild, mit Umhängen aus goldenen Blättern und ihrem aus Mondlicht geschmiedeten Harnisch. Ich schluckte, meine Stimme hatte kaum einen Klang.

»Wind.«

»Was noch?«

»Wasser.«

»Was noch?«

»Ein Blatt.«

Da ließen seine Augen mich los; ich wandte mich ab und fühlte mich benommen. Dann rief ich schrill aus: »Nichts! Ich sah nichts! Was glauben Sie, warum ich so gekleidet bin?«

»Ganz in Grün«, sagte er leise, »auf einem schwarzen Pferd, um mich zum Essen bei Ihnen einzuladen.« Es klang wie ein altes Lied. Leichthin fügte er hinzu: »Sagen Sie Ihrer Schwester, ich bringe Wein aus dem Gasthaus mit. Was mögen Sie?«

»Alles. Apfel- oder Brombeerwein. Laurel mag Brombeere.«

»Dann bringe ich beides mit«. Er öffnete mir die Tür. Immer noch regnete es stark, aber als ich so nah an ihm vorbeiging, so nah, dass ich sein tiefes Einatmen hörte, vergaß ich, mir die Kapuze aufzusetzen. Blind vor Wasser ritt ich über die schlammigen Felder und meine Zöpfe lockerten sich in der Nässe, sodass bei meiner Heimkehr das Wasser an mir herablief, ich eine Schlammspur hinterließ und Laurel endlich wieder vertraut aussah.

Er kam in der Dämmerung, auf seinem buttermilchfarbenen Pferd. Überall fiel Regen aus einem eisengrauen Himmel, silbrige Bänder im Lampenlicht und dahinter ein dauerhafter hohler Klang, als ob die Welt sich langsam in die Dunkelheit entleerte. Er brachte süße Weine mit, einen dunklen, einen blassen. Wir tranken sie zu Eintopf, Salat und Schwarzbrot und dann tranken wir noch mal am Feuer, wobei der Schnaps meines Vaters zusammen mit den Weinen herumging. Perrin sprach über seine Ernte, Laurels Spitze wurde an ihrer Nadel immer länger und ich saß im Schatten und beobachtete, wie im tanzenden Licht Silber und Gold in Corbets Haar aufflackerten wie die Fäden in seinem Wandteppich.

Nach einer Weile hörte Perrin auf zu sprechen und fing an, leise auf Laurels Flöte zu spielen. Laurels Hände wurden still; sie richtete ihren Blick auf Corbets Gesicht.

»Wo lebten Sie«, fragte sie, »bevor Sie herkamen?«

Anscheinend war er geneigt zu antworten; in dieser weingetränkten Wärme war wenig es wert, im Verborgenen zu bleiben. »In der Stadt. Woanders. Meine Mutter konnte es sich leisten zu leben, wo sie wollte. Manchmal in der Nähe des Meeres. Sie liebte das Wasser, bewegtes oder stilles, ganz egal.«

»›Ich liebte meine Liebste auf dem Wasser‹«, setzte Perrin mit schiefem Ton an. Er wurde allmählich betrunken. »›Ich liebte meine Liebste auf dem Land. Ich liebte meine Liebste auf der grünen, grünen See und ließ sie zurück auf dem silbernen Sand.‹« Mein Vater gab einen gespenstischen Schnaufer von sich. Perrin setzte seine Flöte wieder an, um zu spielen.

»Erzählen Sie weiter«, sagte Laurel zu Corbet. »Wo lebten Sie, direkt bevor Sie hierher kamen? In der Stadt?« Er nickte und nippte an seinem Schnaps. »Starb dort Ihr Vater?«

»Nein«, sagte er und sonst nichts. Aber seine kühlen, stillen Augen warteten auf eine andere Frage. Laurel stellte sie, wobei sie sich zurücklehnte. Ihr Gesicht wurde von ihrem dunklen Haar und noch dunklerem Holz gerahmt, ihr Blick hielt seinen fest.

»Wie starb er?«

»Nein«, sagte er weich. »Sie sollten fragen: ›Wo ist er dann gestorben?‹«

»Haben Sie ihn geliebt?«, fragte ich unvermittelt und sein Blick sprang überrascht zu mir herüber.

»Nun«, sagte er, »das ist eine sehr gute Frage. Das würde jede Menge Flüche begraben. Aber die Frage kostet Sie eine Antwort.«

»Worauf?«

»Irgendeine Frage, die ich stelle.«

Perrin gab ein grunzendes Lachen von sich und blies einen schrillen Ton. Unser Vater richtete sich blinzelnd auf. »Wie war die Frage?«, erkundigte er sich schläfrig. »Hab sie nicht verstanden.«

»Nichts«, sagte Perrin. »Laurel und Rois spielen ein Spiel.«

»Ich nicht«, protestierte Laurel. »Ich bin ernsthaft unhöflich. Corbet verwandelt es in ein Spiel.«

Corbet lächelte sie über sein Glas hinweg an. »Die Wahrheit ist ein einfacher Ort, den man über viele Straßen erreichen kann. Ich sage es Ihnen, aber Sie werden mir nicht glauben. Mein Vater lebt noch, will aber aus verständlichen Gründen nie mehr nach Lynn Hall zurückkehren. Er hat erst spät geheiratet; meine Mutter starb jung. Ich erbte ihr Vermögen und kam mit dem Segen meines Vaters her, um das Gutshaus und das Land wieder in Besitz zu nehmen. Mit seinem Segen. Nicht mit seinem Fluch.«

Wir schwiegen. Ich warf Laurel einen Blick zu; auch sie glaubte ihm nicht. »Sie haben Crispin erzählt, Ihr Vater sei tot«, sagte ich.

»Hab ich nicht. Crispin nahm an, er sei tot, da ich zurückgekommen bin, um Lynn Hall zu beanspruchen.«

»Sie haben uns alle in dem Glauben gelassen«, protestierte Laurel.

»Das war nicht meine Absicht«, antwortete er sanft. »Es hat mich einfach niemand gefragt. Und ich war zu beschäftigt, um auf das Gerede zu hören.«

»Das ist eine Wahrheit«, sagte ich einen Augenblick danach. »Gibt es verschiedene Wahrheiten, so wie es verschiedene Flüche gibt?« Ich spürte den dunklen süßen Wein, der in mir pulsierte; ich hatte zu viel getrunken und das machte mich leichtsinnig. Seine Augen veränderten sich, als er von Laurel zu mir blickte; sie verbargen Antworten, Gefühle, enthielten nur Geheimnisse. »Oder«, fuhr ich fort, »ist jeder Fluch eine andere Wahrheit?«

Laurel lachte. »Rois, du redest Unsinn! Frag etwas, worauf er antworten kann, damit wir verstehen können.«

»Ja«, sagte er zu ihr; und ich hielt den Atem an; er hatte mir geantwortet. Ich trank noch einen Schluck Wein.

»Frag du«, sagte ich zu Laurel, zu benommen von zu viel Wahrheit und plötzlich ängstlich. Ich wollte mich im Schatten verstecken, so wie ich mich in jener Nacht im Laub versteckt hatte. Aber er sah durch den Schatten hindurch in die Angst hinein: Ein Lächeln, fern und kalt wie ein Stern, tauchte in seinen Augen auf.

Laurel sah das Lächeln anders; ein Lächeln der Erwiderung berührte ihre Lippen. Für sie stellte er eine Herausforderung dar, ein neckendes Puzzle, etwas, das man an Winterabenden lösen konnte, solange er seine Rätsel ausspann. Sie betrachtete ihn einen Moment lang, während Perrin leise neben ihr spielte, dann fragte sie: »Hat Ihr Großvater wirklich Ihren Vater verflucht?«

»O ja«, sagte er und ich sah, wie seine Finger das Glas fester packten.

»Und Sie?«, drängte sie. »Sind Sie verflucht?«

Ohne zu antworten, sah er sie an, bis ihre Augen sich leicht weiteten und sie den Blick senkte. Perrin hatte aufgehört zu spielen und wartete neugierig auf eine Antwort.

»Ich bin verflucht«, sagte Corbet, »mit einem undichten Kamin, Schaffleisch viermal die Woche im Gasthof, einem Pferd, das in meinem Holzschuppen steht, Unkraut bis zum Horizont, wohin ich auch blicke, Herbst, der in alle dachlosen Räume meines Hauses fällt, und dem Winter, der nur darauf wartet, sich anschließend dort festzusetzen.«

»Sie könnten fortgehen«, sagte Laurel leise mit gerunzelter Stirn. »Im Frühjahr zurückkommen. Warum tun Sie das nicht?«

»Ich habe beschlossen zu bleiben.«

Unser Vater fuhr wieder aus seinem Nickerchen hoch. »Gut«, rief er aus, nachdem er hier und dort in seinen Träumen ein Wort aufgeschnappt hatte. »Schaffleisch viermal die Woche, das ist ja schrecklich. Sie müssen herkommen und so oft mit uns essen, wie Sie mögen. Leisten Sie uns Gesellschaft.« Sein freundliches Lächeln, breit und warm wie unsere Bienenwachskerzen, leuchtete einen Moment zu mir herüber, dann wieder Corbet zu. »Wegen der Gesellschaft«, wiederholte er. »Die Winternächte werden sehr schnell alt und dünn und abgenutzt, wenn man allein ist.«

Corbet erhob sich. »Danke.«

»Ich meine es ernst – sag du es ihm, Laurel. Sorg dafür, dass er kommt.«

»Das werde ich«, sagte sie lachend. »Und sei es nur, um ihn mit weiteren Fragen zu quälen, bis er uns die schlichte Wahrheit sagt.«

»Die habe ich Ihnen gesagt«, protestierte er. Aber sie hörte nicht zu. Ich hörte zu, aber ich hatte überhaupt nichts Schlichtes gehört.

Er wünschte uns eine gute Nacht. Ich ließ Laurel und Perrin, die miteinander sprachen, allein und ging zu Bett. Irgendwann in der Nacht stand er in meinen Träumen und beobachtete mich mit seinen geheimnisvollen Augen. Ich wachte auf, erschüttert, und fühlte immer noch seinen Blick im Dunkeln.

7

Ein paar Tage später ging ich wieder zu Lynn Hall. Ich lief dorthin, trug aber Schuhe, die ich an seiner Schwelle stehen lassen konnte, sodass er keine nassen Fußabdrücke auf seinen Marmorfliesen finden konnte. Ich hatte gesehen, wie er aus dem Wald auf das Dorf zu geritten war, eine ferne Gestalt, aber für mich auf jene zweifelsfreie Weise erkennbar, auf welche die Augen das eine Gesicht, das man liebt oder hasst, inmitten einer Menschenmenge ausfindig machen. Die Sonne brach durch die riesige Wolke, die ein Gewitter ankündigte. Wasserfelder auf den matschigen Äckern spiegelten Licht, blauen Himmel, riesige aufgeblähte Wolkenwände, die zu einem luftigen Schaum aufgepeitscht waren und aufglühten oder erblassten, je nachdem, ob die Sonne hinter sie trat oder sie durchbrach. Ich roch feuchte Rinde, Erde, verfaulende Äpfel. Die Sonne glitzerte überall in dem von Regen besprenkelten

Wald. Ich fing Tropfen auf meinen Fingerspitzen, trank sie von den kahlen Ästen. Meine Schuhe und der Saum meines Umhangs waren durchnässt, als ich schließlich das Gutshaus erreichte. Ich ließ sie an der Tür zurück und zog meinen feuchten Rock mit einer Hand hoch, als ich die Tür öffnete.

Ich war auf der Suche nach seiner Vergangenheit.

Abgesehen von ein paar glimmenden Kohlenstücken im Kamin sah der Ort so aus, als habe die Zeit niemals seine Schwelle passiert. War hier, so fragte ich mich, sein Großvater gestorben? Mitten im Winter neben seinem aus Geiz klein gehaltenen Feuer? Ich suchte den Fußboden nach dem matten Schatten eines Blutflecks ab und erkannte lediglich die schwachen Muster, die die Moosflechten zurückgelassen hatten. Ich schob den Wandteppich zur Seite, sodass das Licht in die kleine Schlafkammer fiel. In einer Truhe neben dem Bett waren Kleidungsstücke, auf dem Waschtisch befanden sich die Wasserschale, ein Krug, eine Rasierklinge, die in einen Horngriff geklappt war, ein silberner Spiegel. Der Spiegel zeigte mir mein Gesicht. Ein Teil von mir hatte gehofft sein Spiegelbild darin zu finden. Die Klinge ritzte mich, als ich sie aufklappte. Ich steckte den Finger in den Mund und fing mein Blut auf. Dann öffnete ich die Bettvorhänge, zog die feinen Wolldecken zurück. Ich konnte den Abdruck seines Körpers nicht finden, nicht einmal auf diesen weichen Laken.

Ich suchte noch sorgfältiger. Er hatte keine Spur von sich hinterlassen, kein einziges goldenes Haar, keinen verwischten Daumenabdruck auf dem polierten Holz. Vielleicht war er unnatürlich ordentlich.

Oder vielleicht schlief er nicht dort. Vielleicht schlief er nicht.

Türen, hatte er zu mir an Crispins Hochzeit gesagt. *Schwellen. Orte des Übergangs.*

Ich hatte ihn nicht gefragt, was er damit meinte; er hatte sich nicht gewundert, dass ich verstand. Er hatte mich gesehen, als ich ihn beobachtete, wie er zwischen den Welten wechselte. Ich hatte ihn nicht zur Rede gestellt. Plötzlich fragte ich mich ernsthaft, was ich wusste, weshalb ich mich heimlich in sein Haus geschlichen hatte und was ich dort zu finden hoffte. Ein Bett, das nachts ein Haufen Blätter wäre, einen Wandteppich, der zwischen Welten hing, eine Schale, in der kein Wasser war, ein Spiegel, der ... ja was denn reflektierte?

Ich spürte, wie etwas mich durchschüttelte: eine Vorahnung, eine Vision. Aber der Spiegel enthüllte keine Antworten; er warf lediglich zurück, was ich sah. Ungeduldig lief ich zwischen den Zimmern hin und her. Ich wollte die Masken von den Dingen abkratzen und herausfinden, was sie verbargen. Ein Rasiermesser, aber keine Seife. Ein Spiegel, aber kein Kamm. Kleider, aber keine Schuhe. Ich glättete das Bett, klappte das Rasiermesser zu, zog den Wandteppich wieder an seinen Platz. Einen Augenblick lang stand ich da und betrachtete ihn. Die alten Fäden deuteten Gesichter, Formen an, aber nur, wenn man sie nicht direkt ansah. Wenn man nach ihnen suchte, lösten sie sich in Formlosigkeit auf, wie Muster im Rauch.

Türen. Schwellen. Übergänge.

Falls er nicht gerade durch den Schornstein hereinkam, konnte ich keinen Hinweis auf ein Leben entdecken, das zwischen den Welten geführt wurde, nur ein Leben, das, in welcher Welt auch immer, exzentrisch geführt wurde. Vielleicht, dachte ich verwirrt, schlief er im Holzschuppen und bewahrte seine Seife neben einem Bach auf.

Oder er schlief im Gasthof, so wie er dort auch aß.

Schließlich ging ich, nachdem ich erschöpfende Mutmaßungen über spärliche Indizien angestellt hatte. Der Wind rüttelte an nackten Zweigen und schüttelte mir Regentropfen auf den Kopf. Ich wandte mein Gesicht empor nach mehr; damit war ich der Möglichkeit Wind zu schmecken am nächsten. Prächtige Häuser und Paläste trieben über mir und folgten der Sonne. War er aus einem solchen flüchtigen Reich gekommen?, fragte ich mich und dann: Warum hätte er es verlassen?

Nicht wegen eines verfallenen Gutes auf einem Stück Land, das der Wald sich genommen hatte. Nicht wegen eines sterblichen Mädchens; ich war die Erste, die er sah, und meinetwegen war er nicht gekommen.

Ich wanderte zur Quelle. Das Wasser hat seine Launen, ob fließend oder still; es kann einen wie eine Geliebte herbeilocken oder so düster wie ein gebrochenes Herz aussehen. Ich schob die verblühten Ranken beiseite und tauchte meine Hand ins Wasser. Der Wind und mein Plätschern kräuselten es; es verweigerte mir mein Spiegelbild. Aber es schmeckte nach jenen großen träumenden Wolken und nach den hellen Winden und zerbrochenen Stücken blauen Himmels, die sein Wasser einfing.

Es schmeckte nach der letzten Sonne vor dem Winter.

Als ich wieder am Gutshaus vorbeikam, an seiner uneinsehbaren Seite, sah ich Rauch aus dem Schornstein aufsteigen und seine Stute an der Tür stehen, groß, dunkeläugig, still, als hätte sie gerade Gestalt angenommen aus etwas, das an der Tür wartete, oder wäre gerade zu schnell von einem weit entfernten Ort gekommen. Ich sah, wie sie mich anblickte. Aber Corbet kam nicht heraus und ich glitt schnell und leise davon, bevor er an mich dächte und ich seine Augen wieder in meinem Kopf sähe.

Laurel lachte mich aus, als ich windzerzaust und schmutzig heimkam; sie hätte nicht gelacht, wenn sie gewusst hätte, wohin ich gegangen war.

Am nächsten Tag ging ich ins Dorf, um der alten Leta Gett ein paar Tees gegen Schmerzen und Schlaflosigkeit zu bringen. Ihre Hüfte war geheilt, tat aber immer noch weh. Das kalte Wetter setzte ihren Knochen zu und brachte nacheinander viele kleine Beschwerden, wie vorbeiziehende Stürme. Sie war für den Tee dankbar. Caryl kochte uns eine Tasse und zog sich zurück, dankbar auch sie, dass sie einen Augenblick für sich hatte. Leta Getts Gesicht war ein kleiner abnehmender Mond, mit ruhelosen schwarzen Augen und weichem elfenbeinfarbenem Haar, so fein, dass es aus Nadeln und Zöpfen herausrutschte. Wenn sie nicht zu starke Schmerzen litt, sprach sie sehr gern. Sie bewegte sich von einer Erinnerung zur nächsten, wie man in einem alten Haus, das man einst bewohnte, von einem Zimmer zum anderen wandert und es mit Geschichten anfüllt: Hier geschah dies und dort jenes. Vielleicht hatten sie sich ereignet, vielleicht wünschte man es nur; Wünsche vermischen sich so leicht mit der Wahrheit. So sprach ich seinen Namen aus. Ich warf ihn wie einen Kiesel in einen Teich und beobachtete die leichten Wellen.

Die Vergangenheit verwirrte sie schnell, sie dachte an Corbet und sah das Gesicht seines Großvaters vor sich.

»Ich erinnere mich noch, wie die Wildrosen um das Gutshaus herum wuchsen. Niemand kümmerte sich um die Gärten. Er war zu geizig, um einen Gärtner zu beschäftigen, und er selbst hatte kein Interesse daran. Er trieb die Männer auf seinen Feldern zu sehr an, stellte nie so viele ein, wie er brauchte. Also kam niemand für eine zweite Saison zu ihm zurück. Sein Sohn musste sogar schon arbeiten, als er noch klein war. Der Junge wuchs wild und scheu auf, wie ein Tier. Im Dorf sprach er kaum. Einmal sah ich einen Abdruck auf seiner Wange, wie von einer Hand. Ich fragte ihn – wir waren damals beide Kinder und Kinder glauben, alles in der Welt gehe sie etwas an. Wer hat dich geschlagen?, fragte ich. Und er wurde zornig – so zornig.« Verwundert über diese Erinnerung schüttelte sie leicht den Kopf. »Er sagte, er sei von einer Leiter gefallen. Ich erinnere mich an seine Augen, die so dunkel wurden, wenn er zornig oder verängstigt war. Und er schien immer eins von beidem zu sein.«

»Wo war seine Mutter?«, wollte ich wissen.

»Oh, sie kam von sehr weit her und starb jung. Ich sah sie nur einmal. Sie schien mir ganz unwirklich. Nicht wie eine von uns. Du weißt ja, wie Kinder die Dinge sehen. Zu sehr von Licht oder Dunkelheit erfüllt. Sie wirkte wie aus Spitze oder Flügeln, gar nicht wirklich. Keine Knochen und keine müde Haut – nichts, das je alt werden konnte.« Sie hielt inne, ihre

Lippen zuckten, ihre Augen plötzlich zu hell. »Nichts, was bei Wetterwechsel Schmerzen bekommen würde oder seine Füße nicht mehr sähe, weil man zu steif geworden wäre, um sich noch vorzubeugen.«

Ich legte meine Hand auf ihre. *Spitze*, sagte ihre weiche Haut zu meinen Fingern. *Flügel.* »Wie ist sie gestorben?«

»Wer weiß das schon, in dem Haus? Aber ich sah seine Augen – wir sind alle zu ihrer Beerdigung gegangen. Er weinte nicht. Man konnte überall in ihm Kummer sehen; bei jedem Windzug zitterte er, bei jedem gesprochenen Wort. Aber seine Augen waren so wild wie bittere Winternacht und er ließ sich von niemandem berühren.«

»Sein Vater?«, sagte ich und dachte an jemanden mit Corbets Gesicht, der neben einem solch wütenden und kummervollen Kind stand. Seine Augen waren sicher kalt, Eis über einem fließenden Strom aus Geheimnissen.

»Oh, er weinte«, sagte Leta überraschenderweise. »Vor uns allen. Geräuschlos. Bewegungslos. Die Tränen liefen ihm das Gesicht hinunter und er schien nicht einmal zu wissen, was das war …«

Plötzlich zitterte ich. Corbet muss in den Augen seines Vaters erspäht haben, welch schrecklicher, gewalttätiger, liebloser Ort das alte Gutshaus gewesen war. Aber warum war er überhaupt zurückgekommen, fragte ich mich, wenn er doch Geld und alle Freiheit der Welt hatte? Land, hatte er gesagt. Wegen des Landes. Aber er konnte überall Land haben. Dieses Dorf hallte, wie dieses Gutshaus, vor Vergangenheit wider. Er war gekommen, um einen Widerhall zu verändern. Oder vielleicht hatte ich Recht: Er war verflucht, an den Ort zurückzukehren, wo er verflucht worden war.

Leta trank noch mehr Tee. Die Augen fielen ihr zu; sie gähnte. Ihre Bewegungen wurden leichter, nun da Schwarzwurz und Weidenbirke die Schmerzen in ihren Gelenken linderten. Sie hielt mir die Tasse hin, damit ich sie ihr abnähme, dachte ich, aber sie wollte mehr Tee. Sie war mit ihren Erinnerungen noch nicht am Ende.

»Eines Nachts, nachdem sie begraben war, in einer langen Sommernacht, die so warm war, wie es heute nie mehr im Sommer ist, und mit mehr Sternen, als man sie heute je sieht, stahlen wir uns aus unseren Betten, trafen uns auf dem Dorfanger und schlichen uns heimlich nach Lynn Hall.«

»Wer?«, fragte ich schnell, voller Gier nach anderen Erinnerungen.

»Crispins Großvater Halov und Anis Turl und die Tochter des Gastwirts, die in die Stadt durchgebrannt ist – Marin hieß sie. Sie hatte ein Auge auf den jungen Tearle Lynn geworfen.«

»Corbets Vater?«

»Ja. Sie war hinter Geld her, das war sie; die sah keine Bauernsöhne an. Später hat sie jemanden mit einem Schiff geheiratet ... Ja, ich glaube, die war das.«

»Und ihr seid also heimlich aus den Betten und zu Lynn Hall hinüber.«

»Na ja, du weißt ja, wie Kinder sind, wenn es um Orte geht, die ihnen verboten sind. Besonders wo jemand gestorben ist ... Ich erinnere mich noch an den Duft der Rosen. Wir konnten sie in der süßen

Luft riechen, lange bevor wir am Gutshaus ankamen. Rosen und den Duft von frisch gemähtem Heu. Es muss also diese Jahreszeit gewesen sein, die goldene Seite des Sommers. Und da rannten wir nun alle barfuß durch die Felder und überlegten uns, an welches Fenster wir unsere Gesichter drücken würden, um zu sehen, was in der Nacht dort geschah. Der Hof war so groß, es gab so viele Fenster und der Gedanke, dass sie erleuchtet wären, zog uns wie Motten durch die Felder an. Kronleuchter, versprach Marin uns. Und goldene Becher. Und Kamine so groß wie Küchen, von Steinlöwen bewacht. Wir waren fast da, bevor wir es überhaupt merkten, weil das Gutshaus völlig dunkel war und wir nach Rängen und Reihen aus Licht Ausschau gehalten hatten.

Es war spät, sie waren schon im Bett. Aber Marin brachte uns dazu, einmal um das Haus herumzugehen; sie schob uns flüsternd vor sich her und versprach noch mehr: samtene Vorhänge und wundervolle Speisen auf Tellern aus Porzellan, die unberührt auf einem Tisch ständen, der so groß wie der Dorfanger wäre.

Schließlich sahen wir ein Licht in einem Eckzimmer, das dem Wald am nächsten lag. Es war im Erdgeschoss. Eine Küche, nahm ich an, oder das Zimmer der Haushälterin. Das war vielleicht eine mürrische Frau. Im Dorf sagte sie nur, was sie unbedingt sagen musste, immer nur ein Wort, als ob ihr Mund voller Nadeln steckte. Sie trug Schwarz, mit einem schwarzen Hut, der aussah wie Fledermausflügel. Sie sprach nie mit uns. Sie nickte jedem zu, außer dem Gastwirt. Zu ihm sagte sie ›Guten Tag‹. Aber nie mit einem Lächeln. Wo bin ich stehen geblieben?«

»Ihr habt ein Licht gesehen.«

»O ja. Wir schlichen uns also hin, glaubten sie zu sehen. Wir bemühten uns, nicht zu kichern oder zu flüstern, aber immer wieder sind wir aufeinander oder mit unseren nackten Füßen in Dornen getreten. Wir warteten, dass ihr Gesicht am Fenster auftauchen würde. Ein langes Pferdegesicht, das hatte sie. Knochig und farblos wie Wachs. Am Ende des Sommers ging sie fort, ohne ein Wort. Danach haben wir sie einfach nicht mehr gesehen.«

Da wurde Leta still und sah in ihren Tee. Ihr Gesichtsausdruck, vermutete ich, war wohl der gleiche wie in jener Nacht vor langer Zeit. »Was habt ihr gesehen?«, fragte ich eifrig.

Sie atmete tief ein, blinzelte, immer noch erstaunt. »Zwei Zimmer«, sagte sie. »In dem einen war ein Vorhang gegenüber dem Eingang zur Seite gezogen. Wir konnten im Schatten einen Bettpfosten erkennen. In dem größeren Raum sahen wir eine einzige Kerze und Tearles Vater, der direkt neben ihr saß und einfach in die leere Herdstelle starrte. Die Tür zum Gang hinter diesem Raum war mit Brettern zugenagelt. Nur darin wohnten sie. In diesen zwei Räumen. Der Rest des Gutshauses war abgeschlossen. Er muss die Haushälterin im Stall untergebracht haben … Rois, du hast deinen Tee verschüttet.«

Die Tasse war umgekippt; Tee lief auf die Untertasse und auf meinen Schoß. Ich stand auf, wischte mich ab, fühlte Mottenflügel, Mottenfüße, die überall über meine Haut flatterten und prickelten.

»O je«, sagte Leta schläfrig.

»Nichts passiert. Ich bin es gewöhnt, nass zu sein.« Ich nahm auch ihre Tasse, bevor sie ihr aus der Hand glitt. Sie sah mich aus runden, verblüfften Augen an.

»Wir haben also nie einen Kronleuchter gesehen und Marin rannte fort, um einen Schiffseigner zu heiraten. Findest du das nicht merkwürdig, Rois? Dieses große schöne Haus und alles, was sie je zu Gesicht bekamen, waren diese zwei Räume. Findest du das nicht merkwürdig?« Sie lehnte sich zurück und bedeckte ihre Augen mit der Hand. »Dieser arme, arme Junge«, hörte ich sie flüstern, bevor ich ging.

8

Und so ging ich in der Nacht zu Lynn Hall.

Ich konnte nicht ruhen, ich konnte kaum essen, dachte an Corbet, der wie der Geist seines Großvaters in jenen zwei Zimmern lebte. Wusste er das? Und dann fragte ich mich: Wie konnte er es nicht wissen? Nichts in diesen kalt-schönen Räumen erinnerte bei Tageslicht an die Vergangenheit. Wurden sie nur nachts heimgesucht? Ich lief auf und ab und wartete auf die Nacht. Unser Vater, der beobachtete, wie ich Stühle umkreiste und zwischen den Zimmern hin und her zog, einen Vorhang hob, um die Farbe der Dämmerung zu überprüfen und dann mich wieder abwandte und einen anderen hob, fragte mich unverblümt und mit einigem Humor und noch mehr Hoffnung: »Hältst du Ausschau nach dem Frühling? Oder nach Corbet Lynn?«

Ich drehte mich um und starrte ihn an. Laurel breitete gerade ein Tischtuch fürs Abendessen aus. »Also wirklich, Vater. Du bist doch sonst nicht so schwer von Begriff. Im Herbst ist sie immer so. Lass sie allein.« Sie legte die Servietten aus. »Corbet kommt morgen, nicht heute Abend.«

Ich blickte sie da an. »Woher weißt du das?«

»Ich habe ihn gesehen«, sagte sie ruhig.

»Wann?«

»Im Dorf. Als du bei Leta Gett warst. Er hat mich gefragt, ob er morgen kommen könnte. Wie geht es Leta?«

Ich zupfte an einem Vorhang und sah nach dem Kaminrauch über dem Wald. Der Himmel war jetzt dunkler als Rauch; Sterne waren keine da. Es hatte noch nicht wieder zu regnen angefangen. »Sie ist schwach«, sagte ich. »Aber sie schwatzt immer noch.«

»Das ist ebenso gut wie atmen«, sagte unser Vater von Herzen. Er hasste es, von Krankheiten und Schwächen unter uns zu hören. Dann klopfte Perrin an die Tür und trat ein. Er roch nach Holzrauch und süßer, von Regen durchtränkter Luft.

Er küsste Laurel und erzählte von einer Kuh, die aufgehört hatte zu fressen. Ich beobachtete den sich verdunkelnden Himmel, bis es Zeit war zum Abendessen, und dann lauschte ich auf die Essgeräusche um mich herum – Löffel, die durch Schalen kratzten, Laurels leises Schlucken, Perrins geräuschvolles Kauen, das Räuspern unseres Vaters nach jedem Bissen, Bedas schwerer Schritt und Atem und ich fragte mich, wie ich je durch den Winter kommen sollte.

Später war es besser, als wir am Kamin saßen und sich das Schnarchen unseres Vaters mit der Flöte vermischte. Perrin spielte und sprach abwechselnd. Die

Musik und seine Stimme waren sanft. Er sprach nicht von Kühen, sondern von dem Licht in Laurels Haaren und von ihren Kindheitserinnerungen: wie er sie zum ersten Mal zwischen Brombeeren geküsst hatte, wie sie sich zum ersten Mal im Apfelgarten gestritten und sich mit faulen Äpfeln beworfen hatten. Mir wurden die Lider schwer; seine Stimme, Laurels leises Lachen verwoben sich mit dem Knistern des Feuers; hin und wieder sang die Flöte etwas, eine ferne Melodie, als ob jemand sie in einem anderen Zimmer, einer anderen Zeit spielte.

Ich spürte eine Berührung an der Schulter und öffnete die Augen. Perrin war fort, unser Vater war fort, das Feuer war zu einem glühenden Schimmer im Kamin geschmolzen.

»Geh zu Bett, Rois«, sagte Laurel. »Du träumst.«

Ich nickte. Aber ich war, wo ich jetzt sein wollte: in der Mitte der Nacht, und ich blieb dort sitzen und lauschte, bis ich jeden im Schlaf atmen hörte. Dann schlich ich mich barfüßig hinaus und machte mich im Licht der Laterne auf den Weg nach Lynn Hall.

Ich hielt die Laterne mit meinem Mantel bedeckt, bis ich den Wald erreichte. Dann ließ ich einen Streifen Licht hinaus, der mir zeigte, welches Gestrüpp unter meinem nächsten Schritt lag, welcher Baum mir den Weg versperrte. Der Himmel war sehr dunkel, sternlos und sogar ohne den Rand einer silbernen Wolke, die mir zeigte, wo der Mond sich versteckte. Das Gutshaus tauchte für mich überraschend auf, eine Steinmauer, die sich vor mir in der Schwärze erhob. Der Ort war geräuschlos; ich sah nichts, ich hörte nichts. Durch einen verfallenen Türrahmen trat ich in einen Raum, der keine andere Decke als den Himmel hatte. Ich konnte das Moos und die zerbrochenen Fliesen unter meinen Füßen fühlen. Ich ließ meinen Mantel aufspringen. Licht umkreiste mich, enthüllte die schartigen Wände, Fensterscheiben des Himmels. Ich ging von Zimmer zu Zimmer und roch die frischen feuchten Balken, die bisher nur Luft aufrecht hielten. Ich lief am Gutshaus entlang, bis ich an der Tür stand, die Leta Gett gesehen hatte. Sie hielt immer noch die zwei Räume dahinter von dem restlichen Haus abgetrennt, aber das Holz war neu gehobelt und fest, eine Wand, die den Winter draußen halten würde.

Weiter konnte ich nicht gehen. Doch ich blieb dort stehen mit hoch gehaltener Laterne und lauschte auf Stimmen hinter der Tür. Ich spürte die leere Dunkelheit in meinem Rücken, sah nichts außer Wald, hörte nichts, wie in einer zeitlosen Pause zwischen Ein- und Ausatmen.

Ich hob meine Hand und klopfte.

Die Tür schien sich vor mir weniger zu öffnen als aufzulösen. Die Zimmer selbst – Wände, Decken, Möbel – schienen so unwirklich wie der Rauch hinter Corbet, der aufstand und mich aus Augen so ausdruckslos wie der mondlose Himmel anblickte.

Er streckte eine Hand aus. »Du hast hier etwas zurückgelassen. Du bist zurückgekommen, um es zu suchen.« Es lag auf seiner Handfläche: ein Tropfen Blut, hell und leuchtend wie ein Juwel. Während ich es anstarrte, schlossen sich seine Finger darüber. »Jetzt gehört es mir.«

Ich fühlte einen heftigen Schlag, als ob seine Hand mein Herz umschlossen hätte. »Corbet«, hauchte ich. »Was bist du? Bist du der Geist deines Vaters?«

»Nein.« Einen Moment lang trat Ausdruck in seine

Augen; ich sah, wie er schauderte. »Nein. Komm herein.«

»Nein.«

»Doch«, sagte er zu mir. »Du wirst mir folgen. Du versuchst ständig, einen Weg an der Welt vorbei zu finden. Immer noch siehst du dein Spiegelbild im Wasser, immer noch spürst du den Wind, der an dir vorbeirauscht und dich zurücklässt. Du willst in Licht aufgehen, die wilden Winde reiten. Ich sah dich in jener Nacht. Du wolltest wie Mondlicht aus deinem eigenen Körper herausfliegen. Du willst mir folgen.«

»Was geschah?«, fragte ich und umklammerte den Schmerz wie eine Schneide in meinen Händen. »Was geschah in diesen zwei Räumen?«

»Menschliches.« Er schüttelte den Kopf. »Es hat keine Bedeutung.«

»Es hat Bedeutung. Du trägst die Gesichtszüge deines Großvaters. Bist du der Geist deines Großvaters?«

Er machte ein Geräusch. Ich sah, wie sein Gesicht plötzlich rote Spuren von Fingern hatte, als wäre es geschlagen worden. »Nein.« Er hob eine Hand, griff nach einem nebligen Stein. »Komm herein und ich sage es dir.«

»Nein.«

»Deswegen bist du doch gekommen«, erinnerte er mich.

»Ich weiß.«

»Du bist gekommen, um die Wahrheit zu erfahren, aber du hast zu viel Angst sie zu berühren.«

»Ich habe Angst vor dir«, flüsterte ich.

»Das brauchst du nicht«, sagte er. Aber seine kalten Augen sagten: *Das solltest du auch.*

Ich ging einen Schritt zurück; er griff nach mir, erwischte meine Schulter. »Rois«, sagte er. »Lass mich nicht hier zurück. Verlass mich nicht. Nicht.«

»Rois.«

Ich kämpfte, um die Augen aufzubekommen, spürte, wie schwarze Blätter über sie hinweg glitten, über mein Gesicht und meinen Körper, als ob ich mich durch einen dunklen Wald schieben müsste, bevor ich aufwachen konnte. Laurel stand über mir, hatte eine Hand auf meine Schulter gelegt und in der anderen eine Kerze. Nur noch ein paar flackernde Flocken waren vom Feuer übrig.

»Rois«, sagte Laurel schläfrig. »Geh zu Bett. Morgen früh bist du stocksteif.«

Unsicher stand ich auf, entsetzt, und fragte mich, ob dies wieder nur ein Traum gewesen war. *Nicht*, hatte er gesagt. *Rois*. Ich folgte Laurels Kerze; ein Blatt, noch nass vom Wald, schien in dem Licht auf dem Fußboden kurz auf, wie ein Fußabdruck aus einer anderen Welt.

Als ich ihn am nächsten Abend zuerst wieder sah, erinnerte nichts in seinen Augen an einen Traum von einer offenen Tür zwischen uns.

Er war durch Regen geritten, die endlose Jahreszeit zwischen goldenen Blättern und Schnee. Er sprach vom Wetter, einem Stall für sein Pferd und davon, dass er Crispins Hilfe brauche, um an den letzten klaren Tagen, die vor uns lagen, zu bauen. Er hatte aus dem Gasthof Wein mitgebracht; als Beda uns Gläser brachte, zählte er sie und hob eine Braue.

»Wo ist Perrin?«

»In seiner Scheune, bei einer kranken Kuh«, sagte Laurel. Seine Augen befragten sie und sie fügte hinzu:

»Vielleicht kommt er später.« Sie begegnete seinem Blick einen Augenblick länger, dann zog sie geräuschvoll einen Stuhl unter dem Tisch hervor. »Setzen Sie sich.«

Beda hatte eine Hühnerpastete gemacht, die nach Estragon duftete und so schwer war, dass nur unser Vater ihr gerecht wurde. Er zog eine breite Furche durch sie hindurch, die ihn schließlich dazu brachte, in seinem Sessel am Kamin zu schnarchen. Ich konnte nicht essen. Mir waren die Bewegungen von Corbets Händen zu sehr bewusst, der Klang seiner Stimme, das Kerzenlicht, das sich in den Falten seines lockeren Hemdes verfing und seine Haut berührte. Ich horchte nach der Stimme, die ich in meinem Traum gehört hatte: der Stimme, die meinen Namen gesagt hatte.

»Rois«, sagte er und ich fuhr auf. Er lächelte, aber in seinen Augen konnte ich kein Lächeln entdecken, nur den Widerschein des Feuers.

»Was?«

»Sie sind sehr still.«

»Das ist die Jahreszeit«, erklärte Laurel. »Sie brütet, wenn sie nicht durch den Wald streifen kann.«

»Aber sie waren vor ein oder zwei Tagen draußen«, sagte er und ergänzte leichthin, womit er mir den Atem raubte: »Sie haben etwas in meinem Haus zurückgelassen.«

»Du hast ihn besucht?«, fragte Laurel. »Das hast du mir nicht gesagt.«

»Ich habe einen Spaziergang gemacht.« Ich musste innehalten, um mich zu räuspern. Ich konnte seinem Blick nicht begegnen. »Ich habe am Gutshaus angehalten. Sie waren nicht da.«

Blut, dachte ich. Ich ließ ein Juwel aus Blut zurück, als ich mich an dem Spiegelbild schnitt, das du in deinem hellen Rasiermesser zurückgelassen hast.

»Was hast du dort zurückgelassen?«, erkundigte sich Laurel neugierig. »Ein paar Pilze? Einige letzte Äpfel?«

»Regenwasser und Schmutz«, schlug unser Vater kichernd vor, erfreut. Ganz offensichtlich darüber, wohin mein Herz getrieben war. Er goss mehr Wein in meinen Becher, berauschend und dunkel wie altes Blut. Ich nippte daran, dann hob ich endlich den Blick, um Corbets zu begegnen.

»Was habe ich zurückgelassen?«, fragte ich ihn. Mein Herz hämmerte schlimm, aber der Wein festigte meine Stimme. »Ich habe nichts mitgebracht.«

Er lächelte wieder und bewegte sich ein wenig vom Licht fort. »Dann werde ich es Ihnen auch nicht sagen«, entgegnete er. »Und vielleicht kommen Sie mich ja wieder besuchen. Ich brauche Gesellschaft. Und Sie müssen mit ihr kommen«, setzte er zu Laurel gewandt hinzu. »Sie haben noch nicht gesehen, was ich mit dem Haus gemacht habe.«

Sie lachte zögernd, das konnte ich erkennen; unser Vater griff nach seiner Pfeife. »Natürlich kommen sie«, sagte er. »Laurel hat genug Spitze gemacht, um eine Scheune zu schmücken; sie braucht vor dem Winter Licht. Sie ist meine praktische Tochter«, setzte er zärtlich hinzu. »Manchmal vergesse ich, wie sie in diesem Haus arbeitet, damit es sauber und bequem bleibt: die Stühle immer an Stellen, wo man sie braucht, und die Kissen niemals durchgescheuert, die Teppiche gerade – ich weiß nicht, was ich ohne sie tun werde, wenn Perrin sie von hier fortholt.« Er blickte zu mir herüber, neckend, aber auch ich wusste nicht, was er tun würde; ich zog nie einen Teppich zurecht.

»Ich nehme an«, sagte ich zweifelnd, »du könntest ein Mädchen einstellen. Oder wieder heiraten.«

»Ich nehme an«, gab er zurück, »du könntest wohl nicht einfach lernen Staub zu wischen.«

»Was ist mit Perrins Schwester«, schlug Laurel vor. »Oder mit Beda.«

»Ich«, sagte Beda und schnaufte, als sie den Rest Pastete forttrug, den unser Vater übrig gelassen hatte. »Heiraten, um für jemanden den Haushalt zu führen? Und wer bezahlt mir das? Jetzt seht euch mal eure Teller an ... ich habe das hier nicht gebacken, um es an die Schweine zu verfüttern.«

»Ich ess später auf«, sagte Laurel gehorsam. »Mit Perrin.«

Wir hatten alle ein paar Muster auf unseren Tellern gezogen, sogar Corbet, der gearbeitet hatte. Beda ging brummend mit den Resten fort; wir nahmen unseren Wein mit ans Feuer und unser Vater steckte sich die Pfeife an.

»Das ist angenehm«, sagte er nach ein oder zwei Zügen mit einem Seufzer. Und nach weiteren ein oder zwei Zügen: »Aber ich vermisse Perrins Flötenspiel.«

»Ich kann spielen«, sagte Corbet. »Meine Mutter hat es mir beigebracht.« Er griff trotz Laurels Protesten nach der Flöte.

»Nein, Sie müssen unsere Fragen beantworten; mit dem Mund voller Musik können Sie nicht sprechen.«

»Lassen Sie mich etwas spielen«, sagte er und hob das Silber an seine Lippen. »Und dann werde ich jede Frage beantworten.«

Er spielte ein wenig. Keiner von uns rührte sich, nicht einmal mein Vater, um die Pfeife in den Mund zu nehmen. Es war ein Lied aus einem vergessenen Königreich, aus dem tiefen, geheimen Herzen des Waldes. Es brannte mir wild und süß im Hals, hinten in den Augen. Es lockte und rief; es gab uns ein paar Blicke frei auf das Land jenseits der fallenden Blätter, in der Quelle. Er verschwamm in Tränen und Feuer, ein Gesicht aus Feuer und Schatten, ein gleißender Strich aus Silber. Ich wollte den Ort finden, wo solche Musik so üppig wucherte wie hier die Rosen, den Ort, wo die Winde anfingen, den Ort, den der Vollmond im Wald sah.

Dann hörte ich seine Stimme im Traum: *Lass mich nicht hier zurück. Verlass mich nicht. Nicht.*

Er hörte genauso plötzlich auf, wie er begonnen hatte. Seine Augen suchten Laurel; sie blickte ihn an, mit errötetem Gesicht, weit aufgerissenen Augen, erschreckt, als ob sie ihn gerade zum ersten Mal gesehen hätte, wie er aus dem Licht trat.

Ich spürte, wie die Angst und wilder Kummer mich durchfluteten. Nie würde ich jenes Königreich sehen; dieses Lied war nicht für mich. Als hätte er meine Gedanken gespürt, schnellten seine Augen zu mir. *Nicht*, sagte er. *Rois*.

Er ließ die Flöte sinken. »Das ist das einzige Lied, das ich kenne.«

Unser Vater bewegte sich schließlich, klopfte seine Pfeife aus, die ihm ausgegangen war. Er wirkte verwirrt, als ob er etwas gehört oder gesehen hätte, aber nicht wüsste, wie er es nennen sollte, und nicht sicher wäre, ob es ihm gefiel. »Es nimmt einen mit«, sagte er, aber er sagte nicht, wohin.

»Meine Mutter brachte es mir bei«, sagte Corbet. Er legte die Flöte wieder auf das Regalbrett über seinem Kopf.

»Es war schön«, flüsterte Laurel. »Ich habe noch nie etwas so Schönes gehört.« Sie blinzelte, schüttelte sich aus ihren verzauberten Gedanken. Sie wandte sich an mich. »Und du, Rois?«

Stumm schüttelte ich den Kopf und wünschte verzweifelt Perrin herbei. Wir brauchten Perrins Stiefel und klare Gedanken und die großen, leichten Linien seines Körpers zwischen Laurel und Corbet.

Und als ob mein Wunsch ihn herbeigezaubert hätte, war er plötzlich da, betrat den Raum und verspritzte überallhin Regen, als er schwungvoll seinen Umhang abnahm.

»Der Kuh geht's gut«, sagte er lächelnd. Seine Augen richteten sich auf Laurel; sein Lächeln wurde ein wenig tiefer. »Du siehst schief aus – ganz hell und unstet, wie eine Kerze in einer Brise. Hast du wieder mit Corbet dein Fragespiel gespielt?«

»Wir haben uns gerade erst hingesetzt«, sagte sie. Ein kleines Schweigen folgte; niemand erwähnte Corbets Spiel. Plötzlich stand sie auf. »Beda hat Abendessen für dich in der Küche.«

»Gut. Ich bin ganz hohl.«

Corbet stand auf. »Dann verabschiede ich mich jetzt.«

»Nein, bleiben Sie«, sagte Perrin. »Wir setzen uns gleich wieder zu Ihnen.«

»Es gibt noch Schnaps«, bot unser Vater an. Corbet schüttelte den Kopf.

»Ich bin dabei Holz zu hacken«, sagte er zu Perrin und Perrin brummte: »Sie könnten einen frühen

Abend nutzen.« Er schlang seinen Arm um Laurel, als sie an ihm vorbeiging; in seinem Griff wandte sie sich abrupt zu Corbet um.

»Beim nächsten Mal«, sagte sie, »werde ich Ihnen Fragen stellen. Sie kommen nicht so leicht davon.« Sie lächelte nicht, sowenig wie er. Er nickte ihr leicht zu. Ihre Augen ließen ihn los; er drehte sich, um seinen Umhang zu holen.

»Beim nächsten Mal«, sagte er, wobei er nichts versprach, und ging.

9

Ich ging ins Dorf, um mit Crispins Großvater zu sprechen.

Er war ein kräftiger alter Mann, der hin und wieder immer noch gern einen Pferdehuf beschlug. Einen Abend pro Woche verbrachte er in der Dorfschänke und trank mit Crispins Vater, bis beide mit roten Gesichtern und laut rufend heimwärts wankten, wobei sie die Nachbarn und Hunde weckten und sich schworen, einander keinen einzigen Moment länger unter demselben Dach ertragen zu können. Am nächsten Morgen wachte Crispins Großvater dann zittrig und reuevoll auf und Crispins Vater hatte alles vergessen, was gesagt worden war, und Crispins Mutter knallte in der Küche mit Töpfen, voller Wut auf alle beide.

So jedenfalls ging das Gerücht; dies aber war keiner von Halovs reumütigen Tagen. Ich fand ihn in der Scheune, wo er fröhlich pfeifend den Mist aus den

Boxen der Kühe hinauswarf. Überrascht erspähte er mich aus vom Alter verschleierten Augen.

»Rois?« Er schleuderte Dung zur Tür heraus. »Suchst du Salish?«

Salish war Crispins jüngerer Bruder, der im Gegensatz zu Crispin die Energie seines Großvaters geerbt hatte. Vermutlich war Halov es gewohnt, dass junge Frauen vorbeikamen und nach Salish Ausschau hielten.

»Ich suche Sie«, sagte ich.

Verblüfft stützte er sich einen Augenblick auf die Mistgabel. »Ja?«, sagte er unbestimmt.

Ich sah mich nach einem Platz um, wo wir sitzen könnten, und schwang mich auf das Geländer einer Box. Vielleicht wäre er gesprächiger, wenn er weiterarbeitete. Ich schwieg, bis er sich verwirrt von seiner Mistgabel schüttelte und ein paarmal versuchsweise ins Stroh stach. Dann sagte ich: »Es geht um Corbet Lynn. Sie kannten seinen Vater.«

Er runzelte die Stirn. Mit einem plötzlichen energischen Stoß warf er eine Gabel voll Stroh zur Scheunentür hinaus. »Und seinen Großvater. Diesen Bussard. Diesen völlig verrückten Kerl.«

»Hat Tearle Lynn deswegen seinen Vater ermordet?«, fragte ich tastend. »Weil er verrückt war?«

Er hielt inne und rieb sich mit dem Daumennagel über die Stirn, während er in die Vergangenheit zurückblickte. Dann knurrte er und spuckte heftig aus. »Wenn er es nicht getan hätte, hätte wahrscheinlich sein Vater ihn umgebracht, so sah es jedenfalls für uns aus.«

Er machte sich wieder an die Arbeit. »Der Junge war wild, so wie ein Hund durch schlechte Behandlung und aus Verzweiflung verwildert. Nial Lynn hat uns alle eingeschüchtert. Er war kalt wie Eisen in einem Gefrierhaus. Wenn er zulangte, war man nie darauf vorbereitet. So war er auch mit Tearle. Er lief neben ihm her, völlig ausdruckslos, sah ihn kaum an und dann sah man als nächstes nur noch, wie der Junge mit blutigem Mund im Dreck lag, und niemand, der das sah, hätte schwören können, dass Nial Hand an ihn gelegt hatte.«

Corbet, dachte ich mit einem Frösteln, dann fiel mir ein: Halov sprach ja von seinem Vater, nicht von ihm. In seinen Augen gab es keine Wildheit, keine Verzweiflung. »Außer«, flüsterte ich, »wenn ich von ihm träume.« Halov, der zur nächsten Stallbox ging, hörte mich nicht. Mit beiden Händen klammerte ich mich fest an das Geländer; mein Herzschlag schien heftig genug, um mich herunterzuschütteln.

Lass mich nicht hier zurück, hatte er in meinem Traum gesagt. *Verlass mich nicht. Nicht.*

»Jeder scheint sich an einen anderen Fluch zu erinnern«, sagte ich zu Halovs Rücken. »Wie konnte überhaupt irgendjemand die Flüche gehört haben?«

Als ob ich wüsste, dachte ich, wo »hier« war und wie ich dorthin gelangen konnte, um ihn zu befreien.

Halov schien mich nicht zu hören; er antwortete nicht. Aber seine Mistgabel bewegte sich etwas langsamer und schließlich gar nicht mehr. Er stützte sich auf sie und blickte durch das offene Scheunentor hinaus auf die Felder, als ob auch er nach einem dünnen Rauchfaden suchte, der hinter den Bäumen in den grauen Himmel aufstieg.

»›Mögen die Deinen dir antun, was du mir angetan hast‹«, sagte er.

»Haben Sie gesehen, wie Tearle seinen Vater tötete?«

»Es war tiefster Winter, als er starb«, sagte er leise zu dem fernen Wald. »Ich saß zusammengekauert am Ofen, eingewickelt in ein Dutzend Decken, und versuchte mir das Fieber aus dem Leib zu schwitzen. Der Schnee lag so hoch, dass er fast schon bis zum Dachvorsprung reichte. Ich hätte mir einen Weg nach Lynn Hall frei schaufeln müssen, um irgendetwas zu sehen.«

»Woher kennen Sie dann den Fluch?«

»Jemand war dort draußen gewesen, um Neuigkeiten von dort zu erfahren«, antwortete er vage. »Der Boden war fest gefroren, aber zum Glück gab es die Familiengruft, sodass wir ihn nicht bis zum Frühjahr aufbewahren mussten. Niemand erschien und forderte seinen Leichnam, also legten wir ihn neben seine Frau.« Wieder bewegte er die Mistgabel, aber gedankenverloren. »Das Gutshaus fiel dann allmählich an den Wald. Es schien wie ein Ort, der sogar das Dorf überdauern würde. Aber nach den Regenfällen sickerte das Wasser von unten herein, Ranken spalteten die Steine und brachen sie auseinander, Schnee häufte sich auf das Dach, fand Ritzen und Spalten, durch die er hineinschmolz, bis das Dach verwitterte und zerfiel. Das ist normal bei alten Häusern. Aber bei diesem ging es viel zu schnell, als ob das Haus selbst verflucht wäre.«

»Wer …« Ich musste mich räuspern. »Wer fand Nial Lynns Leiche? Wer hat die Nachricht überbracht?«

Halov dachte nach, dann schüttelte er den Kopf; sein ins Leere gerichteter Blick kehrte vom Wald zu meinem Gesicht zurück. »Ich erinnere mich nicht mehr. Irgendwie schien jeder Bescheid zu wissen.« Ich rutschte vom Geländer herunter; seine Augen hellten sich etwas auf, während er mich beobachtete. »Es ist immer gut, vorher zu prüfen.«

»Wie vorher?«

»Bevor man sich in jemanden verliebt, der verflucht ist.«

»Niemand scheint einen Fluch gehört zu haben«, sagte ich eine Spur gereizt. »Obwohl ihr alle einen anderen kennt.«

»Na ja, vielleicht haben wir sie alle erfunden«, sagte er besänftigend. Beide dachten wir darüber nach und kamen zum selben Schluss. »Nein. Keiner von uns hätte Tearle Lynn mit einem Fluch belegt. Er war wahnsinnig vor Verzweiflung, aber nicht böse. Nicht gemein. Er tat uns Leid.«

»Jemand hat ihn verflucht«, sagte ich hohl und dachte an die Verzweiflung seines Sohnes in meinem Traum. Ein kalter Wind kam in den Schuppen gepeitscht und ich erschauerte. Der Regen schlug leicht auf das Dach, wollte herein.

»Such Salish«, schlug Halov vor. »Er fährt dich nach Hause.«

Aber mir fehlte die Vernunft, um mich für Salish zu interessieren.

Ich ging im Regen nach Hause, die Straße entlang und rätselte über das, was Halov mir erzählt hatte. Jemand hatte gehört, wie Nial seinen Sohn verfluchte, mit einem grausamen, bitteren Schicksal, das kein Dörfler dem Jungen gewünscht hätte. Aber wer? Vielleicht hatte Caryl Gett Recht: Es war eine Wintergeschichte, die an langen Kaminfeuerabenden ausgesponnen worden war, und jede Version hatte den Geschmack einer anderen Weinsorte. Niemand rechnete damit, dass Nial Lynn zurückkäme, um die Geschichten zu widerlegen, und nach allem, was man hörte, hätte Nial Lynn mit seinem letzten Atemzug einen Fluch ausgestoßen, wäre ihm das möglich gewesen. Ich war so tief in Gedanken versunken, dass ich beinahe die buttermilchfarbene Stute übersehen hätte. Etwas – das Aufblitzen von Farbe, das schwache Beben der Erde unter meinen Füßen oder vielleicht mein Name in den Gedanken eines anderen – ließ mich aufblicken.

Da war er und ritt durch die Felder unseres Vaters. Und da war sie, die ihren schillernd blauen Mantel trug, die Kapuze nicht aufgesetzt hatte und deren kastanienbraunes Haar im Wind flog, während sie auf ihrer Apfelstute mit ihm nach Lynn Hall ritt.

Wieder fühlte ich den wilden, unvernünftigen Schmerz, dass ich nie mit ihm so reiten würde, mein Haar und mein Mantel sich nie hinter mir mit den Winden verweben würden. Und dann fiel mir ein, welche Türen er kannte, welche Schwellen und Übergänge und mein Kummer verwandelte sich in Angst, dass er fortgehen und Laurel mit sich nehmen würde und ich beide nie wieder sähe.

Ich rannte über die Felder, kämpfte gegen den Wind an, bemerkte nicht den kalten Regen, den die geballten grauen Wolken hin und wieder wie eine Hand voll Saat verstreuten. Die Felder waren Furchen voller Matsch und Stoppeln; ich konnte nicht schnell vorankommen. Als ich endlich den Wald erreichte, stieg wieder Rauch über Lynn Hall auf. Ich ging langsamer, außer Atem und mit schmerzenden

Seiten, mein Haar war durcheinander und nass, meine Füße so schlammig, dass ich anhielt, um sie in einer Pfütze zu reinigen. Ich wusste nicht, was ich ihnen sagen würde, wenn ich anklopfte; ich wollte nur ihre Gesichter sehen.

Gerade als ich anklopfte, hörte ich ihr Lachen. Dann ein kurzes Schweigen. Und dann wieder Lachen und die Tür flog weit auf, um mich zu präsentieren, mit strähnigem nassem Haar und schmutzig, aus irgendeiner kalten Welt jenseits der ihren. In ihren Augen nahm ich Überraschung wahr. Laurel saß neben dem Feuer, ihr Mantel lag in einem Haufen auf dem makellosen Marmorfußboden. Nach einem Augenblick schwang Corbet die Tür noch weiter auf. Seine Augen veränderten sich; ihr Ausdruck war für mich rätselhaft.

»Rois«, rief Laurel aus. »Ich dachte, du wärst im Dorf.«

»Ich bin nach Hause gelaufen; ich habe euch gesehen …«

»Du bist durchnässt. Und barfuß.« Abrupt stand sie auf und ihre Stirn zog sich zu dem vertrauten, beunruhigten Runzeln zusammen. »Du siehst aus, als hätte dich der Wind hergeweht.«

»Ich glaube, das hat er«, sagte Corbet. »Lassen Sie Ihren Umhang dort und kommen Sie ans Feuer.«

Ich öffnete meinen durchnässten Mantel und ließ ihn wortlos fallen, wo ich stand. Ich fühlte mich nun unbehaglich, der unerwartete Gast, der weder eingeladen ist noch für die Gelegenheit passend gekleidet, noch mit Witz oder Charme oder Schönheit ausgestattet, um jeden davon zu überzeugen, dass er genau dort und nirgendwo anders sein sollte.

Ich setzte mich zu Laurel ans Feuer. Corbet schenkte ein Glas Wein von der Farbe goldener Äpfel in ein Kristallglas, das so dünn wie ein Daumennagel aussah.

»Ich hoffte, Sie würden sich zu uns gesellen«, sagte er, während er es mir reichte.

Vorher hatten Sie nicht dieses feine Kristall, wollte ich sagen. Stattdessen trank ich einfach nur, während Laurel sich wieder setzte. Sie beachtete ihren Wein nicht, sie sah aus wie damals, als ich nach Crispins Hochzeit aus der Dunkelheit hereingeweht war.

»Ich dachte, Sie wären Crispin«, sagte Corbet, indem er den Namen aus meinem Kopf aufnahm. »Er kommt vorbei, um mit mir den Bau des Stalls zu besprechen, damit mein Pferd nicht den ganzen Winter bei mir schlafen muss.«

»Deswegen konnten wir nicht auf dich warten«, sagte Laurel. Sie berührte meine Hand. »Du siehst sehr merkwürdig aus. Was hast du im Dorf gemacht? Leta besucht?«

»Nein.« Ich trank noch einen Schluck Wein. Sie warteten, also musste ich antworten. »Ich war bei Crispins Großvater.«

»Halov«, sagte Laurel erstaunt. »Warum?«

»Haben Sie Crispin nicht gesehen?«, fragte Corbet gleichzeitig. Ich schüttelte den Kopf, ich glaubte nicht an seine Geschichte von Crispin und dem Stall. Es war nur eine Ausrede, um mit Laurel allein hierher zu kommen.

»Ich nehme an, er ist mit Aleria zu Hause«, sagte ich schließlich und zwang mich seinem Blick zu begegnen. »Ich war bei Halov, um mit ihm über Ihren Großvater zu sprechen.«

Corbet schwieg. Etwas abrupt stellte er seinen Becher auf den Sims; ein süßer Klang ertönte, als er gegen den Marmor stieß. »Tatsächlich.«

»Weswegen?«, wollte Laurel wissen, verwirrt und unschuldig, glaubte sie doch, sie säße innerhalb von vier Wänden sicher auf Seide. Ich aber sah den endlosen Wald um sie herum, der nach ihr griff, so wie er nach Lynn Hall gegriffen hatte, um es zu verschlingen. Der Ausdruck in Corbets Augen, eine seltsame Mischung aus Furcht und Hoffnung, überraschte mich.

»Ich kriege die Geschichte nicht aus dem Kopf«, sagte ich forsch. »Corbet erzählt uns nichts und du hältst es nur für ein Spiel. Ich muss es zusammensetzen, bis ich weiß, was geschah ...«

»Aber Rois, das geht dich doch nichts an«, unterbrach mich Laurel.

»Das ist mir egal.«

»Das ist sehr unhöflich.«

»Ist mir egal«, sagte ich noch einmal. »Kannst du das nicht verstehen? Diese Sache verfolgt mich – und sie schadet niemandem. Schaden entstand vor Generationen ...«

»Ja«, sagte Corbet leise.

»Und die Sache verfolgt immer noch das Dorf. Leta Gett erinnert sich. Zwei Zimmer, sagte sie, sie lebten in zwei Zimmern – Ihr Vater und Ihr Großvater –, nur zwei Zimmer in diesem riesigen Haus. Sie sagte ...«

»Ja«, sagte er wieder. Seine Hand glitt von seinem Glas und griff nach dem Stein darunter. Seine Gesicht wirkte ruhig, aber es hatte die Farbe des Marmors. »Diese zwei Zimmer. Mein Vater hat es mir erzählt.«

Laurel wandte sich von mir ab, um ihn anzublicken. »Wovon sprecht ihr?«

»Warum?«, wollte ich wissen. »Warum haben Sie es so eingerichtet? Warum wollten Sie den Winter über so leben, wie die beiden damals lebten … Versuchen Sie einen dieser Flüche auf sich zu ziehen?«

»Nein …«

»Genug«, sagte Laurel, die sich erhob. Sie sprach liebenswürdig, aber entschlossen und wir waren beide still. »Rois, dein Benehmen ist absurd. Und morbide. Du solltest nach Hause gehen und dir einen Tee machen. Du wirst ohnehin Fieber bekommen, so wild, wie du umhergelaufen bist. Und Corbet, Sie sollten das nicht unterstützen.«

»Warum?«, fragte er sie, wenn auch sanft. »Glauben Sie nicht, dass auch ich neugierig bin? Und die Dörfler würden mit mir nie so sprechen wie mit ihr. Diejenigen, die etwas wissen, die etwas gesehen haben, die sich erinnern.« Laurel öffnete den Mund, ihre Augen blickten bittend; plötzlich nahm er ihre Hand und unterbrach sie. »Es ist so, als hätte man sich im Wald verirrt. Alles und nichts weist den Weg nach Hause. Jeder Pfad ist voll Gestrüpp; weder Sonne noch Mond werfen Licht auf die Angelegenheit. Ich kann nicht mehr tun, als ich kann. Ich baue zwei Zimmer, die die Vergangenheit widerspiegeln. Wusste ich das, als ich sie baute? Oder erkannte ich sie erst, als ich mich endlich vor dem Winter sicher fühlte? Ich kann nur die einfachen Dinge tun. Rois erkennt all die überwucherten Pfade.«

Laurel starrte ihn sprachlos an. Ihr Blick fiel auf ihre sich berührenden Hände; einen Augenblick lang tat sie nichts, betrachtete sie einfach, als ob sie nach einer Antwort suchte, nach einem Pfad aus ihrem eigenen Wald heraus. Dann entzog sie ihm ihre Hand und seufzte. »Ich verstehe euch beide nicht. Aber ich nehme an, ihr werdet tun, was ihr müsst, ohne meinen Rat. Rois hat das immer getan.« Sie hob ihre Hand, sah wieder auf sie herunter und fügte sanft hinzu: »Ich bin mir nicht sicher, ob ich mich selbst noch verstehe.« Sie richtete die Augen auf sein Gesicht und lächelte plötzlich, ein kleines bittersüßes Lächeln, das meinen Hals zum Brennen brachte. Ich wagte nicht ihn anzusehen.

Plötzlich klopfte es an die Tür. »Das wird Crispin sein«, sagte Corbet und ging, um zu öffnen.

10

Sie hatten ein paar helle, frische Tage, um diesen Stall zu bauen. Ich hörte ihr hämmerndes Echo über die Felder hallen, während ich auf den Herbstwald zu wanderte. Im Wald war nicht viel Leben übrig; die Dinge verwelkten, starben ab, zogen sich unter die Erde zurück, um zu überwintern. Zwischen großen Mengen Laubes, verschlungenen braunen Weinranken, Hügeln von nackten Brombeersträuchern, deren Beeren die Vögel weggepickt hatten, von wilden Winden herabgerissenen Zweigen, verlassenen Nestern, die auf blattlosen Ästen hin und her schwankten, zog eine seltene Farbe meinen Blick auf sich: das brennende Grün der Mistel oder die seltsamen Blüten der Zaubernuss, ihre dünnen gelben Blütenblätter, die sich wie Trauben von Holzspänen an geschälten, nackten Ästen entlangschlängelten. Ich pflückte ein paar für Laurel und fand einige Hagebutten für meine Tees. Lynn Hall näherte ich mich nicht. Ich ließ mich treiben, überließ mich meinem Gespür, in Corbets fast undurchdringbarem Wald, wo Licht keine Wahrheit enthüllte und jeder Pfad in den Schatten führte.

Er hatte mir gesagt, wo ich mich verirrt hatte, aber er hatte mir nicht gesagt, wie ich einen Weg aus dem Wald herausfinden konnte. Meine Gedanken trieben umher, wie auch ich mich herumtrieb, durch die alten Erzählungen, die ich gehört hatte, durch Erinnerungen an Corbet, seine rätselhaften Augen und sein unerwartetes Flehen, das aus meinen Träumen oder gelegentlichen Unterhaltungen zu mir drang, ich solle den Pfad für uns beide von Gestrüpp befreien. Aber ich fürchtete mich vor dem Wald, in dem ich mich verirrt hatte, und er wusste es. Ich wollte nicht daran denken, weshalb ich, wie ich schließlich erkannte, ihn nicht sehen wollte. In jenen Tagen kam er nicht zu uns; vielleicht wagte er es nicht, Laurel zu sehen. Vielleicht glaubte er, wenn er genug hackte, genug hämmerte, könnte er den Klang ihrer Stimme aus seinem Kopf vertreiben, könnte er eine Wand vor ihren Augen errichten. Auch sie sah ihn nicht. Sie hielt das Haus makellos und saß jeden Abend mit Perrin zusammen. Nur gelegentlich verweilte sie am Fenster, um auf den fernen Wald zu starren, der trotz all seiner nackten Bäume Lynn Hall immer noch in seinem Inneren verbarg.

Ich konnte nicht aufhören zu denken, wenngleich ich Gedanken mied, die auf die gefährlichsten Wege hinabführten. Ich wählte einen leichteren Weg. Ich ging noch einmal zu den Dörflern zurück, um die Nadel im Heuhaufen zu suchen: Wer war im Wald gewesen und hatte Nial Lynns Leichnam gefunden, wer hatte seine letzten Worte gehört?

»›Kummer und Leid und Bitterkeit werden dich und die Deinen und deine Kinder verfolgen …‹«, sagte Shave Turls uralte Großtante Anis, als ich ihr eine Tasse Brombeertee einschenkte. Sie hatte gelbweißes Haar und eine zart verschrumpelte Haut, die sich in anmutigen Falten über ihre Knochen legte. In ihrem langen Leben hatte sie sechs Kinder großgezogen und vier weitere begraben. Nun bewegte sie sich steif und erkannte Stimmen anstelle von Gesichtern, aber sie war nicht gebrechlich und sie mochte ihren Tee heiß, stark und mit viel Sahne. Ich saß in ihrem ruhigen Haus bei ihr. Shave, der bei ihr wohnte, um ihr Gesellschaft zu leisten, steckte eine Erkältung in den Knochen und er ging wieder ins Bett, nachdem er nachgesehen hatte, ob irgendjemand Interessantes gekommen war, um seine Tante zu besuchen. Er schien bei uns sitzen bleiben zu wollen, aber als ich anbot, ihm einen Tee gegen seine Erkältung zu machen, schleppte er sich und seine Knochen fort. »Dieser Junge«, sagte Anis, wobei sie mitten im Fluch abbrach. »Die Jungen sind zu schwächlich heutzutage. Es ist wie mit der Erde, glaub ich; eine Pflanze entzieht der nächsten Kraft.«

Das war noch eine freundliche Sicht auf Shave, der einmal eine ganze Woche im Bett geblieben war, als ihm ein Zehennagel abfiel, den er sich an einer Egge gestoßen hatte. Ich goss meinen Tee ein und versuchte meine eigenen unruhigen Füßen zu ignorieren, die in ihren Stiefeln zappelten. Draußen vor Anis' dicken Fensterscheiben hing der trübe Himmel tief und grau wie ein Taubenflügel herab; Regenschauer fühlten sich eisig an und der Wind murmelte scharf und unwirsch dazu.

Ich führte sie wieder in die Vergangenheit zurück, indem ich fragte: »Wie konnten Sie sich diesen Fluch all die Jahre hindurch merken?«

»Wie hätte ich ihn vergessen können?«, fragte sie mit einer gewissen umgekehrten Logik zurück.

»Andere Leute erinnern sich an unterschiedliche Flüche.«

»So erinnern sie sich eben.«

»Haben Sie gesehen, wie Nial Lynn starb?«

Sie nippte am Tee, der beinahe so blass wie Sahne war. Ihre Augen schienen von derselben wolkigen Blässe; sie nahm Gesichter, sagte sie, wie verschwommene Schatten wahr, aber weiter entfernte Dinge wurden, wie ihre Erinnerung, genauer.

»Damals hatte ich ein ganzes Haus voll und es war Winter. Das hieß, Wasser für die Wäsche kochte in einem Kessel, Suppe in einem anderen, Brotteig ging, Kinder waren einem überall zwischen den Füßen, die Kleinsten versuchten zu laufen und konnten jeden Augenblick ins Feuer oder zur Tür hinausfallen.« Sie nippte an ihrem Tee. »Nicht«, sagte sie ruhig, »dass ich hineingegangen wäre, um ihn zu retten, wenn ich es gesehen hätte. Manchmal kam er her.«

»Nial?«, fragte ich erschrocken.

»Nein, der junge Tearle. Ein paar Jahre, nachdem seine Mutter starb und wir frei wie Kaninchen in jener Sommernacht nach Lynn Hall liefen, um zu spionieren. Ich habe jung geheiratet und hatte schon alle Hände voll zu tun, mit meinen eigenen und anderen Kindern, die zu uns zu Besuch kamen. Tearle kam herein, so wie immer wieder mal ein wildes Ding aus der Kälte hereinkam. Er sagte nie viel. Saß einfach da und beobachtete die anderen, wie sie rannten, kreischten und lachten, beobachtete mich, wie ich nähte oder kochte oder eins der Kinder einzufangen versuchte, um es zu baden. Ich sah auf und er war da, wie ein Geist im Schatten, der den Kindern zusah. Er war viel älter als sie, aber jung genug, um immer noch zu vermissen, was er nie gehabt hatte. Sie sagten seinen Namen, aber nie zogen sie ihn auf oder ärgerten ihn. Ich machte mich wieder an die Arbeit und wenn ich das nächste Mal aufblickte, war er verschwunden.«

Sie hielt inne; verzaubert blinzelte ich nicht einmal.

Die Linien auf ihrem Gesicht suchten sich wieder ihren Platz, ihr dünner Mund verschwand beinahe, bevor sie erneut sprach.

»Ein- oder zweimal sah ich Blutergüsse an ihm. Er wollte nicht, dass ich sie berührte; er wollte nicht zugeben, dass sie dort waren. Einmal aß er ein Stück Pflaumenkuchen, das ich ihm reichte. Er aß es so langsam, Krümel für Krümel, als ob er bei jedem Bissen neu den Geschmack bestaunte. Einmal sprang er vor und fing die Kleine auf, als sie über ihre eigenen Füße stolperte. Einmal kam sie zu ihm und legte ihr Gesicht auf seine Beine und schlief ein. Er betrachtete sie, ohne sich zu bewegen, bis sie wieder aufwachte. Und dann kam er.«

»Nial«, erriet ich, als die zarten Furchen und Runzeln knotig wurden.

»Er kam herein, ohne anzuklopfen, grüßte mich mit einem Lächeln und ging zu Tearle hinüber, der in einer Ecke saß. Er langte mit seiner Hand hinunter, als wollte er dem Jungen vom Boden aufhelfen, und dann … ich weiß nicht … Tearle stand schon beinahe und saß dann wieder, mit geschlossenen Augen und sein Kopf rollte schlaff gegen die Wand, als ob er eingeschlafen wäre. Nial sprach seinen Namen, nicht scharf, und er kämpfte sich benommen wieder hoch. Er stolperte leicht, als er an mir vorbeiging. Ich habe keinen Abdruck auf ihm gesehen. Aber irgendetwas war passiert. Er ging fort, ohne zu sprechen. Er kam nie mehr wieder.«

Vorsichtig hob sie ihre Tasse mit beiden Händen und trank. Wir sprachen beide nicht. Der Wind kreischte plötzlich unter dem Dachvorsprung und sie fuhr auf, als hätte sie die Stimme eines Kindes gehört.

»Danach habe ich nicht mehr viel von ihm gesehen; ich hörte nur noch die Geschichten über ihn, wie er wild mit den Wildesten unserer Kinder herumzog. Und dann verfluchte Nial ihn und starb und er lief fort.«

»Wer hat den Fluch gehört?«, fragte ich. »Wer hat den Mord an Nial gesehen?«

Wieder schwieg sie und starrte auf die Wolken in ihrem Tee, die ihr allmählich ein Gesicht zeigten. Sie blinzelte; es wirbelte weg. »Ich weiß nicht, ob irgendjemand ihn sah. Til Travers aber brachte uns die Nachricht. Er war riesig wie eine Eiche und stämmig, ein Ochse von einem jungen Mann, der durch einen Wirbelsturm laufen konnte, ohne es zu merken, und sich nicht verirrte. Er hatte den Orientierungssinn eines Vogels. Er hatte einen Schlitten mit Lebensmitteln vom Gasthof zum Gutshaus gebracht, wie er es alle zwölf Tage tat. Ich wusste davon, weil meine Nysa gern mit ihm fuhr und ich bei schlechtem Wetter immer unruhig war. Aber an dem Tag hatte sie ihn allein in den Sturm geschickt. Sie hatten sich gestritten und sie lief mit roten Augen und schlecht gelaunt herum und schaute doch immer wieder nach ihm aus. Und er kam auch. Er hatte Nial Lynn oben auf seinen Lebensmitteln festgebunden, wo er mit Säcken und fünf Zentimeter hohem Schnee bedeckt lag. Nysa sah das Blut auf den Säcken und stürzte zu Til in den Schnee hinaus. Er sagte, auf dem Marmorboden sei Blut und Tearle Lynn verschwunden. Er sagte noch was und dann jammerten die Kinder und Nysa weinte wieder und Nial rutschte unter den Säcken heraus, sodass ich Til mit ihm zum Apotheker schickte, der wüsste, was zu tun war, falls noch Leben in ihm steckte.« Sie machte eine Pause; ihre Augen, blass wie sie waren, hefteten sich auf ihre Tasse und erinnerten mich an Rabenaugen.

»Hat Til den Fluch gehört?«

»Hat er nicht gesagt.« Sie blinzelte und setzte sich in ihrem Sessel zurück. »Er hat nur gesagt, dass Tearle Lynn verschwunden war …«

»Ja …«

»Aber sein Pferd war im Stall und es gab nirgendwo im Schnee Spuren außer denen von Til. Später suchten sie nach ihm. Der Schnee lag unberührt um das ganze Gutshaus herum, außer dort, wo Tils Schlitten gewesen war. Tearle Lynn hatte sich in einen Vogel verwandelt und war geflogen …«

Verwirrt starrte ich sie an. »Vielleicht«, sagte ich schließlich, »war er davongerannt, bevor es schneite. Vielleicht hatte Nial Lynn einen Herzanfall und sein

Kopf schlug irgendwo an, als er stürzte. Vielleicht hat Tearle ihn überhaupt nicht getötet.«

»All diese Dinge fragten wir uns«, sagte sie. »Man hat das ganze Haus, den Wald abgesucht. Man fand keine Geheimnisse, keine geheimen Türen oder Durchgänge. Aber niemand konnte die Druckstellen um Nial Lynns Hals erklären oder warum der Tisch umgestürzt oder die Weinflasche an einer Wand zerschmettert war. Nial Lynn war ermordet worden und Tearle Lynn hatte ihn getötet und war fortgelaufen. Aber zu welcher Tür hinaus und welche Straße hinunter, das konnte niemand sagen.«

Ich schwieg. Meine Hände umklammerten sich unter dem Tisch; ich konnte meine Nägel spüren, die meine Gedanken anzuhalten versuchten, aber die rissen sich doch los und lärmten wie eine erschrockene Vogelschar.

Er hatte eine Tür geöffnet und war über einen verwilderten Pfad in den Wald geflohen …

Sein Sohn konnte den Weg nicht mehr zurückfinden.

Ich erschauerte, als ich den wahren Fluch hörte, den Nial Lynn über seinen Sohn gesprochen hatte: *Ich vermache alles dem Wald.*

Und der Wald hatte alles genommen.

Ich trank meinen Tee aus und stand auf. Corbet baute seine Mauern und seinen Stall, überdachte seine Zimmer, sprach davon, die Felder zu bearbeiten und Wasser zu finden, aber er lebte unter uns, als ob jede Handlung ihn zum Menschen machen könnte, als ob jeder Wunsch, der einmal ausgesprochen war, sich selbst erfüllen könnte. Doch das war nur wenig mehr, als sein Vater getan hatte, wenn er in Anis'

Haus gesessen hatte und zusah und so tat, als gehörte er in diese sichere Welt, zwischen diese lachenden, zankenden Kinder, als ob die sich öffnende Tür ihn nicht wieder in die Kälte und die leere Schattenwelt zurückführen würde, die ihn forderte.

»Ich muss gehen«, sagte ich zu Anis, aber wohin, das wusste ich nicht. Ich küsste ihre Wange; sie atmete tief ein, als ich mich aufrichtete.

»Ich kann an dir den Wind und den Wald riechen«, sagte sie, »als ob du in ihnen wohntest.«

Ich öffnete die Tür und erspähte in dem wilden Wind und Himmel, vielleicht in ihren Worten, die nächste Windung des überwucherten Pfades, auf dem wir liefen.

11

Ich ging zurück zur Quelle.

Sie war die einzige Tür, die ich kannte, außer der mit Brettern vernagelten Schwelle in Lynn Hall und dorthin konnte ich nicht gehen. Ich hatte Angst, Corbet wieder hinter dieser Tür zu finden, Corbet, der mich hineinlockte, der mich warnend fortschickte, mit den Augen seines Großvaters und der verzweifelten Stimme seines Vaters. Als ich in der Dämmerung am Gutshaus vorbeischlich, war er nicht dort; der improvisierte Stall, der zwar fertig gestellt, aber noch ohne Tür war, stand leer. Der Anblick machte mich mehr frösteln als die Winde. Er konnte einfach in den Gasthof zum Essen gegangen sein. Aber ich sah ihn, wie er an unserem Kamin saß und Laurel aus geheimnisvollen, vom Feuer erhellten Augen beobachtete, während Perrin von Kühen sprach und unser Vater schnarchte. Spiele, wollte ich Perrin bitten. Spiel nicht Kühe und Felder und die Anpflanzungen des nächsten Jahres. Mach dir aus deinen Knochen eine Flöte und spiel die Musik deines Herzens.

Ich war den ganzen Tag nicht daheim gewesen. Sie wussten, dass ich ins Dorf gegangen war; wenn ich zum Abendessen nicht zurück wäre, würden sie glauben, dass ich bei irgendjemandem zum Essen geblieben wäre. Was sie später denken würden, darüber mir den Kopf zu zerbrechen hatte ich jetzt keine Zeit.

Über dem Wald war der Himmel der Abenddämmerung dunkler Lavendel und ging in die tiefen Purpurtöne und das pulsierende Grau von Sturmwolken über. Die Windböen rochen nach Regen; an einer Kante führten sie die Kälte des Winters mit sich. Sie schubsten mich hierhin und dorthin, während ich lief, und rempelten mich an wie unsichtbare Pferde; sie schienen aus jeder Richtung herbei zu springen. Die Nacht kam geschwind und erwischte mich, bevor ich die Quelle erreichte. Aber ich stolperte voran, geleitet durch die sinkende Gestalt einer vom Blitz getroffenen Eiche, die einen Augenblick lang vor versprengten Sternen aufleuchtete, geleitet durch ein Steinmuster unter meinen Füßen, ein plötzliches Aufschimmern von Wasser, das trockene Rascheln der Rosenranken im Wind.

Ich roch nassen Stein und ein Echo, eine Erinnerung an sonnenwarme Rosen. Müde sank ich neben der kleinen Quelle nieder. Die Blätter waren verfault und zerfielen; ich konnte mich nicht in sie hineingraben, aber es war mir egal. Ich wollte gefunden werden. Also tat ich, was Corbet an jenem heißen Sommertag getan hatte. Mit einem Arm schob ich die

Rosenranken beiseite, tauchte meine Hand ins Wasser und trank. Die Ranken wehten gegen mich, zogen an meinen Haaren und an meinem Mantel, bis ich mich kaum noch bewegen konnte. Ich schöpfte Wasser und trank, schöpfte Wasser und trank, bis ich es an meinem Hals und der Brust hinunterlaufen spürte und die Dornen in Stoff, Haut und Haare drangen, mich festhielten, aber das war mir egal.

Dann hörte ich die Stimmen im Wind und das silberne Klingeln winziger Glöckchen. Die Winde fluteten durch die nackten Bäume; ich hörte ein Knacken wie von einem Knochen und ein Fallen. Ranken peitschten um mich herum, öffneten sich, um die Quelle zu enthüllen, die Steine und die blutrote Rose, die im dunklen Wasser blühte, schöner als jede lebende Rose.

»Nimm sie«, hauchte eine Stimme in den Wind. Ich befreite meine Hand aus den Dornen und griff ins Wasser. Sie stach mich, als ich sie heraushob; ich roch ihren Duft, all die Gerüche des vergangenen Sommers.

»Ich will ihn«, sagte ich zu den dunklen Reitern, die den Wind herabgeritten waren und sich um mich drängten. »Ich will ihn in dieser Welt.«

Silbernes Gelächter vermischte sich mit den Glöckchen. »Noch nie hat ihn jemand gewollt. Und deshalb kam er zu uns.«

»Ich will ihn.«

»Dann musst du ihn fest halten, so fest, wie diese Dornen dich halten, egal welche Gestalt er annimmt, welches Gesicht er aufsetzt. Du musst ihn lieben.«

»Das tu ich.«

Wieder vernahm ich das Gelächter, süß und spöttisch in den kreischenden Winden. »Du musst Mensch sein, um zu lieben.«

»Das bin ich«, sagte ich und die winzigen Glöckchen klingelten wie irr inmitten des Gelächters.

»Dann nimm ihn.«

Sein Gesicht erschien im Wasser, so schön und grausam wie die Rose. Er lächelte sein schwaches, geheimnisvolles Lächeln und seine Augen glitzerten im Mondlicht, genauso kalt.

Ich fühlte, wie mein Herz bis zur Übelkeit hämmerte, denn ich wollte nicht das, was ich sah. Aber ich griff nach ihm in das Wasser hinunter, immer tiefer, da er sich mir entzog; immer tiefer, bis ich den kalten, dunklen Quell um mich spüren konnte und nichts mehr sah.

Als ich aufwachte, beugte er sich über mich.

Das Licht brannte mir in den Augen, obgleich es nur das neblige Grau eines Herbstmorgens war. Seine Augen waren nicht mehr kalt; seine Stirn war angespannt. Ich hob meine Hand, um sein Gesicht zu berühren, das so farb- und trostlos aussah wie der Himmel dahinter. Dann zuckte ich zusammen und spürte in meinem Körper die brennenden Rosen aus Schmerz.

»Sie ist wach«, sagte er kurz zu jemandem. Perrin antwortete: »Ich hebe sie auf.«

»Sie kann nicht reiten.«

Perrins Hosenbeine erschienen neben Corbets Gesicht. »Am besten geh ich zurück und hole den Wagen ihres Vaters«, sagte er.

»Das mach ich schon«, sagte Corbet und stand auf; sein Gesicht entschwand mir. »Und ein paar Decken, auf die man sie legen kann. Und ich bring Laurel mit.«

»Ja«, sagte Perrin und ich hätte geseufzt, wären die Rosenranken nicht an meinem Rücken hinaufgewachsen. Nichts hatte sich geändert. Ich spürte eine Träne über meine Wange rollen. Perrins Gesicht erschien, wo Corbets gewesen war. Er zog seinen Wollumhang aus, faltete ihn und legte ihn sanft unter meinen Kopf.

»Ruhig, Mädchen«, sagte er besänftigend, als ob er mit seinem Pferd spräche. »Bald haben wir dich nach Hause gebracht. Sieht aus, als wärst du in den Dornbusch gefallen, als du im Dunkeln umhergewandert bist. Deine Schwester kam in der Morgendämmerung zu mir geritten; sie war im Dorf und hat überall gefragt und ich kam aus dem Gutshaus. Corbet brachte mich hierher. Er sagte, du magst diesen Ort.«

»Wo ist meine rote Rose?«, wollte ich wissen, da sie mir plötzlich einfiel. Sogar meine Lippen fühlten sich geschwollen an. Perrin blickte verständnislos.

»Was meinst du?«

»Wo ist meine rote Rose?«

Beunruhigt runzelte er die Stirn. »Es gibt jetzt nichts Blühendes, Rois. Du hast Fieber. Bleib still liegen, versuch dich zu entspannen.«

Aber ich ließ mir von ihm aufhelfen, bis ich halb saß und um mich blicken konnte. Die nackten dicken Ranken verbargen die Quelle wieder; vielleicht, dachte ich, wenn ich sie auseinander schieben würde, könnte ich die Rose direkt unter dem Wasser treiben sehen. Aber ich konnte mich kaum bewegen und Perrin würde mich für verrückt halten. Vielleicht tat er das bereits. Vielleicht, dachte ich ungerührt, bin ich das.

Ich pflücke Rosen aus dem Wasser. Ich spreche mit

Stimmen im Wind. Ich sehe Geister, die aus dem Licht heraustreten.

Schließlich kam Corbet zurück. Er lenkte den Wagen so nah wie zwischen den Bäumen möglich heran; Laurel sprang herab, bevor er stand.

Sie sagte nichts, als sie mich sah; ich bemerkte, wie ihr Gesicht weiß wie Sahne wurde. Sie beugte sich herab, berührte sanft meine Wange. Perrin hob mich auf; sie ging neben ihm zum Wagen und hielt den Saum meines Mantels zwischen ihren Fingern, da sie nicht wusste, wo sie mich halten sollte. Corbet half ihm, mich auf die Decken im Wagen zu legen. Mittlerweile weinte ich still, teils vor Schmerz, teils aus Enttäuschung, weil ich ihnen nicht sagen konnte, warum ich im Dunkeln in den Wald gegangen war, warum ich mich auf Rosenranken aufgespießt hatte. Laurel sprach mit mir, als wäre ich ein zurückgebliebenes Kind; Perrin pfiff, zur Fröhlichkeit entschlossen, und Corbet, der sein ruhiges Menschengesicht aufgesetzt hatte, würde vor niemandem irgendwelche unmenschlichen Erklärungen abgeben. Da hasste ich ihn. Seine Augen gaben mir nichts, wenn sie mich berührten.

Entsetzt und sprachlos half ihnen mein Vater, mich ins Bett hinaufzutragen. Dort ließen sie mich mit Laurel und Beda zurück, die mir meine zerrissenen, blutverschmierten Kleider auszogen, mich mit Kampferwasser wuschen und mir meine eigenen Salben auf die Haut strichen, bis sie sich weniger wie zerfetztes Papier anfühlte und ich wie ein verwilderter Garten roch. Immer noch weinte ich; ich weigerte mich irgendeine von Laurels Fragen zu beantworten. Sie gab es auf und ließ mich mit einer Tasse Kamillentee zurück, die, wie ich herausfand, als ich sie zittrig an meine Lippen hob, überwiegend mit Apfelkorn gefüllt war.

Ich schlief, ohne zu träumen, außer dem einen Mal, als eine rote Rose sich in der Dunkelheit öffnete und ich ihren Duft wahrnahm.

Als ich erwachte, zündete Laurel gerade eine Lampe in einer Zimmerecke an, damit ich nicht im Dunkeln aufwachen würde.

Ich sprach ihren Namen. Sie wandte sich flink um, brachte die Lampe herbei und untersuchte meine aufgerissenen Handgelenke, mein Gesicht. Dann setzte sie sich auf das Bett und starrte mich an.

»Rois Melior, was um Himmels willen hast du gemacht?«

Ich sprach vorsichtig; eine Dorne hatte meine Oberlippe erwischt. »Nichts. Es wurde früher dunkel, als ich erwartet hatte. Das ist …«

»Anis Turl sagte, du seist gekommen und habest ihr Fragen über Nial Lynns Tod gestellt, über seinen Sohn und den Fluch über Lynn Hall. Und dann hast du vergessen, vor der Dunkelheit nach Hause zu kommen, du bist die ganze Nacht draußen geblieben und Corbet und Perrin fanden dich im Wald in der Nähe von Lynn Hall, halb versteckt im Dornengestrüpp und so dicht mit Ranken bedeckt, dass sie zuerst nicht wussten, ob du am Leben oder tot warst. Perrin sagte, es sah aus, als hättest du versucht dich in den Dornen zu ertränken.«

»Das hab ich nicht«, sagte ich kurz angebunden. »Es war sehr windig … ich habe mich in ihnen verwickelt und je stärker ich zog, desto mehr wickelte ich mich ein …«

»Du bist im Wald geblieben, um Corbet nachzuspionieren. Aber du hast dich einzig in diese alte, vermoderte Geschichte verwickelt, die jetzt nichts mehr ist als Erinnerung in den wenigen Köpfen derjenigen, die sich noch erinnern können, und die kennen nicht mehr den Unterschied zwischen dem, was wirklich und was Vermutung war oder was lediglich Geschichten waren, die am Kamin oder im Wirtshaus nach zu viel Bier zum Besten gegeben wurden. Diese Geschichte von dem Jungen, der seinen Vater umbrachte und fortlief, ohne eine Spur im Schnee zu hinterlassen – daran ist nichts Geheimnisvolles! Entweder er war's oder er war es nicht und wenn er's war, so ist Anis' Bericht zufolge genug Schnee gefallen, um die Spuren einer von einem Dutzend Ochsen gezogenen Egge zu verdecken. Und ich weiß nicht, was für wirre Vorstellungen du dir über Corbet gemacht hast ...« Bei der Nennung seines Namens überzog Röte ihr Gesicht; entschlossen fuhr sie fort: »Aber du musst aufhören, zwischen seinen Geistern herumzuspielen ... Es ist dumm und gefährlich und vollkommen sinnlos. Er versucht sie hier zur Ruhe zu bringen, nicht sie wieder wachzurufen und du bist anscheinend versessen darauf, all die trostlosen alten Knochen seiner Geschichte hervorzuziehen und wieder zum Tanzen zu bringen. Das ist nicht nett und nicht fair.«

Ich machte mir nicht die Mühe, sie darauf hinzuweisen, dass sie so neugierig wie die meisten im Dorf gewesen war. Vielleicht hatte die Geschichte, die ich ausgrub, ihr buntes Drama entfaltet, um ein Elend und eine schreckliche Grausamkeit zu enthüllen, in deren zu großer Nähe wir alle lebten. Ich machte eine unruhige Bewegung, änderte dann aber meine Meinung. Mein Kopf schmerzte; ich wollte Laurels tröstende Hände, nicht ihren Zorn.

»Was sagt Corbet?«, fragte ich. »Beklagt er sich über mich?«

»Natürlich nicht. Er beklagt sich über nichts. Aber ...«

»Was hat er dazu gesagt, dass er mich in den Rosenranken fand?«

»Nichts.« Aber da war etwas; ich sah es in ihren Augen.

»Was hat er gesagt?«

»Ich weiß nicht. Er war mit Perrin zusammen. Er ...« Sie machte eine wegwischende Bewegung in der Luft. Doch es gefiel ihr, Corbets Namen auszusprechen, und deshalb antwortete sie. »Perrin sagte, die Ranken waren so dick, dass sie Mühe hatten dich zu befreien. Er wollte zurückreiten und eine Gartenschere holen, aber Corbet wollte nicht, dass er die Ranken zerschnitt. Eigentlich ist es nicht der Rede wert, aber Perrin fand das merkwürdig. Er ritt zurück, um Arbeitshandschuhe zu holen, und brachte die Schere ohnehin mit, aber als er den Wald erreichte, hatte Corbet dich schon befreit. Er blutete, schien es aber nicht zu bemerken. Ich rieb seine Hände mit deiner Salbe ein, als er kam und mich abholte.«

Ich drehte mein Gesicht aus dem Licht, spürte wieder brennende Tränen aufsteigen. Hatte er, fragte ich mich, die Ranken geteilt, um die Rose im Wasser treiben zu sehen? Hatte er sich unter jenen dunklen Reitern befunden, um mein Flehen zu hören?

Hatte er mit ihnen gelacht?

»Rois.« Laurel berührte mein Gesicht mit nach Lavendel duftendem Leinen. Das ganze Haus roch nach mir, dachte ich: Ich hatte den Wald zu uns hereingeholt. »Weine nicht. Versprich mir nur ... versuch es einfach ... versuch nicht so wild zu sein.« Ich hörte sie tief einatmen. »Wenn du glaubst, dass du in Corbet verliebt bist, und willst, dass er sich für dich interessiert, dann musst du einsehen, dass er bei all der Arbeit, die er sich vorgenommen hat, jemanden mit etwas gesundem Menschenverstand braucht. Keine wilde Frau, die durch den Wald streift und sich impulsiv in Rosenranken stürzt.«

Ich sah sie an. »Aber die bin ich«, sagte ich. »Er weiß es. Er wusste es immer. Ich kann es nicht vor ihm verbergen.«

Sie schwieg mit gesenkten Augen und dem kleinen Runzeln auf der Stirn. Auch sie konnte vor ihm nichts verbergen. Sie griff nach dem Töpfchen mit Salbe neben dem Bett.

»Dreh dich um«, sagte sie. »Ich reibe deinen Rücken ein. Rois, du hast sogar Kratzer unterm Haar ...«

»Ich weiß.«

»Was glaubtest du denn zu finden, indem du Corbet bei Nacht beobachtetest? Dass er wie wir alle isst und schläft? Dass er eine Geliebte haben könnte?«

»Er könnte zwölf haben«, sagte ich, den Mund voll Laken, auf das ich biss, wenn die Salbe meine übel zugerichtete Haut berührte. Ich fühlte, wie ihre Hände fragend innehielten: *So? Wen?* »Aber niemanden aus unserem Dorf«, fügte ich hinzu,

»oder wir alle würden es am nächsten Morgen wissen.«

Sie ließ ein kleines Geräusch hören, fast ein Lachen; ihre Hände bewegten sich wieder. »Ich gebe ja zu, dass wir alle neugierig auf ihn sind. Aber du scheinst geradezu besessen. Sprichst mit Anis und mit Halov …«

»Und mit Leta Gett.«

»Alles nur, um herauszufinden, unter welchem Fluch er steht … Niemand war dort, der einen Fluch gehört hätte, es ist einfach eine dieser Wirtshausgeschichten.«

»Vielleicht.« Sie zog die Laken von meinen Beinen herunter, die kühle Luft stach mich überall. Sie wollte, dass ich ihr erzählte; sie wollte alles, zumindest irgendetwas über Corbet hören. »Es ist eine traurige Geschichte«, sagte ich maßvoll und vermied, was sie nicht hören wollte. »Nial Lynn war sehr grausam. Er verletzte seinen Sohn auf so viele Arten, bis Tearle wild wurde …«

»Das war Corbets Vater?«

»Ist.« Ihre Hände hielten wieder an. »Wenn es stimmt, was Corbet uns erzählt hat und sein Vater immer noch lebt.«

»Warum sollte es nicht stimmen?«, fragte sie, aber ohne Überzeugung. Ich machte mir nicht die Mühe zu antworten.

Einen Moment lang schwieg sie und wog, so glaubte ich, ihre Vernunft gegen ihre Neugier. »Hat Tearle Lynn deswegen Nial getötet?«

»So wird es erzählt.«

»Und dann lief er über Schnee, ohne eine Spur zu hinterlassen, der man hätte folgen können.«

»Es muss so sein, wie du sagtest ...« Wieder biss ich auf das Laken, während ihre Finger in meinen Kniekehlen arbeiteten. »Der Schnee bedeckte seine Fußspuren.«

»Und niemand hat je wieder von ihm gehört. Er beantwortet wohl keine Fragen, oder?«

»Corbet?«

»Ja.«

»Stell du sie ihm«, sagte ich. »Vielleicht antwortet er dir.«

Wieder schwieg sie. Ich hörte, wie Perrin unten Flöte spielte, leise, eine muntere Ballade von einer verratenen Liebe. Die Musik hat ihre Botschaften, aber selbst ich konnte nicht erraten, welche Bedenken sich hinter Perrins klaren Augen verbargen. Vielleicht keine; vielleicht traute er Laurel fraglos. Vielleicht hatte er Recht. Ich wusste nur, was Laurels Hände sagten, wenn sie Corbets Namen aussprach. Und wie oft sie ihn sagte, bis er wie die fallenden Herbstblätter oder die langen Bänder der Zugvögel, wie eine der jahreszeitlichen Veränderungen erschien.

Ich rührte mich wieder, der Kopfschmerz tobte hinter meinen Augen und ich sah Corbets Gesicht in der Quelle, seine Hand, die sich aus dem Wasser hob, nicht meiner wartenden Hand entgegen, die ihn herausziehen wollte, sondern um Laurels Hand zu ergreifen und sie hinabzuziehen.

»Ist er da unten?«, fragte ich scharf.

Sie fragte nicht einmal, wen ich meinte. Sie zog das Federbett über mich und reichte mir die Salbe.

»Du kannst weitermachen. Ich bring dir etwas zu essen. Er ist gekommen, um sich nach dir zu erkundigen.« Ich fühlte ihre Hand auf meiner Wange.

»Denk nicht an ihn. Versuch einfach nur Frieden zu finden. Hast du dafür keinen Tee?«

»Nicht für Corbet Lynn«, antwortete ich, aber erst, nachdem sie fort war.

12

Ich träumte von einer roten Rose, die im Schnee blühte. Corbet pflückte sie und gab sie mir. Als ich erwachte, hörte ich seine Stimme, vermischt mit den Klängen von Perrin, der Flöte spielte, und Laurels Stimme. Ich hatte einen weiteren Tag durchgeschlafen. Oder vielleicht gab es keine Tage mehr; sie waren für diese Jahreszeit verwelkt und abgestorben und hinterließen uns die Winterblumen der Dunkelheit und Träume. Ich stand auf, wickelte eine Daunendecke um mich und folgte den Stimmen nach unten.

Feuer erblühte in der Dunkelheit wie die Winterrose. Daneben sah ich sein Gesicht. Er lächelte mich an; Schatten streichelten sanft sein Antlitz, Licht verfing sich in seinem Haar, in der Falte seines Ärmels und glitt zwischen seine Finger. Perrin, der leise auf der anderen Seite des Feuers spielte, schien in eine andere Welt zu gehören; so auch Laurel neben ihm und unser Vater, der über seiner Pfeife in den Schlaf glitt. Ich ging zu Corbet; seine Augen, die wie das Wasser in der Quelle zugleich klar und geheimnisvoll waren, zogen mich zu ihm. Er hob eine Hand, als ich näher kam, um mich näher heranzuziehen oder anzuhalten. Ich nahm seine Hand und beugte mich über ihn. Ich spürte die Röte des Feuers in seiner Haut, hörte, wie er tief einatmete, bevor ich ihn küsste.

Ich hörte den Wind, der um mich herum flüsterte, die zitternden silbrigen Glöckchen. Dann stach der Dorn wieder in meine Lippe und ich zog mich zurück.

Das wird dich teuer zu stehen kommen, teilten mir seine Augen mit, von der anderen Seite des Zimmers.

Ich stand am Fuß der Treppe, zitternd trotz der Daunendecke und schwitzend trotz der Kälte, die ich tief in mir spürte. Ein unerträgliches silbernes Feuer strahlte von der Flöte ab, als Perrin sie senkte. Laurel sagte überrascht: »Rois. Bist du wach oder schläfst du?«

»Ich weiß nicht«, sagte ich. Ich fasste mein Haar an: ein struppiger Dornenzweig. Da wusste ich, dass ich wach war. Laurel erhob sich schnell, befühlte mein Gesicht.

»Du glühst ja.«

»Das weiß ich. Ich möchte einen silbernen Becher.«

»Was?«

»Um die Rose zu trinken, die in der Quelle schwimmt.«

»Du träumst«, sagte Laurel. »Es gibt keine Rosen.

Sieh doch.« Sie zog einen Vorhang zurück und ich sah den ersten Winterschnee, der draußen vor dem Fenster die Dunkelheit streifte.

Ich blickte Corbet an. »Was werden Sie tun?«, wollte ich wissen, denn die Jahreszeit des Fluches war angebrochen. Er antwortete nicht; wie konnte er es auch wissen?

Laurel sagte: »Er kann sich eine Laterne leihen, um nach Hause zu reiten. Der Schnee bleibt kaum erst liegen.«

Unser Vater stand auf, verlegen und verblüfft im Angesicht der Krankheit. Er kam und tätschelte sanft meine Schulter. Ich roch Bier, Pfeife und Holzrauch, die Gerüche von endlosem Winter. »Sollen wir nach dem Apotheker schicken?«, fragte er mich.

Müde schüttelte ich den Kopf. »Ich habe einen Tee gegen Fieber.«

»Eine ganze kalte Nacht lang hast du zwischen den Dornen geblutet«, sagte Perrin grimmig. »Du hättest dir den Tod holen können. Was kannst du eigentlich noch mit diesen Tees heilen?«

Ich zuckte mit den Schultern. Es tat mir Leid. Corbet zog wieder meinen Blick auf sich, wie er still neben dem Feuer saß. Ich beobachtete sein Gesicht, das eine Form aus Licht war, wie aus einer anderen Welt. Warum sollte er in dieser bleiben wollen, eingesperrt vom Winter in zwei kalten Räumen, und darauf warten, dass sein Großvater ihn entdeckte?

»Sie hätten nicht herkommen sollen«, sagte ich zu ihm und Laurel rief aus:

»Rois, *du* solltest nicht hier sein. Geh wieder ins Bett. Ich bring dir, was du willst. Du musst aufhören über Corbets Verwandte zu brüten oder das wird der längste Winter, den wir je durchgestanden haben.« Sie drehte sich flehend zu ihm um und hielt seinen Blick fest. »Erzählen Sie ihr, was sie wissen will, Corbet; sie ist von Ihren Geistern besessen.«

»Sie weiß alles, was sie wissen muss«, sagte er einfach. »Außer einem.«

»Was?«, fragten wir alle gleichzeitig, sogar mein Vater. Auch wenn er nur vage Vorstellungen von den Einzelheiten hatte, erriet er, dass es irgendeine Verbindung zwischen Corbet und seiner sich in ein Dorngestrüpp stürzenden Tochter gab.

»*Warum* sie es wissen muss.«

Perrin gab ein leises Grunzen von sich. Unser Vater rieb sich mit einem Daumennagel die gerunzelte Stirn glatt. Laurel sah mich grüblerisch aus Augen an, die ausnahmsweise dunkel und geheimnisvoll waren, und plötzlich erschauerte ich voll Furcht und zog die Daunendecke enger an mich.

»Ich weiß warum«, sagte ich schrill. Ohne zu antworten stand er auf; Schatten glitt über sein Gesicht. Er sprach mit Laurel; seine Stimme klang angespannt, verfolgt von all den Geistern, die ich losgelassen hatte.

»Es tut mir Leid. Anscheinend kann ich nicht helfen. Ich werde erst wiederkommen, wenn Sie nach mir schicken.«

»Es ist nicht Ihr Fehler«, protestierte Laurel, als er seinen Umhang vom Haken nahm und ihn sich über die Schultern warf. Er wünschte uns eine gute Nacht; sie folgte ihm und versuchte ihn gleichzeitig von verschiedenen Dingen zu überzeugen, vor allem davon, dass er jederzeit willkommen sei. Unser Vater ging mit einer Laterne hinter ihm her. Ich setzte mich auf die untere Treppenstufe. Perrin blieb bei mir zurück und sah dem Schnee zu, der um sie herum ins Licht wirbelte, als die Tür aufging. Ich sah zu ihm auf. Sein Blick begegnete meinem. Schweigend erzählten wir einander, was wir sahen.

Sanft berührte er meine Schulter mit einer Hand. »Du gehst am besten nach oben ins Bett. Das kann sehr wohl der längste Winter werden, den wir je durchgestanden haben, und wir brauchen dich bei Kräften.«

In der Nacht träumte ich von Lynn Hall, so, wie ich es nie gesehen hatte, wie es vielleicht nie gewesen war, mit seinen feinen hohen Wänden in der Farbe von Buttermilch, schweren Seidenvorhängen, die an jedem Fenster zurückgezogen waren, um funkelndes Kristall und Kerzenlicht zu enthüllen und riesige Marmorböden mit dünnen, hellen Teppichen, die ebenso sorgfältig überall angeordnet waren wie die Gemälde und Marmorurnen voller Rosen. Verzaubert zog ich von Fenster zu Fenster; jedes Fenster, von dem ich mich abwandte, wurde sofort dunkel, als ob solche Schätze nur sichtbar würden, wenn ich sie ansah. Im Dunkeln, das wusste ich, verwandelten sich die Teppiche in verstreute Blätter und die Vorhänge in Spinnweben; blutfarbene Rosenblätter fielen auf den Marmorboden.

Ich hörte seine Stimme.

Lass mich nicht hier zurück.

Rois.

Ich wachte auf und fand einen glatten, kalten Himmel vor, der glatte, kalte Felder widerspiegelte. Die Welt war so farb- und schattenlos geworden wie das Gesicht des Mondes und genauso klein; unsere Horizonte kesselten uns eng ein, reichten hinab, reichten hinauf, um Weiß zu berühren. Ich wollte mich vor diesem Anblick vergraben, unter Gänsedaunen oder Laub bis zum Frühling. Ich wusste noch nie, was ich tun sollte, wenn die Welt skeletthaft und verstümmelt wurde, mit nichts als abgestorbenen Halmen, die zwischen ihren Knochen hochstanden.

Merkwürdigerweise fühlte ich mich besser, schwach, aber mit klarem Kopf und viel weniger Schmerzen. Ich erinnerte mich undeutlich an das, was ich zu Corbet gesagt hatte. Sogar in diesem nackten Tageslicht schien es dringend und wahr; der Winterfluch lag über ihm und erwartete ihn in seinen zwei dürftigen Zimmern. Oder er wartete in irgendeiner kalten Welt darauf, dass der Wald ihn zurückforderte, denn sein Haus würde nie wieder aufgebaut werden und auf seinen Feldern nie etwas für ihn wachsen.

Ich vermache alles dem Wald.

Ruhelos stand ich auf, um aus dem Fenster zu blicken und zu sehen, in welche Richtung der Wind den Rauch über Lynn Hall wehte.

Der Wind hatte in Corbets Richtung geweht: Ich sah frische Hufspuren im Schnee, die her und fort oder fort und her führten. Ich hörte Laurels Schritte auf der Treppe, als ob sie meine über sich gehört hätte. Ihr Gesicht leuchtete noch vor Kälte; sie trug Corbet in ihren Augen, das Lächeln, das er auf ihre Lippen gebracht hatte. Sie roch nach Winter.

»Rois.« Sie befühlte mein Gesicht, bemerkte dann, was ich erblickte. Gelassen sagte sie: »Du siehst besser aus. Ich bin hinübergeritten, um ihn zum Abendessen einzuladen. Vater hat mich geschickt. Anscheinend denkt er, Corbets Gegenwart halte dich davon ab, über seine Abwesenheit nachzugrübeln.«

Ich sprach meine Gedanken nicht aus; vielleicht würden sie unwahr, wenn sie unausgesprochen blieben. Müde sagte ich: »Ich will versuchen zivilisiert zu sein.« Meine Füße waren kalt. Ich ging wieder ins Bett und fragte mich, wie ich eine Tür oder einen Durchgang finden konnte, die aus dieser düsteren Welt hinausführten. Sogar die Quelle wäre mit einer Eisschicht überzogen. Vielleicht würde Corbet mir einen Schlüssel geben. Und dann fiel mir ein, was er gesagt hatte: *Sie weiß alles, was sie wissen muss.*

Außer einem.

Warum.

Ich lehnte mich zurück und schloss die Augen. Ich hatte keine Ahnung, was er meinte. *Warum sie es wissen muss* ... Und es war mir egal. Müssen ist müssen; das erklärt sich von selbst. Laurel sagte etwas über Suppe. Ich gab ein Geräusch von mir; sie verschwand wieder. Ich schlief ein wenig; eine Stimme so süß wie silbrige Glöckchen, so geheimnisvoll wie der Wind sagte: *Du musst ihn fest halten, so fest, wie diese Dornen dich halten, egal welche Gestalt er annimmt ...*

Die Tür ging auf; ich hörte keinen Schritt. »Laurel?«, fragte ich mit geschlossenen Augen. Niemand antwortete. Leise ging die Tür zu. Eine der Erinnerungen des Hauses, dachte ich im Schlaf. Wieder ging die Tür auf; Laurel sagte, als sie hereinkam: »Vater reitet ins Dorf. Brauchst du etwas? Rois ...« Ihre Stimme verlor sich. Ich öffnete die Augen.

Das Zimmer roch nach überreichlichen und sonnenwarmen Rosen wie an einem heißen Sommertag.

Laurel, deren Gedanken forttrieben, schien verzaubert, aber verwirrt, als ob sie nicht sagen könnte, was sie überrascht hatte. Schließlich bewegte sie sich und stellte ein Tablett mit Brot und Suppe aufs Bett. Ich sagte schläfrig: »Es ist das Haus. Manchmal tut es das.«

»Was?«

»Erinnert sich an einen anderen Geruch.«

»Rois, was du da sagst, ergibt schon wieder keinen Sinn. Hier. Iss das.«

»Und wenn doch«, widersprach ich hartnäckig. »Angenommen, ich bin die Einzige in diesem Haus, die keinen Unsinn redet. Angenommen, alles, was ich sage, stimmt und alles, was ich tue, ist lebenswichtig ...«

»Einverstanden«, entgegnete sie. »Also einmal angenommen. Corbet ist verflucht und du versuchst – mit sehr merkwürdigen Mitteln – ihn zu befreien. Na und?«

Ich konnte nicht antworten; ich hatte noch keine Antworten. Sie wandte sich ab; ich sah, wie sie die Hände hob und sie sich kurz vor die Augen drückte.

»Sei nur vorsichtig, Rois. Achte darauf, dass du nicht verletzt wirst.«

Zum ersten Mal seit Tagen badete ich in Wasser, das mit Kamillen- und Rosenöl weich gemacht war. Ich zog mich an, kämmte dann vor dem Feuer mein Haar trocken. Die ganze Zeit dachte ich an Corbet und fragte mich, wohin ich als Nächstes gehen, was ich tun würde, um ihn zu bewahren, und wusste doch nicht, wie ich irgendeinen von uns vor dem Unheil bewahren konnte, auf das wir zusteuerten. Perrin tauchte zum Abendessen nicht auf; noch ein krankes

Tier hielt ihn zu Hause zurück. Corbet kam spät. Er brachte Wein mit, nicht aus dem Gasthof, wie er sagte, sondern von einem anderen Ort.

»Von welchem anderen Ort?«, wollte Laurel mit einem Lächeln wissen. »Im Winter gibt es keine anderen Orte.«

Er lächelte zurück, antwortete aber nicht. Er goss Wein in drei der Becher, die Beda brachte, und reichte Laurel einen und einen unserem Vater. Unser Vater probierte ihn. Seine Stirn hob sich; plötzlich wurde er schwärmerisch.

»Er ist wundervoll … Er schmeckt wie der Geruch von frisch gemähtem Heu.« Er trank noch einen Schluck. »Früh am Morgen, wenn es vom Tau noch feucht ist.«

»Er schmeckt nicht nach Heu.« Laurel lachte. »Er schmeckt wie der erste süße Biss in einen Pfirsich, der von der Sonne warm und so reif ist, dass er vom Ast in die Hand gleitet, wenn man ihn berührt.«

Corbet hob den dritten Becher an seine Lippen. »Goldene Äpfel«, sagte er. »Und Haselnüsse.« Er sah mich an. »Rois – ich vergaß. Ich habe Ihnen mitgebracht, worum Sie mich baten.« Er drehte sich um, während wir sprachlos zusahen. Er langte in die Tasche seines Umhangs und zog einen silbernen Becher hervor.

Ich lächelte ein wenig und dann sah ich seine Augen: Er erfüllte nicht die launenhaften Wünsche eines kranken Kindes. Laurel ließ einen überraschten Ausruf vernehmen, als sie den Becher sah. Rosen schlängelten sich an seinem Stiel empor, wanden sich um seine Seiten und zogen sich über den Rand hinunter. Unser Vater strahlte Corbet an, mit sich selbst genauso zufrieden, weil er ihn gebeten hatte zu kommen. Ich starrte den Becher an, als Corbet Wein einfüllte, und spürte, wie mir das Herz im Hals schlug. Der Wein war im Kerzenlicht von einem so blassen Gold, dass er wie Wasser aussah.

Er reichte mir den Becher. Ich roch Rosen und nassen Stein. Auf dem Grund des Bechers verwandelte sich die gespiegelte Flamme von einer Kerze in einem Wandleuchter in eine blutrote Rose.

»Trinken Sie«, sagte er. Ich blickte in seine Augen; sie schienen kälter und ferner als die Sterne.

Ich hob den Becher an meine Lippen und trank.

13

Ich sah die Welt mit Corbets Augen.

Unsere festen Wände bekamen Risse, enthüllten Stein unter geplatztem Mörtel und Nacht, wo Steine herausgebrochen waren. Dunkle und gesichtslose Winde zogen ruhelos durch die Löcher im Dach zwischen den herabhängenden Sparren ein und aus. Beda und mein Vater waren schattenhafte Gestalten, massig und undeutlich mit verschwommenen Stimmen, abgehackten und plötzlichen Gesten, wie denen von Vogelscheuchen. In der Dunkelheit flackerte das Feuer verzweifelt und spendete wenig Wärme und noch weniger Licht, sogar als der Schatten mit der brennenden Pfeife sich mit einem Lachen erhob, das durch die Luft zu perlen und sein eigenes Echo zu erzeugen schien und einen Scheit auf die Flammen legte. Nur Laurel schien unverändert, eine strahlende Gestalt. Das Licht fing sie ein, heftete sich an sie und umrahmte ihre ruhigen Bewegungen. Ihre

Stimme drang klar durch die umherirrenden Winde, das ständige Treiben von trockenen, unsichtbaren Blättern, die über die Fliesen rauschten und sich einen Weg durch all unsere verwinkelten Gänge bahnten.

Mich selbst sah ich nicht mit seinen Augen. Aber ich sah sein Gesicht, blass wie Mondlicht, als ob die Sonne es nie berührt hätte. Mit jeder Berührung des Windes bildete sich ein neuer Ausdruck heraus. Generationen blickten durch seine Augen hervor. Einmal trug er das gefährliche Lächeln seines Großvaters, dann den hilflosen Zorn seines Vaters; einmal trat ihm sein eigener Schrecken in die Augen oder sein verzweifeltes Bedürfnis nach der einen klaren, hellen Gestalt in seiner Welt. Und dann sah er mich an und sein Gesicht veränderte sich wieder, schön und gnadenlos lockte es mich an und wies mich warnend fort.

Der Wind zerrte an meinen Röcken, als wir am Tisch saßen. Wie er folgte auch ich Laurels ruhiger Führung und zog meinen Stuhl hervor, auch wenn eine Latte aus dem Sitz brach und über die Fliesen schürfte, als ich mich setzte. Eine gesichtslose Beda, deren Mütze wie ein rüschiger Pilz auf dem Kopf saß, brachte etwas auf einem silbernen Tablett herein. Laub, so schien es, oder verwelkte Blütenblätter flossen aus ihrer Suppenkelle in unsere Schalen. Benommen beobachtete ich Laurel. Sie nahm ihren Löffel auf und aß; so auch unser Vater, der trockenes, splitterndes Holz wegzog, um den Löffel in seine Schale zu tauchen.

»Was bedeutet das?«, hauchte ich Corbet zu. »Was ist dies für ein Ort? Lebst du hier?«

Seine Augen antworteten mir. Ein plötzlicher Wind sang mit einer harten, gefährlichen Stimme; sein Gesicht veränderte sich, nahm einen angespannten, gehetzten Ausdruck an.

»Ihr esst nicht«, sagte Laurel in einer anderen Welt. »Rois. Corbet.«

»Esst«, drängte unser Vater. »Es ist Bedas bestes Gericht: Zwiebel- und Kartoffelsuppe. Rois, du hast seit Tagen kaum einen Bissen angerührt.«

Ich nahm meinen Löffel auf; er war angelaufen und so abgenutzt, dass das Silber sich wie ein Netz in einzelne Fäden teilte. »Ist dies der Ort, an dem du Fragen beantwortest?«

Er antwortete nicht. Wieder veränderte sich sein Gesicht, als eine Gestalt sich hinter seinen Stuhl stellte.

Ich kannte dieses Gesicht, auch wenn ich es noch nie so deutlich gesehen hatte: diese Mondlichthaut, das schwer fassbare, brennende Sternblau dieser Augen. Ihr Mitternachtshaar vermischte sich mit den Winden, wehte überall und glitzerte wie Sterne.

Sie legte eine unmöglich bleiche und zarte Hand auf seine Schulter und sah über den Tisch zu Laurel. Unter ihrem Blick veränderte sich Laurel. Ihre Bewegungen wurden langsamer, phlegmatisch, während sie ihre Suppe aß. Die Zeit zeichnete unter ihren Augen, an ihrem Mund entlang ihren Verlauf ein, spann über ihrem kastanienbraunen Haar ein silbernes Netz. Unter der schlanken Hand sah Corbet bewegungslos zu; ich sah, wie in seinen Augen eine Sehnsucht nach Zeit aufflackerte.

Laurel fing seinen Blick auf und starrte ihn aus alternden Augen an; er gab einen Laut von sich, drehte sich von der Hand auf seiner Schulter fort, aber sie ließ ihn nicht los.

»Die«, sagte die Frau und ihre Stimme klang wie hohe, süße Glocken. Dann sah sie mich an. »Und die.«

Die Winde zerrten an meinen Haaren, Blütenblätter verfingen sich darin. Nähte platzten an meinen Ärmeln auf; meine Hände wurden knittrig, schmutzig, meine Nägel brachen und wurden schwarz vor Erde. Eine aschfarbene Haarsträhne wehte in meine Schale.

»Rois, dein Haar ist in deiner Suppe«, sagte Laurel geduldig, wie zu einem kranken Kind oder einer verwirrten alten Frau. Ihr eigenes Haar war nun knochenweiß, die Haut war aufgedunsen und hing ihr vom Gesicht. Nur die Augen waren vertraut, immer noch auseinander stehend und rauchig grau, wenngleich die weit entfernte Welt, die sie sahen, nun nahe und sicher schien.

Corbet beobachtete sie immer noch, hungerte immer noch nach Zeit. Sie lächelte ihn an. Ein solches Lächeln ist auf jedem Gesicht schön. Wieder änderte sich sein Gesicht; ein Lächeln leuchtete aus ihm wie Licht. Ich starrte auf meine faltigen Hände; wie Vogelkrallen umschlossen sie das Nichts.

Dann spürte ich seine Augen, als ob meine Klauenhände sein Herz festhielten. »Rois«, sagte er und sonst nichts. Ich blickte ihn nicht an; ich wusste nicht, wie ich die Form seines Herzens verändern konnte.

»Rois«, sagte Laurel von jenseits dieses Schattenlandes. »Ist alles in Ordnung mit dir?«

»Sie hat nichts gegessen«, brummte unser Vater

und laut rief er: »Beda! Bring ihr von dem Brathähnchen.« Er goss Wein in meinen Becher nach. Der Wein war nun blutrot und der Becher bestand aus Knochen, der eine Jahreszeit nach der anderen im Wald gelegen hatte und von Wasser und Licht reingescheuert war. Ich trank und hörte Corbet wieder sagen: »Rois.«

Schließlich sah ich ihn an. Die Frau war verschwunden. Oder vielleicht hatte sie sich auch in den raschelnden Efeu verwandelt, der an seinem Stuhl entlangrankte, bis Corbet auf einem grünen Thron saß und an ihn festgebunden war und Blätter seine Handgelenke, sein Haar und seinen Hals umschlangen. Ich starrte hin und mein Herz schmerzte bei all dem grünen Leuchten in einer so trüben Jahreszeit.

Eine schemenhafte Beda stellte etwas vor mich hin; ich schreckte hoch. Vögel flogen von meinem Teller auf und hinterließen Knochen.

Corbet machte ein leises Geräusch. Er schloss die Augen, lehnte sich zurück, ergab sich der Umarmung des Waldes und verschwand beinahe in den Blättern.

»Rois«, flüsterte er. Und dann, so schwach, dass ich ihn nur mit meinem Herzen vernehmen konnte: »Bitte.«

Da fühlte ich, wie die rote Rose in meinem Herzen erblühte; Dornen kerbten sich hinein, Dornen stachen hinter meinen Augen. Ich konnte ihn nicht mehr sehen, nur ein verschwommenes, feuriges Grün. »In Ordnung«, antwortete ich auf was immer er erbat, auch wenn ich nicht wusste, warum er Zeit wollte und Laurel, wenn er doch den zeitlosen Wald in all seiner Rätselhaftigkeit haben konnte. »Aber ich verstehe es nicht.«

»Ich werde es dir zeigen«, antwortete die Stimme seines Herzens, ein Versprechen oder eine Warnung. »Wenn du mit mir kommst.«

»Rois«, flehte Laurel, »wo bist du? Wanderst du im Winter durch den Sommerwald? Corbet, rufen Sie sie zurück. Auf Sie hört sie. Sie muss essen.«

Er nannte meinen Namen. Ich sah, wie Kerzenlicht am Silber in Laurels Händen entlangglitt; ihre Hände waren wieder jung, wie auch ihre Stimme. Ich hob den Kopf, sah das wohlgenährte, ängstliche Gesicht unseres Vaters und Beda, die mich beobachtete, während ihre Finger den Stoff ihrer Schürze kneteten. Ich sah Corbet an, wegen des Grüns, das ihn umarmt und gebunden hatte; Grün war eine Erinnerung, eine Sehnsucht, nichts Wirkliches in dieser toten Welt. Ich nahm meine Gabel auf, blinzelte über dem, was auf meinem Teller lag. Ein Hühnerflügel, sagten mir meine Augen schließlich, mit Estragon gewürzt, eine gebratene Zwiebel, geschmorte Karotten. Grimmig spießte ich ein Stück Karotte auf, als ob ich die Welt mit der Spitze meiner Gabel zurechtrücken könnte. »Es geht mir gut«, sagte ich. »Der Wein hat mich zum Träumen gebracht.«

»So wirkt er«, sagte unser Vater erleichtert, »auf leeren Magen.«

»Ja.« Diese Karotte an meinen Mund zu führen bedurfte so viel Kraft wie das Fällen eines Baumes. Noch mehr brauchte ich, um nicht stumm dazusitzen und Corbet anzustarren und darauf zu warten, dass ich die verwilderten Pfade hinter seinen Augen gezeigt bekam.

Stumm aß ich, was ich schaffte, hielt meine Augen auf den Teller gerichtet, während Corbet mit Laurel und unserem Vater sprach und auf seine leichte Art um Geschichten aus der Vergangenheit bat, von Laurels Kindheit auf dem Bauernhof, Erinnerungen an unsere Mutter, die in meiner eigenen Vergangenheit nur ein oder zwei undeutliche Worte, eine Berührung, ein unscharfes Gesicht waren.

»Laurel hat Rois aufgezogen«, sagte mein Vater, »obwohl sie so jung war. Sie hat früh Verantwortung übernommen. Beda tat natürlich alles, was sie konnte.« Stirnrunzelnd sah er auf seinen Teller; ich fragte mich, wie viel von ihrem Gesicht er mittlerweile noch erinnerte, wie viel von seiner Jugend er begraben hatte. »Ich war keine Hilfe«, fügte er hinzu und seufzte. »Überhaupt keine Hilfe. Ich blickte Rois an und sah das Gesicht ihrer Mutter und das war das Letzte, was ich tun konnte. Ich ließ sie wild herumlaufen; ich habe sie nie zurückgehalten. Seit sie laufen konnte, war sie zu jeder Jahreszeit ständig im Wald.«

Als ob er mich hätte aufhalten können. Um ihn daran zu erinnern, dass ich immer noch da war, fragte ich: »Liebte sie auch den Wald? Unsere Mutter?«

Es folgte ein kleines, merkwürdiges Schweigen, als ob eine Antwort im Kerzenlicht zwischen uns hing, aber niemand sie aussprechen wollte. Dann sprachen Laurel und unser Vater gleichzeitig.

»Sie ging mit uns dort spazieren ...«

»Nein. Sie ging nie hinein.«

Sie hielten inne. Ich hob den Blick und bemerkte, dass sie einander verblüfft ansahen. »Aber es ist mir eingefallen«, sagte Laurel. »Sie trug Rois ...«

»Während ich auf dem Feld war«, unterbrach unser Vater etwas unvermittelt. »So muss es gewesen sein. Sie erwähnte es selten.« Er konzentrierte sich auf seinen Teller und stocherte ohne Interesse auf einer Zwiebelscheibe herum. »Jedenfalls stöberte sie dort nie herum wie Rois. Sie lief nie barfuß.«

Laurel öffnete den Mund und schloss ihn wieder. Ihr Blick suchte Corbets. Zwischen ihnen gab es etwas und das kleine Runzeln tauchte auf ihrer Stirn auf. Sie blickte kurz mich, dann ihren Teller an; sie veränderte den Winkel ihres Messers um ein oder zwei Grad und sprach schließlich. »Nein«, sagte sie. »Sie trug Schuhe und pflückte nur die Wildblumen.«

Ich wünschte mir, ich könnte mich erinnern. Corbet saß schweigend da, seine Augen auf Laurel, dann auf unseren Vater gerichtet, als ob er sehen könnte, was sie verschwiegen. Ich gab es auf zu erraten, warum es ihn tröstete, dass sie Schuhe trug.

»Wie ist sie gestorben?«, erkundigte sich Corbet, ungewöhnlich taktlos, wie ich fand. Aber unser Vater wollte anscheinend darüber sprechen. Vielleicht war er der Meinung, dass Corbet solche Dinge über unsere Familie wissen sollte, unsere schuldlose, unmysteriöse Vergangenheit, aber hier lag er mit seinen Überlegungen falsch. Er weigerte sich in Betracht zu ziehen, dass Corbet sich vielleicht in Laurel verliebt hatte, aber dadurch wurde es für mich, seine waldelfenhafte Tochter, die Rosen trank, sogar noch unwahrscheinlicher, den Erben von Lynn Hall zu erwählen. Er träumte von einer Doppelhochzeit im Frühjahr; er hätte Glück, dachte ich schonungslos, wenn es in dieser Welt überhaupt eine Hochzeit gäbe.

»Sie starb«, sagte er schwerfällig, »an einer seltsamen, auszehrenden Krankheit. Sie konnte nicht essen. Sie wurde krank während der Regenfälle im Herbst und starb in der längsten Nacht des Jahres.« Er sah mich vorwurfsvoll an; ich regte mich und aß noch ein Stück Karotte. »Sie ließ mich ihr Bett ans Fenster schieben, sodass sie hinaussehen konnte. Aber es gab nichts zu sehen, nur öde Winterfelder und sternenlose Nächte. Ich dachte, sie hielte nach dem Frühling Ausschau. Aber sie starb, lange bevor der Krokus blühte.« Einen Augenblick lang starrte er seinen Becher an. »Vielleicht wartete sie auch nicht auf den Frühling. Vielleicht sah sie schließlich, was sie wollte, vielleicht auch nicht. Ich werde es nie erfahren.«

»Das tut mir Leid«, hauchte Corbet.

»Wenigstens hatte ich meine Töchter zum Trost.« Er trank Wein; der Schatten verschwand allmählich aus seinem Gesicht. »Meine süße Laurel und meine wilde Rose.« Er lächelte etwas. »Rois brachte mir ständig Dinge mit, um mich aufzuheitern – einige bewegten sich, wie ich mich erinnere. Einmal eine Raupe und einen Käfer mit schimmernden Flügeln. Das Ei eines Kolibris.« Er aß von seinem Hähnchen. »Das ist schon lange her.«

»Ihre Mutter starb auch jung«, sagte ich unvermittelt zu Corbet. »Erinnern Sie sich an sie?«

Er nickte. »O ja. Sehr deutlich.« Er berührte seinen Becher, als wollte er ihn heben, hielt aber inne. Seine Augen begegneten meinen und enthielten eine Warnung; ich konnte fast das Rascheln des Efeus hören, das ihn in Bann hielt. »Sie war groß, hatte sehr weiße Haut. Ihre Stimme war sanft; sie sang mir alte Balladen vor.«

»Wie ist sie …«

»Das habe ich nie genau erfahren«, sagte er und trank, bevor er stirnrunzelnd weitersprach, wobei seine Augen auf die Kerze zwischen ihm und Laurel gerichtet waren. »Eine Zeit lang sagte mein Vater mir nur, sie sei fortgegangen. Er trauerte entsetzlich; er sprach sehr wenig und ich konnte den Blick seiner Augen nicht ertragen, wenn er von ihr sprach. Also hörte ich auf Fragen zu stellen. Jahre später fragte ich dann; er sagte nur, dass sie wie seine eigene Mutter gestorben war, da sie zu zart war, um in der Welt zu leben.«

Ich schluckte trocken, schälte die Hülle von seiner Antwort, um die Wahrheit zu entdecken: Sie war zu menschlich gewesen, um im Wald zu leben. Oder zu elfenhaft, um in der Welt zu leben.

Oder war alles nur leeres Gerede? Hatte seine wahre Mutter hinter ihm gestanden, mit ihrer mondscheinblassen Haut, ihre Hände auf seiner Schulter, Finger, die in Efeu übergingen, der ihn an ihre Welt fesselte?

Da betrachtete ich ihn, suchte in seinem Gesicht nach ihr, vergaß zu essen, während er Laurel betrachtete, manchmal selbst zu essen vergaß über der Art, wie sie ein Wort aussprach oder wie sich ihr Gesicht im zitternden Kerzenlicht jedes Mal veränderte, wenn sie seinem Blick begegnete. Unser Vater, nichts ahnend und jetzt wieder fröhlich, sprach von Perrin und seinem guten Charakter, seiner arbeitsamen Natur und von den Enkeln, die er im Alter haben würde.

»Iss«, drängte er mich hin und wieder. »Iss.« Aber ich konnte kaum mehr tun, als den reichhaltigen

Bildteppich zu beobachten, den sie aus ihren Blicken und dem langsamen Lächeln woben, aus den Worten, die sie sprachen und die für meinen Vater etwas anderes bedeuteten als für mich, während der insgeheim um uns alle herum wachsende Efeu seine Warnungen flüsterte.

Ich vermache alles dem Wald.

Ich trank noch mehr Wein aus meinem Silberbecher. Er war nun blasses Sonnenlicht und schmeckte nach Rosen und Blut. Als wir fertig gegessen hatten, wirbelte Schnee draußen vor dem Fenster; mit einem Blick hinaus sagte Corbet zu Laurel: »Ich sollte jetzt aufbrechen. Solange ich noch kann.«

»Ja«, sagte sie leise und stellte sich neben ihn, so nah, dass sie sich hätten berühren können. »Später geht es vielleicht nicht mehr.«

»Vielleicht geht es schon jetzt nicht mehr.«

»Natürlich geht's noch«, sagte unser Vater und zündete die eiserne Laterne an. »Es liegen erst fünf, sechs Zentimeter Schnee. Folgen Sie der Feldmauer, wenn Sie von der Straße abbiegen – sie führt Sie bis an den Waldrand.«

Corbet zog seinen Blick von Laurel fort und sah mich an. »Wir Lynns laufen auf Schnee«, sagte er lächelnd; in seinen Augen war kein Lächeln. Ich lächelte zurück, allmählich lernte ich von ihm und Laurel, wie man mit geschwätzigen Gemeinplätzen Geheimnisse austauschen konnte.

»Welchen Winterpfad nehmen Sie durch den Wald von einem Ort zum anderen?«

»Ich erträume mir einen«, sagte er und warf sich seinen dunklen Umhang über die Schultern. Er wandte sich wieder Laurel zu, mit unbewegtem, ausdruckslosem Gesicht. »Danke für die Einladung.« Bevor er ging, berührte er mich leicht. Seine Finger brannten wie die Berührung des Dornenstrauchs; ich suchte die Rose, die von dort zurückgeblieben sein musste, sah aber nichts. »Trinken Sie den Wein aus«, schlug er vor. »Träume sind darin und noch mehr.«

Und das tat ich. Und so träumte ich seinen Traum.

14

Ich stand in Lynn Hall.

Corbet war da und nicht da. Ein Mann mit seinem Gesicht, ein Junge mit seinem Ausdruck sahen zu, wie etwas in einem Kessel blubberte, der über dem Feuer hing, das in einem Marmorherd brannte. Der Junge war noch klein, schlank, mit dunklem Haar und großen grauen Augen; er starrte auf den Kessel, leicht zitternd vor Hunger, erwartungsvoll. Sein Mantel aus feinem blauem Tuch war an den Aufschlägen geflickt. Er trug eine dünne Steppdecke über den Schultern; sie schleifte auf dem Marmorboden wie ein Königsmantel hinter ihm her.

Der Mann wandte sich von dem Feuer ab und fing an hin und her zu gehen. Aber nicht, bevor ich seine fein ziselierten Gesichtszüge sah, die halb geschlossenen Augen, das aus Licht gesponnene Haar. Er trank aus einem Silberbecher; Rosen schlängelten sich an dessen Seiten hoch. Aus dem Kreis des Feuerlichts bewegte er sich in den Schatten, den nur hin und wieder eine Kerze störte. Der Wind zerrte an der Tür, bis sie auf ihrem Riegel klapperte, wollte herein; er kam den Kamin herunter, konnte aber nicht an den Flammen vorbei.

»Geh und hol mehr Holz«, sagte Nial Lynn. Tearle schüttelte die Steppdecke zu Boden und drehte sich wortlos um. Nial Lynn schritt wieder ins Licht und ich sah, dass seine Augen nicht grün, sondern grau waren wie die seines Sohnes und sein Mund war dünn und blutlos, als ob er nie lächelte, als ob er Dornen aus seinem Becher trank anstelle der Rosen.

Der Junge öffnete die Tür, kämpfte, damit sie nicht gegen die Steine krachte. In seinem durchgescheuerten Mantel ging er ohne Handschuhe und ohne Licht hinaus. Nial Lynn lief hin und her. Eine Kerze flackerte und ging aus. Auf seinem Gesicht konnte ich keinen Ausdruck erkennen; er schien sich seiner selbst, des Kessels über dem Feuer, des Sturmes nicht bewusst, als ob er in seinen Gedanken eine andere Jahreszeit, einen anderen Raum durchmaß.

Fächerförmig breitete sich der Schatten auf der Wand an der anderen Seite des Zimmers aus und wurde tiefer; mich fröstelte, wo ich stand, ein Schatten in einer Ecke, oder vielleicht nur das Auge einer Kerze. Das Feuer brannte nieder und immer noch lief Nial Lynn hin und her, ohne einen Gedanken an den Jungen, den er in den Sturm hinausgeschickt hatte. Erst als das Feuer in den letzten glühenden Holzscheit kroch und rauchte, schien Nial die Dunkelheit um sich herum wahrzunehmen.

Er machte ein ungeduldiges Geräusch und trat mit

seinem Stiefel eine Flamme aus dem Scheit. Dann ging er zur Tür und riss sie auf, rufend. Während er rief, glitt der Junge, der sich gegen die Tür gekauert hatte, zu seinen Füßen in das Zimmer. Holzscheite fielen ihm laut klappernd aus den Armen. Er kroch hin, tastete nach ihnen, zitterte. Nial Lynn griff nach einem Holzstück, warf es ins Feuer und lief dann in der plötzlichen Helligkeit wieder auf und ab, während der Junge auf die Füße stolperte und einzeln die Holzstücke zum Feuer trug.

Schließlich sprach Nial Lynn. »Wo warst du?«

»Ich konnte die Tür nicht aufkriegen.« Er sprach ohne Gefühl, benommen. »Meine Finger wollten sich nicht bewegen.«

»Wir brauchen noch mehr.«

»Ich weiß.« Tearle stand am Feuer, die Hände unter den Armen, zitternd. »Mir kam es vor, als hätte ich etwas im Wind gesehen«, sagte er nach einem Augenblick. »Gesichter aus Wind und Schnee. Schöne Gesichter. Wie das meiner Mutter.«

»Vielleicht hast du ja«, murmelte Nial Lynn, »vielleicht hast du's gesehen.« Seine Augen waren ganz groß, sein Kopf erhoben, als ob er den Schatten nach diesem Gesicht absuchte. Plötzlich drehte er sich um. Es geschah etwas; ich konnte es nicht deutlich erkennen. Nial Lynn stand in der Nähe der Tür, seine erhobene Hand fiel herab und fast auf der anderen Seite des Zimmers verlor Tearle am Kamin das Gleichgewicht und stürzte gegen den Kessel über dem Feuer.

Spritzer trafen ihn. Ich sah, wie sein Mund sich öffnete, aber er gab keinen Laut von sich. Er fand an den Kaminfliesen Halt, bevor er ins Feuer fallen konnte.

Zitternd lehnte er sich gegen sie, hielt sich einen Arm und die Augen geschlossen.

»Sie ist fort«, sagte Nial Lynn geduldig. »Sprich nicht von ihr.«

Er sagte nichts mehr; lange rührte der Junge sich nicht, wenngleich ich sein heftiges Atmen hörte. Schließlich bewegte er sich, nahm einen Porzellanbecher neben der Feuerstelle auf, um ihn in den Kessel zu tauchen.

Im Schatten drehte sich Nial Lynn wieder um. »Nein«, sagte er und der Junge erstarrte. »Bring mehr Holz herbei, bevor du isst.«

Tearle stellte den Becher geräuschlos zurück, stand auf und ging wieder in den Sturm.

Als er die Tür unter Mühen hinter sich geschlossen hatte, wurden die Zimmer dunkel. Immer noch hörte ich den Wind, der heulte und knurrte. Ich zitterte; die Kälte der mich umgebenden Steine drang mir bis ins Herz, die eiserne Kälte in Nial Lynns Stimme. Ich sah Corbet, der den Raum durchschritt, so wie sein Großvater ihn ein halbes Jahrhundert zuvor durchschritten hatte. Ich erkannte ihn, auch wenn er mit dem Rücken zu mir stand, auch wenn das einzige Licht von der blutroten Rose kam, die über der Feuerstelle brannte. Ich sprach seinen Namen und in meinem Traum kam er zu mir.

Er berührte mich nicht; wir schienen in verschiedenen Zeiten beieinander zu stehen; in seiner Vergangenheit, in meinem Traum. Doch er kannte mich; er sagte: »Rois.«

»Was hat das …« Ich konnte kaum sprechen, so sehr bebte ich in der Kälte. »Was hat das mit dir zu tun? Warum bist du hergekommen?«

»Um meinen Weg hinaus zu finden«, sagte er einfach. »Das weißt du. Sieh.«

Er ging zur Tür, öffnete sie. Wieder sah ich den Jungen zusammengekauert auf der Schwelle, erdrückt von dem Holz in seinen Armen und zu stark zitternd, um stehen zu können. Aber das zeigte Corbet mir nicht. »Sieh«, sagte er wieder und ich sah die Reiter im Sturm.

Sie ritten auf Pferden so weiß wie Reif. Schnee, Sterne und Dunkelheit wirbelten im Kreis, um ein fein geschnittenes Gesicht zu formen, mit Augen aus Nacht und Kristallfeuer. Ihre Umhänge waren aus dunklem Wind und Schnee; ihr wildes Haar hielt Schnee und fallende Sterne. Der Junge beobachtete sie ebenfalls, voller Sehnsucht nach ihrer Schönheit, ihrer Herrschaft über Kälte und Sturm. *Komm*, riefen die Winde. *Komm zu uns. Das ist nicht dein wahres Heim. Du gehörst woanders hin. Du gehörst zu uns.*

»Wie?«, flüsterte ich; hätte ich nicht geträumt, hätte er mich nie hören können. »Wie fand dein Vater den Weg zu ihnen?«

Er sah mich aus Nial Lynns Gesicht, seinen kalten, geheimnisvollen Augen an. »Wie mein Großvater?«

Vom Dach herabfallender Schnee wirbelte zwischen uns; er verschwamm. Ich streckte meine Arme nach ihm aus, versuchte einen Schatten zu fangen. Meine Hand umschloss eine Messerschneide aus Wind. »Wie?«, fragte ich noch einmal. Ich sah nur den Jungen auf der Schwelle, der sich gegen die Tür drückte, am Holz festhielt und die Gesichter des Sturms betrachtete.

Ich wachte auf. Es war noch Nacht; der Wind in meinen Träumen sang sein süßes, gefährliches Lied um unser Haus herum. *Komm zu uns. Komm.* Wieder erkannte ich die Brüchigkeit unserer Wände, dass sie durch einen Gedanken zerbrechen und Stein und Brett wie alte Spinnweben unter einer Vision zusammensacken konnten. Ich schloss die Augen vor der Vision und bahnte mir einen Weg zu den neben der Quelle treibenden Blättern zurück.

Auch Laurel schien diesen Wind gehört zu haben. Ein Traum hatte ihre Ruhe gestört; auf ihrem ungewöhnlich blassen Gesicht lag ein unbekanntes Runzeln. Als Perrin zum Frühstück kam, sah sie ihn einen Moment lang an, als ob sie ihn nicht erkannte.

Auch er hatte nicht gut geschlafen. »Ich hörte andauernd Tiere, die mich aus der Scheune riefen – dann wachte ich auf und hörte nur den Wind.« Zögernd strich er ihr über die Wange. »Ist alles in Ordnung?«

»Ja.« Plötzlich wandte sie ihr Gesicht ab und er blinzelte sie verwirrt an. Schnell drehte sie sich wieder zu ihm, da sie seine Bestürzung spürte. »Dieser Wind hat mich ebenfalls aufgeweckt. Nur hatte er eine menschliche Stimme.«

»Was sprach sie?«, erkundigte er sich in dem Versuch humorvoll zu sein. Sie blickte durch ihn hindurch.

»Nichts Menschliches«, sagte sie schließlich und wandte sich wieder ab. »Sie hat mich aus der Fassung gebracht. Es tut mir Leid. Ich habe dich heute Morgen nicht erwartet.«

»Ich habe dich vermisst«, sagte er einfach. Er wartete und hielt sich an einer Stuhllehne fest, als brauchte er Mut, während sie in die Küche schritt, um Beda mitzuteilen, dass er gekommen war. Als sie zurückkam, blickte er ihr in die Augen und fragte ebenso einfach: »War Corbet gestern Abend hier?«

»Ja«, sagte sie und Blut strömte in ihr Gesicht und machte ihre Winterblässe schön. Sein Kopf sank. Er sagte nichts, zog einfach mit den Händen den Stuhl vor, um sich zu setzen. Ich trat ins Zimmer; wieder hob er den Kopf.

»Rois«, sagte er tonlos, gab sich dann einen Ruck. »Du siehst besser aus. Müde, aber besser.« Plötzlich stand er auf. »Vielleicht sollte ich eurem Vater beim Melken helfen ...«

»Setz dich«, sagte Laurel. Sie legte eine Hand in seine Armbeuge. »Setz dich«, sagte sie sanft. Seinem Blick begegnete sie nicht, aber ihre Stimme drang zu ihm. »Dieser Winterwind hat uns alle verwirrt. Ich weiß kaum noch, was ich denke oder tu.«

»Was soll ich tun?«, fragte er leise. Seine Finger glitten einen Augenblick lang unter ihren Arm. »Was hättest du gerne, das ich tun soll?«

»Hab einfach Geduld mit mir. Nur jetzt.« Ihre Stimme versprach nichts.

»In Ordnung«, sagte er fest und setzte sich wieder, weniger fest. Beda kam mit einem großen Tablett voll Eiern und Würstchen, Brot, Milch, Butter, Käse und Haferbrei herein. Sie sah unsere verschlossenen Gesichter an und seufzte tief.

»Dieser Wind.« Mit dem Besteck lärmend räumte sie das Tablett ab. »Und das ist erst der Anfang.«

An diesem Abend kam Corbet nicht zum Abendessen, nur Perrin. Das machte sowohl Laurel als auch mich unruhig, wenngleich Laurel sich Mühe gab das zu verbergen. Wie immer saß sie am Feuer, machte Spitze oder zumindest den gelegentlichen Versuch die Nadel zu bewegen. Perrin spielte nicht. Er versuchte mit Laurel zu sprechen; sie antwortete gedankenverloren, horchte auf eine andere Stimme. Wenigstens hatte ich ihn in meinen Träumen, dachte ich; vielleicht sie ja auch. Aber ich gierte nach seiner Gegenwart, seinen flinken, rätselhaften Augen, die mich deutlicher erkannten, als jeder andere es je getan hatte, nach seinem schlanken, geschmeidigen Körper, nach den Fragen, die er aufwarf und unbeantwortet in der Luft ließ, den Ahnungen, die er uns von der Welt jenseits unseres kleinen Lebens gab, von einer Welt, die sogar noch hinter dieser lag. Zum Glück war unser Vater in gesprächiger Stimmung; er stellte endlose, genaue Fragen über Perrins kranke Kühe, bis ich beinahe ihr klagendes Muhen hören und den Stall riechen konnte. Es machte mir Lust, in den Schnee hinauszugehen und immer weiter zu laufen, immer weiter zu laufen, bis ich die Gesichter im Wind sähe und ihnen folgen könnte. Sogar Laurel sah aus, als ob ihre Zukunft sie verfolgte; mit weit geöffneten Augen warf sie Perrin einen Blick zu, den er einfing, stumm und angespannt, während unser Vater Kuhkrankheiten verglich.

Perrin ging früh; Laurel brachte ihn zur Tür. Es hatte aufgehört zu schneien; das Mondlicht warf beunruhigende Schatten auf den silbrigen Boden. Perrin streifte Laurels Lippen mit den seinen; wortlos stellten seine Augen eine Frage. Sie schien darauf keine Antwort zu haben; schnell wandte er sich ab. Sie sah ihm nach, wie er aus dem Hof ritt. Ich hob mein Gesicht zum milchigen Himmel empor, aber nichts ritt auf diesem monderleuchteten Pfad zur Erde.

Als wir später die Lampen löschten und das Feuer für die Nacht schürten, fragte ich Laurel: »Was wirst du tun?«

Die Heftigkeit in ihrer Stimme überraschte mich. »Ich weiß nicht«, sagte sie. »Ich weiß es nicht.« Sie stellte eine Lampe ab, öffnete einen Vorhang und blickte zum Mond über Corbets Wald. In ihren Augen glitzerten Tränen der Enttäuschung und des Entsetzens; hart packte sie mein Handgelenk, als ob sie fiele, und sah mich schließlich an. Den Ausdruck ihres Gesichts erkannte ich nicht. »Es ist so schwer, im Winter nachzudenken. Die Welt scheint auf das Innere eines Herzens begrenzt zu sein; man kann nicht mehr über sich hinaus sehen. Wie kann ich in einer Jahreszeit verändern, was ich seit Jahren wollte? Wie kann ich es ertragen, Perrin zu verletzen?«

Fröstelnd schwieg ich in Erinnerung an den raschelnden Efeu in diesem Raum, an jene kalten Winteraugen. »Du musst abwarten«, zwang ich mich zu sagen, »bis zum Frühling.« *Bis der Fluch vergangen ist*, wollte ich sagen. *Bis wir den Pfad aus dem Wald herausfinden.* Sie hörte mir zu, mit großen Augen, aufmerksam, als ob sie glaubte, ich hätte zugleich mit der Alraune Wissen aus der Erde gezogen. »Dann kannst du klarer denken. Und du wirst Corbet besser kennen.«

Sie starrte mich an, ihre Finger umschlossen immer noch fest mein Handgelenk. »Rois«, flüsterte sie und küsste mich geschwind.

Ich spürte, wie mein Hals brannte. Ungeduldig zuckte ich mit den Schultern und sah das Kerzenlicht an, den Mond, die weißen Felder, alles, nur nicht ihr

Gesicht. »Dich will er. Nicht mich. Ich weiß das. Ich habe es immer gewusst. Aber du musst warten.«

»Wie denn?«, fragte sie. »Wie kann ich Abend für Abend dasitzen und Spitze für die Hochzeit mit einem Mann machen, von dem ich nicht weiß, ob ich ...«

»Psst«, hauchte ich, da ich über unseren Köpfen den Schritt unseres Vaters hörte.

»Und wie kann ich es ihm nur sagen? Unserem Vater?«

»Nicht. Sag ihm nichts, noch nicht. Du kennst Corbet kaum. Er ist ein Fremder; er greift so lange nach unser aller Augen, bis wir uns an ihn gewöhnt haben, und bis dahin wirst du vielleicht ...«

»Nein.«

»Du kennst ihn nicht«, sagte ich eindringlich. »Er könnte dir weh tun.«

Wieder schwieg sie, mit weiten, dunklen Augen. »Ich weiß«, flüsterte sie und überraschte mich damit noch einmal. »Er ist ein solches Mysterium. Er könnte mein Herz wie eine Rose pflücken und zusehen, wie sie in seiner Hand verwelkt. Manchmal glaube ich, er ist so. Dann wieder denke ich, er ist so einfach, golden und großzügig wie die Felder unseres Vaters. Und dann entdecke ich auch in seinen Augen Dinge ... die ich noch nie erblickt habe, und ich weiß, dass ich über eine kurze und einfache Straße aus meiner Vergangenheit herausgelaufen bin, während er über tausend Straßen gewandert ist, um mir zu begegnen. Ich kenne Perrins Vergangenheit; dieselbe Straße führt in seine Zukunft. Corbet kenne ich nicht. Aber ich spüre seine Hand auf meinem Herzen und ich wache auf und will seinen Namen aussprechen. Ich weiß nicht, Rois, wie viel länger ich noch warten kann.«

In dieser Nacht sangen sich die harten Winde wieder in meine Träume hinein. Lange weiße, eindringliche Schneefinger fegten gegen die Fensterscheibe, bis ich den Sturm aus der Erinnerung sah, endlos fallenden Schnee, der den Mond, die Erde und jegliche Fußabdrücke auf der gefrorenen Erde verdeckte. *Komm zu uns*, riefen die Winde. *Komm*. Und ich stand auf und sah das Licht, das wie ein Stern zwischen den windzerzausten Bäumen von Lynn Hall herüber flackerte.

Also ging ich dorthin, lief durch den wilden Sturm, spürte ihn kaum, fand meinen Weg mit dem Licht, das ich beobachtete, dem Leitstern in der kreischenden Nacht. Die Winde schüttelten mich stückweise durch, schleuderten einen Knochen hierhin, einen Knochen dorthin. Meine Augen wurden Schnee, mein Haar verwandelte sich in Eis; ich hörte, wie es wie windgeblasenes Glas klirrend gegen meine Schultern schlug. Hätte ich gesprochen, wären die Worte wie Schnee aus mir herausgefallen, hätten sich wie schwarzer Wind aus mir ergossen.

Als ich mich dem Licht im Wald näherte, begann ich die Worte zu hören, die sie sprachen. Angst, beißender als die Kälte, erschütterte mich, aber ich musste den Pfad, der Corbet Lynn aus der Welt hinaus geführt hatte, sehen, musste ihn kennen lernen.

Aus den Winden formten sich Stimmen – eine verzweifelt, wild, leidenschaftlich, die andere seidensanft und beißend, eine Klinge aus Eis. Winde wirbelten in Worte; ich wollte sie nicht hören, aber es gab keinen Ort, wo ich mich verstecken konnte, keinen sicheren Hafen außer einem vor dem Sturm, den sie miteinander schufen.

Du wirst mich nie mehr verlassen, sagte der seidensanfte Wind.

Ich verlasse dich doch. Jetzt. Sieh nur.

Du wirst da draußen sterben.

Du bist kälter als jede Winternacht. Du bist grausamer als jeder Wind.

Ich lasse dich nicht mehr gehen. Die Tür wird sich nicht für dich öffnen. Das Fenster wird nicht brechen. Es führt kein Weg hier heraus.

Meine Mutter fand einen Weg.

Der Wind brüllte durch die Dunkelheit; ich erwischte einen sich biegenden Baum und klammerte mich an ihn. Birke, ihre glatte, papierene Rinde, sagte mir meine Wange. Ich schloss die Augen, fühlte den stechenden Schnee in ihnen und hörte einen Klang wie das Zerspringen von Eis.

Dann erstarb der Wind. Die Bäume standen in einer Stille wie auf dem Mond. Ich drehte mich um, zuerst erschrocken, dann verzweifelt; während ich durch den Schnee stolperte, schien sich das Licht mir entgegen zu bewegen. Und dann schlug der Wind wieder zu, mit schrecklicher, eisiger Gewalt; ich spürte seine Bitterkeit bis ins Knocheninnere.

Du wirst nie einen Weg aus meinem Herzen herausfinden.

Die Tür ging auf; Kaminfeuer flackerte über die Schwelle in die schneegestreiften Winde. Ich sah hin, zitternd wie die schwachen Flügel des Lichts. Eine Figur lehnte sich gegen die Tür. Ich hörte seinen ungleichmäßigen Atem, sah ihn von Winden gepeinigt. Er bemerkte mich nicht, als ich aus der Nacht in seinen Schatten kroch. Seine Augen waren auf all die blassen, schönen Reiter im Wind geheftet.

Komm, sagten sie.

Ein Pferd so weiß wie Buttermilch kam aus der Dunkelheit, blieb vor ihm stehen und sah ihn aus stillen Onyxaugen an. Er stieg auf. Dann beugte er sich tief hinab und streckte mir seine Hand entgegen.

»Rois«, sagte er. Ich sah die Farbe seines Haares.

Ich zog mich hinter ihm hinauf und hielt mich an ihm so fest wie eine Rosenranke.

Wir ritten in den Winterwald.

15

Ich dachte, ich wüsste, was Kälte ist, bevor die Kälte mir jeden Gedanken herausriss, mich dann blendete und mein Herz gefror. Solche Kälte konnte ich nicht fühlen und dabei leben; die Kälte zwängte mich in etwas anderes, das nicht ganz menschlich war, mit Knochen aus Eis einen Traum träumte und keine Namen mehr wusste, nur noch, was wir einst gewesen waren: eine Blume an einer Ranke, ein Streifen aus Licht.

Als ich wieder anfing zu sehen, so wie der Wind sieht oder der Mond, hatte ich die Kälte so nah an mich herangezogen wie den Tod. Ich spürte sie jetzt nicht, genauso wenig, wie Eis den fallenden Schnee spürt. Wieder sah ich die schwer fassbaren Gesichter aus Wind und Schatten, die wilden Reiter der Nacht. Ein verzauberter Wald flog an uns vorbei. Bäume, vom Eis umarmt, schmückten die Nacht mit funkelnden Wirbeln aus Kristallästen. Das vereinzelte Blatt, das noch an ihnen hing, blitzte silbern oder golden auf wie irgendein fremdartiges Juwel, das nur an Bäumen wuchs und nur in der kältesten Nacht. Ströme bahnten Wege aus windgekämmtem Silber durch den Schnee, der härter und heller wurde, als wir vorbeizogen. Schneehasen erfroren in unserer Spur; Fuchs und Wiesel in ihren Winterfellen wurden noch weißer. Hinter den wirbelnden, schleierhaften Nebelstreifen hinterließen wir keine Spur, der Menschenaugen folgen konnten. Kein Menschenwesen sah uns reiten. Nur die weißen Eulen sahen uns; nur sie folgten.

Dann ritten wir aus dem Herzen des Winters ins Licht.

Das Licht formte mich zu etwas eher Menschlichem und gab mir meine Erinnerung zurück. Ich hatte wieder Haare und Haut; ich hatte einen Namen. Aber er konnte nicht bis zu meinem Herzen vordringen, das durch diese kalte, kalte Reise immer noch gefroren war. Ich sah Wiesen und Bäume, die in jungem, feurigem Grün brannten, als hätten die Blätter sich gerade geöffnet, als ob das Grün selbst nie zuvor existiert hätte. Ich atmete schwere goldene Luft, die sich einen ganzen Sommer lang über Rosen angesammelt hatte, die an hundert Bäumen in jeder Farbe blühten. Aber direkt unter diesem Geruch sah ich den Winter, dieses Grün; ich fühlte ihn direkt unter meiner Haut und ich wusste nicht mehr, was ich war oder ob ich lebte.

Wir waren überall und nirgendwo hingegangen; wir waren von Lynn Hall nach Lynn Hall geritten. Aber in diesem unbekannten Land war das Haus so, wie ich es in einem Traum gesehen hatte. Die buttermilchfarbene Stute, die einem einzelnen Reiter mit Kapuze auf einem Pferd folgte, das so schwarz war wie nichts, brachte uns zu der Tür zurück, die wir hinter uns gelassen hatten. Andere Reiter flogen von uns fort und machten wenig mehr Lärm als die Blätter; sie zogen woanders hin, vielleicht in den Wald oder zurück in den Wind. Der Kapuzenreiter stieg an der Tür ab und Corbet, der plötzlich aus meinen Händen glitt, ebenfalls. Da spürte ich, wie mir etwas am Herzen zog, als ob es in der Kälte zersprungen wäre.

»Corbet«, flüsterte ich, als er sich dem Fremden zuwandte. »Wo sind wir?«

Er sah zu mir auf und seine Augen waren ausdruckslos; er schien so weit von mir entfernt, wie es ihm möglich war, ohne mich zu verlassen. »Dies ist der Ort, wo ich geboren wurde.«

Der Kapuzenreiter lockerte seinen Umhang, schüttelte ihn wie eine Winterhaut ab und ich sah sein Gesicht.

Verblüfft spürte ich seinen Namen in meinem Hals, obwohl ich ihn doch nur in einem Traum gesehen hatte oder in den Erinnerungen anderer Leute. Sein Gesicht hatte seine Kindheit vor einem Dutzend Jahren abgelegt, war schlanker, härter geworden. Aber ich erkannte dieses lange dunkle Haar, diese feldsteingrauen Augen, die sich veränderten, wie Wasser sich mit jedem Wolkentreiben wandelt. Dieses Gesicht musste er gehabt haben, als er aus der Zeit floh, nachdem er Nial Lynn getötet hatte; es war zu unmenschlicher Schönheit geprägt und dort gefangen. Ich hörte Corbet langsam atmen, als ob er eine Furcht besänftigen oder vor einem Sturm Ruhe sammeln wollte.

»Willkommen daheim«, sagte sein Vater und ging die Stufen ins Haus hinauf. Corbet wandte sich von mir ab und ließ mir seinen Schatten zurück, dem ich folgen konnte.

Türen wurden in diesem Haus weit aufgestoßen; nichts war verriegelt, nichts mit Nägeln verschlossen. Räume gingen in andere Räume über; Licht floss durch Seide und Leinen und vergoldete marmorne Fußböden. Die Sommerbrise versprengte überall die Gerüche von Rosen, Gräsern und Wildblumen. Ich hörte lachende, leichthin sprechende Stimmen im Garten; ich konnte die Worte nicht hören; vielleicht konnte ich sie nicht verstehen. Im Haus hörte ich Schritte, einen Ruf, eine sich öffnende, schließende Tür. Ich sah niemanden.

Corbet stand vor einem vertrauten Kamin. Ich ging zu ihm, suchte Feuer oder wenigstens etwas menschliche Wärme. Aber die Herdstelle war kalt und schimmernd und ein kaum wahrnehmbares Erkennen war alles, was ich von ihm erhielt. Rosen in der Farbe von frischem Blut lagen achtlos auf dem Sims hinter ihm verstreut. Über uns hing ein Wandteppich aus Silber-, Gold- und den blassesten Grüntönen, die in meiner Welt weiß verblichen waren: eine große Eiche, von Efeu so umschlungen, dass sie abgestorben war, und ihre nackten Äste stießen wie Knochen durch das Laub. Ich starrte auf die Rosen, wollte meine Hände an solches Rot halten, aber wie das Licht brannten sie kalt.

Plötzlich entflammte sich die Luft über der leeren, glatten Feuerstelle; erschrocken trat ich zurück und drehte mich zu Tearle Lynn um, der seine Faust schloss und sie fallen ließ.

»Sie zittert«, sagte er zu Corbet.

»In ihrer Welt ist es immer noch Winter.«

»Sie hätte die Kälte hinter sich lassen sollen.«

»Das ist nicht einfach«, sagte Corbet. »Ich habe es versucht.«

Sein Vater gab ein leises Geräusch von sich, halb Lachen, halb Verachtung; seine Augen wurden vor Bitterkeit beinahe schwarz. »Du hättest irgendwohin gehen können. Warum hast du in der Vergangenheit Zeit verschwendet?«

»Ich fand keinen Weg nach draußen.« Er sprach fest, gleichmäßig, aber sein Gesicht war farblos wie Knochen. Er beobachtete seinen Vater genau, als ob Tearle verschwinden und aus Corbets Schatten wieder auftauchen könnte; als ob er eine achtlose Hand durch den Raum erheben und den Stein auf Corbets Rücken krachen lassen könnte. »Auch du fandest ihn nie.«

Tearle bewegte sich unruhig, der Protest eines jungen Mannes gegen ein bedeutungsloses Argument. »Die Menschenwelt ist ein kalter und bitterer Ort; nichts dauert in ihr. Das musst du doch mittlerweile wissen. Beinahe wärst du dort in ihrer tödlichsten Jahreszeit gefangen gewesen. Was glaubtest du denn in diesen zwei Räumen zu tun? Hast du etwa versucht dich in einen Menschen zu verwandeln?«

»Ja«, sagte Corbet so einfach, dass sein Vater einen Atemzug lang unfähig war sich zu bewegen. Dann wischte Tearle den Laut fort, den sein Sohn von sich gegeben hatte, und schritt ein- oder zweimal auf und ab.

»Ich hoffe, du weißt es besser. An jenem Ort fangen die Dinge, noch während sie erbaut werden, bereits an sich abzunutzen; die Lebenden sterben täglich ein wenig mehr. Die Sonne ist zu weit weg; das Licht gleitet endlos in die Nacht; Feuer und Liebe verzehren sich selbst; das Herz versucht sich mit Asche zu wärmen. Ich habe dich in einer Welt unveränderlicher Schönheit großgezogen. Ich könnte dich leichter verstehen, wenn du an einem Ort, der hiervon wenigstens einen schwachen Abglanz gäbe, nach menschlicher Liebe gesucht hättest. Aber stattdessen hast du das verfallene Gerüst von Nials Haus gefunden und bist in sein Inneres gekrochen. Warum? Du wusstest doch, dass wir dich holen würden, wenn du zu lange bliebest. Warum hast du mich gezwungen dich dort aufzustöbern? Was glaubtest du zwischen meinen Erinnerungen zu finden?«

Corbets Hände umklammerten plötzlich das Nichts. Er flüsterte: »Hoffnung.«

»Dort?«, fragte sein Vater ungläubig. Seine Stimme war nur leicht erhoben, aber etwas – Zorn oder Angst – schnappte um ihn herum durch die Luft. »Die einzige Hoffnung, die ich in dem Haus fand, war der Tod.«

»Wie sieht es doch den Sterblichen ähnlich«, hauchte Corbet, »beides zu verwechseln.« Dann brach sein starres Gesicht auf und ließ Ausdrücke frei, die ich nie gesehen hatte; Worte, die durch den Sturm seines Vaters losgeschüttelt worden waren, drangen in einem plötzlichen, verzweifelten Schrei aus ihm heraus. »Ich hoffte auf etwas Wahres! Etwas aus meinen Händen, meinem Herzen und nicht aus Nials oder deinem. Ich wollte dieses Haus in der Menschenwelt wieder aufbauen, mit Zeit, mit Erde, mit neuem Holz …«

»Warum? Wo du doch dieses Haus in dieser Welt schon hast?«

»Es gehört nicht mir, es gehört nicht dir; es ist Nial Lynns kaltes, grausames, liebloses Haus – du hast alles, was er dir gab, mitgenommen, als du fortliefst.«

»Ich habe nichts aus dieser Welt mitgenommen!«

»Eben, du hast nichts mitgenommen! Das war alles, was er dir gab!«

Tearle öffnete den Mund, um zu antworten; es kam nichts heraus. Er sah erstaunt aus, als ob Corbet die sanfte Sommerluft zu Blitzen gesponnen hätte.

»Das ist immer noch Nials Haus. Du empfindest die Kälte hier nicht, weil du nichts anderes kennen gelernt hast. Von ihm hast du keine menschliche Wärme erfahren, du hast sie nur in den Gesichtern der anderen erspäht, neben den Kaminfeuern der anderen, die mehr wärmten als die Luft, die sie berührten. Am Ende liefst du zu dem Ort, den du am besten kanntest, anstatt in die Menschenwelt, wo dich niemand beschuldigt hätte …«

»Niemand half mir, als er lebte«, sagte Tearle. »Und als er starb, brauchte ich keine Hilfe mehr.« Seine Augen waren sehr groß, ein silberner Glanz blitzte durch das Grau, wie Eis oder Tränen. Seine angespannten Muskeln, seine schrillen Worte enthielten Warnungen. »Ich ließ diese Welt und soweit ich konnte auch meine Erinnerung hinter mir. Hier erträumte ich das Haus, das Nial hasste, öffnete die Türen und Zimmer, die er zugenagelt hatte, und fand einen Menschen, der aus seiner Welt geflohen war, um mit mir zu leben …«

»Entkam sie hier wirklich dem, wovor sie zu dir

davongerannt war? Oder starb sie hier deshalb so jung, weil sie wie du ihre einzige Hoffnung im Tod sah?«

Sein Vater antwortete nicht mit Worten; er rührte sich kaum. Corbets Kopf wurde abrupt zurückgeschleudert, ein Geräusch brach aus ihm heraus; der Abdruck einer Hand hinterließ einen Blutdorn neben seinem Mund.

»Deine Mutter kam aus freien Stücken zu mir«, sagte Tearle heftig. »Sie blieb aus freien Stücken hier …«

»Das tut niemand.« Corbets Stimme bebte. »Sieh doch den Preis, den du bezahltest, um herzukommen. Du nahmst deinem Vater das Leben, nun hast du sein Haus und seine ganze Macht. Meine Mutter starb in dieser Sommerwelt am Winter und so wird jedes sterbliche Mädchen sterben, das mir in der Erwartung menschlicher Liebe hierher folgt. Deswegen versuchte ich in der Menschenwelt zu bleiben, dort zu lieben. Aber …«

»Ist das alles, was ich dir gab?« Tearle ging einen Schritt auf Corbet zu und sah überraschend verloren aus, als wäre er endlich auf den gewundenen Pfad gestolpert, auf dem sein Sohn gereist war. »Ist das alles, was ich deiner Mutter gab?«

Corbet atmete tief ein, um zu antworten. Dann schloss er die Augen und atmete wieder tief. »Was glaubst du, warum ich von hier fortging?«, flüsterte er. »Was glaubst du, warum ich ging? Du gabst uns alles, was du konntest. Du gabst mir eine Ahnung von all dem, was du wirklich wolltest und wohin ich gehen könnte, um es zu finden. Ich versuchte diesen Ort zu finden, versuchte ein Haus zu bauen, eine

Frau in der Welt zu lieben, wo die Dinge immerzu sterben und wo nie genug Zeit ist. Aber ich baute nur Nial Lynns Haus wieder auf, öffnete seine Tür und fand dich dort, wo du bereits darauf gewartet hast, mich zurückzuholen.«

Ohne sich zu bewegen, trat Tearle in die menschliche Zeit; ich sah die Augen des kleinen Jungen, erfüllt mit schrecklicher, hoffnungsloser Sehnsucht nach dem, was er sah und doch nie erhielt. Dann öffnete er eine Hand und schlug die Erinnerung mit jener Kraft fort, die an die Stelle der Hoffnung getreten war. Corbet stand bewegungslos da, hielt dem Blick seines Vaters stand, während sich überall um und über uns Türen und Fenster schlossen, was wie langes Donnergrollen durch das Haus hallte. Wind rauschte durch den Efeu auf dem Wandteppich; ich hörte das Geplapper der Blätter.

»Ich kenne diese Welt nur zu gut«, sagte Tearle kurz und bündig. »Und du hast zu viel erfahren.«

»Du kanntest ...« Corbet brach ab und setzte noch einmal an, ohne Hoffnung. »Du kanntest einen Teil von ihr.«

»Alles, was man an diesem zeitgebundenen Ort jemals kennt. Du wirst hier bleiben.« Sein Blick flog zu mir. »Sie wird bei dir bleiben. Was immer sie ist. Sie ist dir aus ihrer Welt so weit gefolgt. Aber sie ist dir nicht blind gefolgt. Sie hat unsere Augen. Vielleicht«, fügte er grimmig hinzu, »wird sie den Tod nicht mit der Hoffnung verwechseln, da sie mehr als sterblich ist.«

Wieder spürte ich das Eis unter meiner Haut, im Zentrum meiner Gedanken. Ich versuchte Worte zu formen; sie wichen mir aus. Es gab zu viele oder zu wenige, um zu antworten auf das, was ich glaubte gehört zu haben. Corbet, der sich an Stein klammerte, hatte anscheinend die gleichen Schwierigkeiten, die Worte auseinander zu sortieren.

»Nein«, sagte er atemlos. »Sie kann nicht bleiben.«

»Warum nicht? Sie ist hier. Sie hat Augen, die hinter die Menschenwelt sehen; sie muss sie von irgendjemandem geerbt haben. Wie ich. Und wie du. Sie ist nicht aus Ahnungslosigkeit hier. Sie hat diesen Ort gesucht.«

»Ich habe nicht …«, setzte ich an, aber ich hörte die Lüge, bevor sie ausgesprochen war. Ich hatte danach gesucht, hinter dem Wandteppich, in dem Spiegelbild auf der Rasierklinge. Ich hatte gewusst … Meine Hände hoben sich, griffen nach Corbet, nach sterblichem Fleisch und sterblichen Knochen. Aber seine Hand glitt von dem Sims herunter; er bewegte sich von der Feuerstelle fort und meine Finger umschlossen Luft, bevor ich ihn berührte. Er ging zu Tearle und jeder Schritt auf dem schimmernden Marmor klang länger als der vorige, bis es schien, als habe er eine riesige Wüste durchquert, um zu seinem Vater zu gelangen. »Dieser Ort ist sehr schön«, sagte er leise. »Und du gabst mir etwas von großem Wert. Du gabst mir einen Traum, den ich mit mir in die Menschenwelt nehmen konnte. Du gabst mir weit mehr, als dein Vater dir je gab. Aber ich kann nicht hier bleiben. Du kämpftest um deine Freiheit und fandest doch nur eine andere Art von Gefängnis. Ich will um meine kämpfen …«

»Du kannst nicht gegen mich kämpfen«, erinnerte Tearle ihn grob.

»Ich weiß.« In dem friedvollen Licht sah sein Gesicht gefroren und sehr müde aus. »Aber ich kann sterben.«

Stille herrschte da im Haus und draußen. Keine Stimmen riefen sich leichthin etwas zu; keine Vögel sangen. Jeder lauschte, wie es schien, sogar Stein und Luft. Tearle hielt Worte in seinen Händen verschlossen, in seinem fest zugepressten Mund, in seinen Augen, während er seinen Sohn anstarrte. Corbet bewegte sich nicht und sprach nicht; er wartete einfach darauf, dass sein Vater ein Wort fände, das sie beide befreite.

Sie kam aus dem Nichts, nahm aus Luft und Licht Gestalt an und aus der unfruchtbaren Mitternacht, die ich in ihren Augen erkannte. Der Winter folgte ihr; ich fühlte den eisigen Luftzug an meiner Haut, roch ihn. Ihr langes dunkles Haar, zerzaust von den Winden einer todbringenden Jahreszeit, umrahmte sie in wirren Strähnen. Winde zerrten an ihrem Rock und den herabhängenden Ärmeln und enthüllten Antlitze des Winters: ein dunkles Auge, eine blutbeschmierte Klauenpfote, einen weißen Flügel. Sie sah mich an und lächelte. Ihre Zähne waren spitz wie die eines Tieres und ihre Saphiraugen glommen wie Sterne. Ich wollte mit den Steinen hinter mir verschmelzen, zwischen die Schatten im Kamin kriechen. Sogar das Feuer war unter ihrem Lächeln eingefroren. Sie wandte sich von mir ab und zeigte Corbet ein anderes Gesicht, eine andere Jahreszeit, für die ich keinen Namen hatte; die kurzen süßen Jahreszeiten in meiner kleinen Welt konnten nur eine Andeutung von ihr sein.

»Über der Wiese haben sich Wolken gebildet«, sagte sie. »Und alle Vögel aus dem Garten sind fort.«

Leicht berührte sie Corbet; ihre langen Finger umschlossen sein Handgelenk. »Du hast zu lange in der Menschenwelt geweilt; du benimmst dich wie ein Mensch.«

Er sah sie nicht an; er hielt den Blick seines Vaters fest. Zu beiden sagte er: »Ich werde nicht bleiben.«

»Und ich werde nicht zulassen, dass du mich verlässt.« Ihre ruhige Stimme enthielt für sie beide eine Warnung. Sie antwortete Corbet, richtete aber ihren dunklen, starren Blick auf Tearle, bis sie seine Aufmerksamkeit und seinen Blick auf sich gezogen hatte. »Sag es ihm. Sag ihm, dass er uns nie verlässt.«

»Ich werde nicht bleiben.«

»Sag ihm, dass ich ihn auch nach dem Tod noch fest halte: Sein Geist wird ewig durch meine Jahreszeiten wandern. Der Tod führt nirgendwo anders hin als zu mir. Sag es ihm.«

Jeglicher Ausdruck verlor sich aus Tearles Augen und zurück blieb ein undurchdringlicher Nebel. Plötzlich zitterte Corbet, als ob auch er die nagenden Winde spürte. Dann konnte ich sein Gesicht nicht mehr sehen; es verschwamm hinter meinen Tränen. Ihre Aufmerksamkeit richtete sich auf mich; geschwind und wild, da sie jede sterbliche Wärme aufspürte.

»Wer weint da an meinem Kamin? Ich erinnere mich an dich. Du hast mich schon ein- oder zweimal gesehen. Ich dachte, du wärst das liebeskranke Kind irgendeines Bauern. Sieh mich an. Lass mich deine Augen sehen.«

Eher hätte ich in irgendeinen tobenden Wirbelsturm hinabgestarrt, bis er mich blendete. Aber unter der Kraft ihres Blicks wirkte ich hilflos; ihre Augen schienen überall zu sein, sogar hinter meinen geschlossenen Lidern. Ich öffnete sie endlich und fiel in einen riesigen leeren Schatten, die dunkle Seite des Mondes.

»Rois.«

Der Schock meines Namens in dieser fremden Welt führte mich zurück zu dem, was ich war: eine liebeskranke Bauerntochter, die aus der Welt hinausgewandert war, um von der Königin des Sommers und Winters und der Ernte der Toten ihren Namen zu hören. Ihre Augen hatten sich angesichts dessen, was sie sah, verengt. Wieder spürte ich die klappernden Eiszapfenfinger des Windes und fragte mich, ob ich wie der Winter hier weiß geworden war, um mich ihrer Kälte anzupassen.

Sie sagte leise: »Du siehst zu viel. Wer gab dir deine Augen?« Ich konnte nicht sprechen; ich konnte unter ihrem Adlerblick nur erfroren und stumm bleiben und hoffen, dass sie mich, wenn ich mich nicht rührte, uninteressant fände und in Ruhe ließe. Unvermittelt ließ sie mich los und drehte sich um, aber ich war nicht mehr sicher. »Ich werde dich hier behalten. Du gehörst zu mir.«

»Nein«, sagte Corbet schnell. »Rois gehört nicht hierher; sie ist sterblich ...«

»Warum hast du sie dann hergebracht? Wenn du sie nicht willst?« Er blieb darauf wortlos; sie lächelte ein feines, süßes Lächeln. »Du hast sie gebracht, weil du glaubst, dass sie sieht, was du nicht sehen kannst. Du irrst dich. Es gibt keinen Weg aus meinem Herzen heraus, für keinen von euch.«

Er bewegte sich, zerrte so wild an ihrem Griff, dass

er sie erschreckte: Die Jahreszeiten in ihr veränderten sich wieder und enthüllten in dem Sommerlicht ihre ganze Wildheit. Ihre Finger verwandelten sich in dicke Baumwurzeln; sie schüttelte ihn auf die Knie. Sie breitete ihre andere Hand über sein Gesicht und hinterließ eine Eismaske; sein Mund öffnete sich und gefror zu einem stillen Schrei.

Tearle bewegte sich. Das war alles, was ich sah, bevor der Winter durch das Haus tobte. Winde kreischten wie Raben; auf der Herdstelle zerbrach das gefrorene Feuer in Stücke. Geister, die sich aus aufwirbelndem Schnee auftürmten, griffen nach meinen Augen, meinem Atem. Ich glaubte Stimmen zu hören, aber sie verwoben sich immer wieder mit dem Wind. Den Winden wuchsen Eulenfedern, Eulenklauen und sie streiften über meine Augen. Ich spürte, wie meine Knochen sich in Luft verwandelten, in Stein, in Eis, bis ich meine eigene Stimme ein Wort schreien hörte, das mich wieder menschlich machte: »Corbet!«

Zwischen den tödlichen Stimmen des Windes hörte ich ein einziges Winter-*Rois*.

Ich stolperte auf meine Füße, kämpfte mich durch ihren Winter zu ihm, griff bei jedem Schritt nach ihm, obwohl ihre Winde meine Augen versiegelt hielten und ich ihn nur mit meinem Herzen sah. Ich konnte ihn nicht finden, obwohl ich an dem Winter vorbei in die Stille lief; meine Hände streckten sich nur sehnsuchtsvoll aus. Schließlich schloss sich in der bitteren Dunkelheit sogar das Auge meines Herzens; ich fiel der Umarmung von Stein anheim.

16

Ich wachte durch den Klang von Salishs Stimme auf.

Was Salish in meinem Schlafzimmer tat, war mir unbegreiflich. Dann spürte ich das harte, kalte Bett, auf dem ich lag, ich hob meinen Kopf und blickte auf weißen Marmor. Wieder ließ ich meinen Kopf sinken und stöhnte nichts verstehend.

»Rois«, flehte Salish. Er legte etwas über mich; ich roch feuchte Wolle, Pelz. »Rois. Bitte wach auf.«

Das tat ich so plötzlich, dass es ihn erschreckte. Erinnerung tauchte wieder auf, nicht stückweise wie ein Traum, sondern ganz und krass. Ich war in Lynn Hall gewesen; ich war immer noch in Lynn Hall. Ich hatte Corbet in dem falschen Haus verloren. Ich versuchte aufzustehen; meine Knochen hatten sich auf dem Stein in Marmor verwandelt, waren zu ungelenk und schwer zu heben.

»Bist du verletzt?«, fragte Salish. Seine Stimme

schwankte merkwürdig. Auch er schwankte; ich blinzelte ihn in mein Blickfeld. Sein Gesicht, eine jüngere, stumpfere Ausgabe von Crispins Gesicht, war vor Angst fleckig; er sah aus, als wäre er den Tränen nahe.

»Nein. Nur erfroren.«

»Und was machst du hier in Lynn Hall, erfroren neben einer Leiche?«

Ich spürte, wie mein Herz schmerzhaft aufloderte, es brach oder kam zum Leben zurück. Ich stieß mich hoch und das Blut stach wieder in mir. Ich konnte meine Stimme nicht finden.

Corbets Vater lag neben mir auf den Kaminsteinen. Er sah aus wie eingefroren in Zeit, eingesargt in einen Schimmer aus Frost. Sogar das Blut, das aus seinem Kopf geflossen war, glitzerte eisig auf dem weißen Marmor. Seine Augen waren geöffnet; sie waren schwach mit Schrecken glasiert, als ob er im Sterben diese zwei Zimmer erblickt hätte. Seine eleganten Kleider gehörten zu einer anderen Jahreszeit; seine feine, geisterhafte Schönheit gehörte überall hin, nur nicht in unsere kleine Welt.

Sie hatte ihn getötet; sie hatte ihn wie ein totes Tier hierher geschleudert, eine Botschaft, eine Warnung. Ich legte meine Hände an den Mund, fing an zu zittern und spürte ihren Blick überall. Ich hatte einen Weg aus ihrer Welt heraus gefunden, wo sie doch gesagt hatte, es gebe keinen. *Ich kenne deine Welt*, bedeutete ihre Botschaft. *Ich kenne eure Geschichten. Ich bin in eurem Winter.*

»Rois.« Salish berührte meine Schulter. »Wer ist das?«

Ich bewegte meine Hände, faltete sie fest und versuchte nachzudenken. »Ich bin nur hergekommen, um Corbet zu besuchen. Ich habe ein Feuer gemacht. Ich muss daneben eingeschlafen sein, während ich wartete.«

»Ist er nicht gekommen?«

»Nein.«

»Und wo ist er? Und wer ist dieser Tote am Kamin, der angezogen ist, als wäre es Frühling? Wie bist du hergekommen? Ich habe dein Pferd nicht gesehen.«

»Ich bin gelaufen.«

Seine Stimme wurde lauter. »Durch diesen Sturm?«

Stecknadeln aus Feuer sprühten Funken hinter meinen Augen. »Schrei nicht so ...«

»Er wird ja wohl nicht aufwachen, oder? Er muss auch hergelaufen sein; er hat kein Pferd im Stall. Die Tür ist weit geöffnet; da ist nur Schnee drin. Du hast den hier nicht reinkommen sehen?«

Ich schüttelte den Kopf und vergrub mich tiefer in Salishs Mantel. Unter dem Pelz konnte ich meine Hand ausstrecken, eine bewegungslose Schulter berühren. Er hatte wegen Corbet mit ihr gekämpft und war gestorben. Er musste nicht so leicht aufgegeben haben; sie hatte ihn dort zurückgelassen, wo *sie* ihn gefunden hatte, an dem Ort, den er am meisten hasste.

»Hast du den Kampf nicht gehört?«

Ich starrte Salish an. Dann sah ich hinter ihm die Kristallscherben, die auf dem Boden herumlagen, die Kerzen, die aus ihren Haltern herausgeschlagen waren, und eine Lampe, die in einer Öllache auf der Seite lag.

»Jemand hat die Tür aufgelassen«, sagte ich unsicher. »Der Wind ist hereingefahren.«

»Der hier ließ die Tür auf, als er hereinkam? So wie der angezogen ist? Oder ließ Corbet sie auf, als er kam und ging?«

»Ich weiß es nicht.« Ich rieb mir die Augen und fühlte mich in meine eigenen Lügen verstrickt. Ich hatte gesagt, was ich am ehesten glaubhaft fand, aber sogar ich fand es nicht sehr glaubhaft. »Was machst du hier?«, erkundigte ich mich müde. Wenn Salish nicht gekommen wäre, hätte ich einfach heimgehen und das Geheimnis hinter mir lassen können, damit es irgendein anderer fände.

»Ich habe ein paar Sachen gebracht, die Corbet im Gasthof bestellt hatte. Ich sah keinen Rauch aus dem Kamin aufsteigen, aber ich dachte, dass ich sie trotzdem hierlassen würde ... Sieht aus, als hätte er sich im Fallen den Kopf angeschlagen.« Er hielt kurz inne. »Oder er wurde geschlagen und fiel. Rois ...« Wieder hielt er inne, schluckte, sah mich nicht an, sondern hatte seine Augen auf das Gesicht des Toten gerichtet. »Du hast doch nicht ... er hat doch nicht ...« Sein Blick kehrte zu mir zurück, flehend. »Hast du?«

Es hätte die Dinge wieder vereinfacht: Ich hatte den jungen Fremden dort anstelle von Corbet angetroffen, er hatte mich angegriffen, als ich ihn zurückwies, wir hatten zwischen dem Kristall gerungen, ich hatte ihn gestoßen und er fiel. Aber als ich das stille Gesicht betrachtete, sah ich nur Corbets Vater, der für seinen Sohn gekämpft und verloren hatte. Niemals konnte ich solche Lügen über ihn verbreiten.

Ich schüttelte den Kopf und schluckte plötzliche Tränen hinunter. »In dieser Welt habe ich ihn noch nie gesehen.« Ich kämpfte mich auf die Füße. Dann musste ich mich wieder Knochen für Knochen zusammenfalten, um seine Augen zu schließen, damit er nicht länger den grausamen Ort sehen musste, von dem er geflohen war.

Als wir in Salishs Kutsche die Felder meines Vaters überquerten, konnte ich hinter dem Klopfen in meinem Kopf kaum etwas sehen. Die Felder schienen noch eine andere Grenze zwischen den Welten darzustellen; da fiel mir Laurel ein und unser Vater und ich fragte mich, was sie wohl denken mussten. Vielleicht hatten sie nicht bemerkt, dass ich nicht da war. Die Sonne war kaum aufgegangen; mein Vater würde noch im Stall sein. Laurel hatte mich vielleicht gerufen und glaubte, dass ich irgendwo anders wäre, aber nur im Bad oder im Stall oder sogar auf einem ruhigen Morgenspaziergang. Aber als Salish in den Hof einbog, sah ich die Spuren unseres Schlittens im frischen Schnee und Laurel hatte bereits die Tür aufgestoßen und war herausgekommen, noch bevor er anhielt.

»Rois!« Sie zitterte und ihre Wangen waren vor Zorn, Erleichterung und Kälte gerötet. »Wo warst du die ganze Nacht?« Ihre Augen wanderten dann zu Salish und wurden weit. Salish zog unter seiner Kapuze nervös den Kopf ein.

»Ich lass euch jetzt hier«, sagte er schroff zu mir, »und suche jemanden im Dorf, der mit mir den anderen holt.«

»Den Apotheker«, schlug ich vor und er nickte. Steif wickelte ich mich aus seinen Fellen und Decken und stieg aus und in Laurels Verwirrung hinein, die ich wie die Hitze glimmender Glut vom Fuß der Treppe ausgehen spürte.

»Unser Vater hat den Schlitten genommen, um

Perrin zu holen«, sagte sie, »damit er ihm bei der Suche nach dir hilft.« Ihre Augen waren vor Übermüdung gerötet, die Haut auf ihrem Gesicht ganz gespannt. Mit kontrollierter Verzweiflung setzte sie hinzu: »Wir haben natürlich an Lynn Hall gedacht. Aber da war heute Morgen kein Rauch, deshalb glaubten wir, Corbet sei in den Gasthof gezogen, um den Sturm abzuwarten. Wir dachten, du wärst vielleicht auch dort.« Sie verstummte; wieder wanderte ihr Blick zu Salish, der unter seinen Fellen anscheinend die Zügel nicht finden konnte. Nicht willens, Laurel mit einer Leiche noch weiter zu verstören, wartete er darauf, dass ich das erwähnte. Aber ich wusste auch nicht, wie ich es sagen, oder nicht einmal, was ich ihr sagen sollte.

Müde sagte ich: »Danke, Salish.«

Widerstrebend hob er die Zügel. »Wenn ich deinen Vater sehe, sage ich ihm, dass du zu Hause bist.«

Ich folgte Laurel ins Haus. Ich zitterte sehr, sogar in der Wärme; hinter meinen Augen war weiterhin alles in Feuer verschwommen. Ich zerrte an den Bändern meines Mantels, schaffte es, sie aufzuziehen. Zwischen meinen Fingern spürte ich Laurel, die half. »Warst du bei Salish?«, fragte sie ohne viel Hoffnung; nichts würde so einfach sein.

»Ich war in Lynn Hall.«

Ihre Finger hielten still. »O Rois«, hauchte sie. Ich legte meine Hände auf die Augen und kämpfte zwischen Worten, zwischen Geschichten.

»Ich hatte einen Traum von Corbet ... danach konnte ich nicht mehr schlafen. Ich musste nachsehen ...«

Abrupt und lauter werdend kam ihre Stimme

zurück und ich zuckte zusammen. »Wie bist du dorthin gelangt?«

»Ich bin gelaufen.«

»Durch den Sturm? Wie denn?«

»Ich weiß nicht wie ... vielleicht träumte ich immer noch ...«

»Kein Wunder, dass du halb tot aussiehst. Natürlich wollte er dich deshalb nicht vor dem Morgen heimschicken ... aber warum brachte er dich nicht selbst her?«

Ich ließ meine Hände sinken, mir fiel ein, wo ich Corbet zurückgelassen hatte. »Er war nicht da.«

»Er war nicht ...« Laurel starrte mich an. »Du warst die ganze Nacht in diesem leeren Haus?«

Ich nickte, da ich meiner Stimme nicht traute, und sah überallhin außer zu ihr, damit sie nicht in meinen Augen sähe, was ich gesehen hatte. Schließlich hatte sie die Bänder geöffnet und zog meinen Umhang aus.

»Er muss im Gasthof sein«, sagte sie langsam, verwirrt, ohne zu wissen warum, von all dem, was ich ihr verschwiegen hatte. »Rois, bist du in Ordnung?«

»Mein Kopf schmerzt.«

»Geh zu Bett. Ich bring dir einen Tee.«

Als ich in mein Zimmer ging, roch ich Rosen. Bei ihrem Anblick blieb ich stehen, fing wieder an zu zittern, nicht nur wegen der Kälte. Sie lagen über den ganzen Boden verstreut, die blutroten Rosen, die ich auf dem Sims in Lynn Hall gesehen hatte. Sie waren bei dem Übergang zwischen den Welten getrocknet, weder lebendig noch tot: eine weitere Botschaft. *Ich weiß, wo du bist*, sagten sie. *Ich weiß, was du liebst. Ich kenne dich.*

Ich zog mich aus und kroch unter die Bettdecke,

zog sie mir über den Kopf und versuchte den Schmerz zu beruhigen und nachzudenken. Da schlüpfte ich so leicht in ihre Welt, Corbet neben mir und Tearle immer noch am Leben, dass ich weinen wollte, als Laurels Schritt mich weckte. Da wusste ich, dass ich den Weg in Träumen nicht zurückfinden konnte. Sie waren Erinnerung und Sehnsucht, Entsetzen und Hoffnung; sie erzählten mir nur, was ich schon wusste.

Laurel stellte den Tee ab und fühlte mein Gesicht. »Du glühst.«

»Mir ist in jenem Haus zu kalt geworden ...«

»Ich kann nicht glauben, dass du es in dem Sturm überhaupt gefunden hast, ohne vorher zu erfrieren. Du musst dir deinen Weg dorthin erträumt haben.«

»Vielleicht.«

Sie sammelte meine Kleider auf und faltete sie langsam, in Gedanken woanders, nicht bei mir oder meinem unordentlichen Zimmer, sondern bei Corbet, vermutete ich wegen der leichten Unruhe in ihren Augen. Er war nicht gewesen, wo ich ihn erträumt hatte ... Sie fragte nicht nach wegen der getrockneten Rosen überall auf dem Fußboden; sie sammelte auch sie einfach auf, wie schmutzige Wäsche. Schließlich fragte sie: »Rois, was hast du geträumt, das dich veranlasste, durch den Sturm nach Lynn Hall zu laufen?«

Ich kämpfte mich hoch, griff nach dem Tee und hielt die warme Tasse einen Augenblick gegen meinen Kopf. »Es war mehr ein Gefühl«, sagte ich schließlich, »dass etwas nicht in Ordnung war.«

Sie sah mich über die Rosen an. »Mit Corbet? War er verletzt? Im Schnee verirrt?«

Ich nippte am Tee und schluckte ein ätzendes *Ja* hinunter. »Er war ... ich träumte von Nial Lynns Fluch. Ich glaubte, Corbet sei in Schwierigkeiten. Deshalb ging ich dorthin.«

»Dieser Fluch.« Vage sah sie die Rosen in ihren Händen an. »Er verfolgt dich.« Die kleine Linie hatte sich auf ihrer Stirn gebildet. Sie wusste nicht, um wen sie sich jetzt Sorgen machen sollte: um die Frau, die von eingebildeten Flüchen besessen war, oder den Mann, der von ihnen verflucht war. Sie ließ die Rosen in einen leeren Krug fallen und sah aus dem Fenster zu dem ausdruckslosen Himmel über dem Wald. Immer noch unentschlossen strich sie meine Bettdecke glatt. »Versuch zu schlafen. Ich werde herausfinden, wo Corbet ist.«

Ich schlief, bis eine weiße Eule mit Saphiraugen geräuschlos aus dem weißen Himmel glitt und mich durch das Fenster anstarrte. Mit klopfendem Herzen wachte ich auf, schob mein Federbett zur Seite, während ich mich zum Fenster hin drehte. Ich sah nichts außer etwas, das für meine vom Schlaf getrübten Augen ein Widerschein von Weiß hätte sein können, das vor den Wolken verschwand. Doch ich hörte merkwürdige Geräusche, die sich in Stimmen aufspalteten, während ich lauschte, und dann in Worte.

Ich stand auf und ging zum Fenster. Das kalte Glas an meinem Gesicht machte meinen Kopf etwas klarer; das tat auch die Szene unten.

Laurel saß in unserem Schlitten, hielt die Zügel und versuchte anzufahren, während Perrin, der die Köpfe der Zugpferde festhielt, an ihnen vorbei mit ihr stritt. Sein eigenes Pferd, das bis zu den Knien im Schnee stand, schnupperte an seinem Rücken.

Ihre normalerweise so geduldigen Stimmen klangen schrill, kaum beherrscht.

Unser Vater, erstaunt und unbemerkt, stand unter mir am Haus und sah zu.

»Das hat nichts zu sagen«, sagte Perrin beharrlich. »Es ist die Jahreszeit. Es geht vorüber. Du liebst mich und ich liebe dich, seit ...«

»Menschen verändern sich«, sagte Laurel ohne Mitgefühl.

»Nicht in einer Jahreszeit! Nicht solange sie die gleiche Haarfarbe haben!«

»Das ist es nicht ... Perrin, es ist mehr, viel mehr ... du hast doch gesehen! Den ganzen Winter lang hast du uns beobachtet ...«

»Seit Jahren beobachte ich uns – dich und mich. Hat das für dich keinen Wert? Du kannst Liebe nicht einfach wie ein Pferd und einen Wagen anhalten ... ich bitte nur darum, dass du wartest. Gib dir einfach Zeit. Gib mir Zeit.«

»Wofür?«, fragte sie hilflos und schnalzte ein wenig mit den Zügeln und die Pferde, die gleichzeitig zu gehen und stehen zu bleiben versuchten, schreckten verwirrt gegen Perrin. Er behielt sein Gleichgewicht und hielt sie stur fest. »Wie lange noch willst du abends dasitzen und Corbet und mich beobachten, wie wir einander beobachten? Beobachten, wie ich ihn anlächle anstatt dich? Beobachten ...« Sie machte eine unbestimmte Handbewegung; grimmig beendete Perrin für sie: »Beobachten, dass du zu ihm bist, wie du früher zu mir warst.«

Sie beugte den Kopf; ich konnte ihr Gesicht nicht sehen. Plötzlich hatte ich Angst um sie, ich versuchte das Fenster zu öffnen. Sie würde nur Winter vorfinden, wollte ich ihr sagen; sie würde über die Welt, die sie kannte, hinausgehen müssen, um Corbet zu finden. Der Winter hatte das Fenster versiegelt. Perrin stand stumm da und klammerte sich an die Pferde, während sie die Zügel in ihren Händen locker ließ. Schließlich sprach sie; ich konnte nichts verstehen. Aber ich konnte raten: *Ich kann nicht anders*.

»Es tut mir Leid«, sagte sie deutlicher. Er antwortete nicht, rührte sich nicht. »Perrin. Wenn er nicht im Dorf und nicht in seinem Haus ist, hat er vielleicht irgendeine Nachricht in Lynn Hall zurückgelassen, irgendeinen Hinweis darauf, wo er ist.«

»Rois war gerade dort, hast du gesagt …«

»Wie viel konnte sie in der Dunkelheit schon erkennen?«

»Lass mich stattdessen fahren.«

»Ich fahre«, sagte sie stumpf. Verzweifelt trommelte ich gegen das dicke Glas, aber sie hörte auf nichts anderes als sich selbst. »Und du musst mich fahren lassen. Kannst du denn nicht verstehen, dass meine Art zu lieben sich durch das Warten nicht ändern wird? Vielleicht ähneln du und ich uns zu sehr. Vielleicht wäre es jemand anders, wenn es nicht Corbet Lynn wäre …«

Perrin bewegte sich abrupt; die Pferde ebenfalls. »Sag das nicht«, sagte er scharf. »Wirf mich nicht so billig fort. Keiner von uns beiden hat ein launisches Herz. Wir lieben, was wir lieben, und fertig. Deswegen solltest du warten und diese Sache prüfen, die du für Liebe hältst …«

Darauf zog sie heftig an den Zügeln und er taumelte zurück. Er ließ die Pferde los; sie wendete, lenkte sie vorsichtig um ihn herum, bis sie der Straße zugewandt standen und sie den Schlitten auf seine Höhe gebracht hatte.

»Liebe ist, was wir von ihr behaupten«, sagte sie heftig. »Nur das weiß ich. Nur so viel weiß jeder über sie. Es tut mir Leid.«

Er musste etwas in ihrem Gesicht entdeckt haben, trotz allem einen Hauch von Unentschlossenheit. Rücksichtslos sagte er: »Dann lass uns doch hören, was Corbet Lynn darüber weiß«, und zog sich auf den Schlitten neben sie hinauf, in dem Augenblick, als sie wieder an den Zügeln zog und die Pferde sich einen Weg aus dem Hof hinaus in Richtung Lynn Hall pflügten.

Ich ging wieder zu Bett. Auf den Treppenstufen hörte ich den schweren Schritt meines Vaters, langsamer und ruhiger als sonst, sogar in meinen Träumen. Er blieb an meiner Tür stehen. Kurz vor der Dämmerung wurde ich wieder wach und hörte ihn mit Beda sprechen. Ich setzte mich auf und trank meinen kalten Tee, lauschte noch weiter, vernahm aber keine anderen Stimmen. Der erbarmungslose Kopfschmerz hatte sich endlich gelegt. Meine Gedanken klärten sich genug, um mir zu zeigen, was ich zumindest im nächsten Augenblick tun musste, nämlich hinuntergehen und mit meinem Vater sprechen, bevor Salishs Geschichte, im Dorf verzerrt auf wer weiß welche Weise, noch vor mir zu ihm gelangte.

Ich traf ihn neben dem Feuer an, wo er über seiner kalten Pfeife brütete. Erschrocken sah er meine wilden Haare, meine roten Augen, aber er hob tapfer einen Arm und ich setzte mich neben ihn, ließ meinen Kopf an seine Schulter sinken.

»Es tut mir Leid«, sagte ich müde.

»Leid! Leid tun passt nicht hierher. Du hättest da draußen sterben können.«

»Ich weiß.«

»Laurel sagte, du hättest geträumt ... wärst im Traum gelaufen. Wie konnte nur irgendjemand bei diesem Wetter schlafen?«

»Ist sie wieder zurück?«

Er schüttelte den Kopf und kaute einen Augenblick lang kräftig auf seiner Pfeife. »Sie ist aufgebrochen, um nach Corbet zu suchen«, sagte er schließlich, »zusammen mit Perrin auf dem Schlitten. Corbet Lynn.« Ihm gefiel das nicht, aber er konnte nicht sagen warum. »Hast du das kommen sehen?«

»Von Anfang an.«

»Ich überhaupt nicht ... Vielleicht hat Perrin Recht«, fügte er ohne Hoffnung hinzu. »Vielleicht erlischt es im Frühling von selbst.«

»Vielleicht. Falls sie Corbet findet.«

»Oh, er treibt sich irgendwo herum.« Seine Stimmung hellte sich ein wenig auf. »Vielleicht mit irgendeiner anderen Frau. Wie weit hätte man in einem solchen Sturm schon kommen können?«

»Vielleicht«, sagte ich wieder. Ich bewegte mich etwas und überlegte, wie ich anfangen sollte. »Hast du heute Morgen Salish gesehen?«

»Salish? Nein. Laurel sagte, er hätte dich gefunden.«

»Ja, er hat mich gefunden. Er hat in Lynn Hall auch ... auch einen Fremden gefunden. Am Kamin. Er war ... er starb dort.«

Der Arm meines Vater lockerte sich auf meinen Schultern. Er zog sich ein wenig zurück, starrte mich an. »Was?«

»Corbet Lynn war fort. Jemand starb letzte Nacht in seinem Haus. Salish hat mich hier zurückgelassen und ist ins Dorf gefahren, um den Apotheker zu holen …«

»Was?« Seine Stimme wurde laut. »Was redest du denn da? Laurel hat nichts gesagt …«

»Laurel wusste es nicht. Ich habe es ihr nicht gesagt. Mein Kopf schmerzte, ich konnte nicht nachdenken und sie hätte nichts tun können …«

»Wer ist gestorben? Wie starb er?«

»Ich weiß nicht – es sah wie ein Unfall aus. Er ist vielleicht gefallen und schlug mit dem Kopf auf die Steine. Er war …«

»Hast du gesehen, wie es geschah?«

»Nein. Ich bin aufgewacht und er lag neben mir auf dem Boden.«

»Was erzählst du mir denn da?«, fragte mein Vater scharf. »Dass jemand neben dir starb, während du schliefst und nichts bemerktest? Wo war Corbet währenddessen? Irgendein Fremder kam in sein Haus gelaufen, während er fort war, und fiel tot vor seinen Kamin? Inmitten eines Schneesturms?«

»So …« Ich hielt inne, versuchte meine eigene Geschichte zu verdauen. »Es hatte den Anschein …«

Plötzlich ging die Tür auf; Laurel kam herein, Perrin dicht hinter ihr. Sie machte sich nicht die Mühe, ihren schneeverkrusteten Mantel auszuziehen; sie kam schnell zu uns, tropfend und zitternd, mit glänzenden Augen, die vom Versuch, in die jenseitige Welt zu blicken, angestrengt waren.

»Rois.« Sie ergriff meine Hände. »Was genau hast du geträumt?«

Das Blut hämmerte mir im Kopf; ihr Gesicht verschwamm. Ich erzählte ihr, was sie bereits wusste. »Dass er Lynn Hall verlassen hat.«

»Ihr habt Corbet nicht gefunden«, sagte unser Vater matt.

Perrin schüttelte den Kopf. »Der Ort ist kalt, der Stall leer.« Er hielt inne, setzte wieder an. »Anscheinend gab es einen Unfall …«

»Ich weiß … Rois war … ist er nicht im Dorf?«

Laurel hob eine Hand an den Mund. »Nein.« Ihre Stimme bebte schrecklich; obwohl sie nahe am Feuer kniete, zitterte sie immer noch. »Er ist nirgendwo. Er hat nicht mal eine Nachricht hinterlassen …«

»Er hat einfach einen toten Mann an seinem Kamin zurückgelassen? Hat ihn irgendjemand erkannt? Er muss doch ein Pferd gehabt haben, irgendwelche Habseligkeiten. Niemand läuft zu Fuß in einem Schneesturm herum. Außer Rois.«

»Nichts hatte … es gab nichts …« Perrin verstummte wieder; mit zusammengepresstem Mund schüttelte er den Kopf. Mein Vater fragte wieder: »Hat ihn jemand erkannt?«

»Na ja … das ist es ja gerade. Er muss irgendein Verwandter von Corbet sein, obwohl sie sich überhaupt nicht ähnlich sehen.« Erstaunt sah ich Perrin an. »Vielleicht ein Bruder oder ein Cousin, was alles noch verworrener macht. Aber …«

»Aber was?«, sagte mein Vater flehend.

Ausnahmsweise schien es Perrin zu widerstreben, Klatsch zu verbreiten, sogar mitten im Winter, wo es sonst nichts zu tun gab. »Na ja, ihr wisst ja, wie Neuigkeiten sich im Dorf verbreiten, vor allem, wenn jeder sich nach einem Sturm wieder hervorgräbt. Aber die Ältesten schwören, dass er aus ihrer Vergangenheit aufgetaucht sei, um zu sterben, wo sein Vater starb … dass er so jedenfalls aussehen müsste …«

Das Gesicht meines Vaters glättete sich in äußerstem Erstaunen. »Ihr meint doch wohl nicht …«

»Nial Lynns Sohn.«

In der Stille kam Laurel wackelig auf die Füße. Perrin streckte ihr die Hand entgegen, aber sie bemerkte es nicht. Sie stellte sich ans Fenster und starrte nach draußen. Ich sah, wie die Tränen in ihren Augen schließlich schmolzen und Licht einfingen, als sie über ihr Gesicht liefen. Sie rührte sich nicht, um sie wegzuwischen; sie machte kein Geräusch. Sie stand dort und hielt nach Corbet Ausschau, während Perrin sie beobachtete, und ich hörte die tödlichen Winde, die über die Felder auf uns zugeritten kamen.

17

Die ganze Nacht hörte ich sie nach mir rufen. In meinen Träumen riefen sie mit Corbets Stimme meinen Namen; wach, im Dunkeln, lauschte ich auf ihre Stimme, das Flüstern des Schnees gegen Glas, das Murmeln und plötzliche, wütende Heulen in der Dachrinne.

Manchmal hörte ich Laurels ruhiges, untröstliches Weinen, das sich mit den Winden vermischte, bis es so klang, als wäre sie draußen unter ihnen, ein Geist sie selbst, der einen anderen Geist betrauerte. In diesen schwarzen Stunden wurde mir bewusst, dass ich nicht wusste, ob Corbet lebte oder tot war. Er hatte gedroht; sie hatte gesagt ... Aber sie hatte uns Tearles Leichnam zurückgelassen, damit wir ihn im tiefsten Winter fänden, mit seinem fluchbeladenen zweideutigen Gesicht: Ärger für Corbet, der in unserer Welt Erklärungen abgeben müsste, wenn es ihm gelang, dem Ärger in ihrer Welt zu entkommen.

Ich musste ihn finden. Einmal war ich in ihre Welt gelangt und wieder herausgekommen; ich konnte es wieder tun, auch wenn ich nicht wusste, wie oder wo oder was sie machen würde, wenn sie mich sähe, abgesehen davon, dass sie mit ihren scharfen weißen Zähnen lächeln und mein Herz wie einen Knochen zerknacken würde.

Am Morgen fand ich Laurel an demselben Fenster vor, wo sie die reglosen Felder beobachtete. Hätte ich sie nicht in ihrem Bett schluchzen hören, hätte ich gedacht, dass sie die ganze Nacht dort gewesen wäre. Ihr blasses, stilles Gesicht, ihre großen Augen, die immer schon hinter die Welt zu blicken schienen, machten mir Angst. Sie hatten schließlich diese Leere gefunden. Sie wirkte von Corbets Abwesenheit verzaubert, sicher noch stärker, als sie es von seiner Anwesenheit gewesen war. Aber unser Vater schüttelte nur den Kopf, als er vom Melken hereinkam, und unterließ es, sie zum Frühstück zu rufen.

»Es ist der Schock«, sagte er zu mir. Er sah selbst hohläugig aus, wo doch Töchter und Nachbarn des Nachts verschwanden, ein Fremder mit einem Gesicht aus der Vergangenheit in einem verfluchten Haus starb, Liebende stritten und hinter seinen Augen brannte, was immer er an Apfelkorn trosthalber getrunken hatte. Er setzte hinzu: »Als sie Perrin fortzuschicken versuchte, war er wenigstens so vernünftig, nicht zu gehen.«

Ich wandte meinen Blick von dem bleichen, stillen Wintergesicht ab, das Laurel ansah, und blickte auf meine Haferkekse. Ich versuchte mir irgendeine Entschuldigung auszudenken, um das Haus zu verlassen.

»Ich sollte zum Apotheker gehen«, sagte ich schließlich, »solange das Wetter hält.«

Er hob ruckartig den Kopf. »Weshalb?«

»Wegen etwas, das ich für Laurel brauche. Es wird ihr helfen zu schlafen. So kann sie nicht weitermachen.«

»Sie wird darüber hinwegkommen und du hast jeden Tee, jede Wurzel und jedes getrocknete Kraut ...«

»Er bestellt die Sachen, die ich nicht finden kann.«

»Nein.«

»Vielleicht hat er Neuigkeiten über Corbet. Man hat vielleicht herausgefunden, wer der Fremde ist.«

Er zögerte, ebenso neugierig wie alle andern; sein »Nein« kam mit weniger Überzeugung. Er musste gemerkt haben, dass ich ohnehin gehen würde; ich würde zu Fuß gehen, wenn ich nicht reiten könnte, ich würde barfuß gehen, wenn er meine Stiefel versteckte. Er wollte nicht fragen, wie weit ich gehen würde. Er richtete seine Gabel auf mich.

»Ich will, dass du noch am selben Vormittag zurückkommst und zwar auf demselben Weg.«

Ich log; er war misstrauisch. Aber es war besser, hatte er sich wohl gesagt, als zwei Töchter stumm und mit roten Augen am Fenster auf einen Mann warten zu sehen, der überall sein konnte. Er beobachtete mich, wie ich den Schlitten unten an der Straße in Richtung Dorf lenkte, anstatt über das Feld zu Lynn Hall. Ich sah ein halbes Dutzend Schlitten, die auf dem Weg zum Gutshaus Spuren zogen, voll beladen mit der Suchmannschaft, Schneeschuhen und höchstwahrscheinlich dem Bier, das von der Nacht noch übrig war. Sie suchten nach dem Weg, den der

Wind eingeschlagen hatte, hätte ich ihnen zurufen können – dem Ort, wo Rosen im Schnee blühten. Aber sie hätten nicht auf mich gehört; sie hätten weiter Schneewehen nach einem Mann abgesucht, der im Sturm erfroren war, nach einem Pferd oder dem Pferd und den Habseligkeiten des Fremden oder nach irgendeinem Fetzen seines Umhangs, der ihnen bewies, dass er nicht wirklich aus dem Sommer zu Lynn Hall gewandert war.

Blane, der Apotheker, sah mich überrascht an. »Was machst du außerhalb des Bettes?«, fragte er. »Salish sagte, er fand dich beinahe erfroren auf einer Marmorplatte; er dachte, du wärst auch tot.«

»Ich bin zurückgekommen«, sagte ich müde. Er fasste mich sorgfältig ins Auge, fragte aber nicht, woher. »Ich brauche etwas für Laurel.«

»Laurel?«

»Gibt es irgendwelche Neuigkeiten von Corbet?« Vielleicht, dachte ich ohne Hoffnung, hatte sie ihn in Zeit und Winter gestoßen, damit er nach menschlichen Begriffen Rechenschaft über den Toten in seinem Haus ablegte. Blane schüttelte den Kopf.

»Nichts. Aber man hat ja gerade erst mit der Suche begonnen. Was fehlt Laurel denn?«

»Sie hat Schlafstörungen.«

Er knurrte und seihte eine Tinktur in eine Flasche. »Sie ist nicht die Einzige. Heute Morgen waren schon alle alten Leute aus dem Dorf, die noch gehen können, hier bei mir und wollten mir von ihren Alpträumen erzählen und brauchten einen Trank und Klatsch und wollten das Gesicht des Mannes sehen, den sie nach fünfzig Jahren wieder zu erkennen glauben.«

Mein Blick glitt an ihm vorbei zu der geschlossenen Tür des Zimmers, wo er die Toten untersuchte und für das Begräbnis herrichtete. Ich spürte, wie meine Augen brannten, und schluckte Worte hinunter, weil ich sie nicht sagen konnte, und Kummer, weil sie ihn uns zurückgelassen hatte, damit wir ihn im kleinsten Zimmer in einer Welt verschlossen, die er hasste. Vielleicht hatte sie seinen Geist behalten.

»Rois. Willst du ihn noch einmal sehen? Gibt es etwas, das du erzählen musst?«

Ich sah Blane an. Sein mageres Gesicht war auf vogelhafte Weise alterslos, ohne eine Linie. Seine blassen und kühlen Augen hatten unsere Leben bei Tageslicht und in der Dunkelheit des Mondes gesehen; es gab nichts, was er bisher noch nicht gehört hätte. Fast nichts. Und ich wusste genau, was er dem Trank beimischen würde, wenn ich es ihm erzählte.

»Nein«, sagte ich seufzend. »Ich wünschte, ich könnte eine größere Hilfe sein. Ich habe gehört, man hält ihn für Corbets Bruder.«

»Die Ältesten glauben das nicht.« Er verkorkte seine Flasche und versiegelte sie mit Wachs. »Sie glauben, es ist Corbets Vater. Und dass Corbet ihn getötet hat, den Fluch erfüllte und verschwand.«

»Aber ...«

»Ich weiß, das ergibt keinen Sinn, aber die ältesten Erinnerungen sind in dem Alter die schärfsten und alle erinnern sich an Nial Lynns gequälten Sohn. Man kommt bei einem toten Mann in Lynn Hall und einem anderen, der verschwunden ist, nicht daran vorbei, dass es ein Echo aus der Vergangenheit ist.«

Ich fragte hohl: »Haben Sie Anzeichen für einen Mord gefunden?«

Verblüfft zuckte er leicht mit den Schultern. »Vielleicht traf ihn ein Schlag, bevor er fiel. Vielleicht hörte sein Herz auf zu schlagen und er schlug im Fallen mit dem Kopf an. Andere Anzeichen von Gewalt gibt es nicht. Vielleicht schaffte er es einfach nicht schnell genug aus der Kälte heraus ... Er kam aus dem Sturm, sah deine Glut, ließ hinter sich die Tür auf und wurde am Kamin ohnmächtig. Der Wind fuhr hinein, warf ein paar Dinge um und Salish fand euch beide. So einfach könnte das sein. Außer ...«

»Außer.«

»Wo um Himmels willen ist Corbet? Und falls er tatsächlich den Fremden getötet hat, warum hat er den Leichnam nicht einfach bis zum Frühjahr in dem Holzstoß versteckt? Wir würden alle besser schlafen.«

»Was werden Sie mit der Leiche machen? Bei all dem Schnee ist der einzige Ort, wo man ihn begraben kann, die Familiengruft mit Nial Lynn.«

Der Apotheker machte ein knurrendes Geräusch. »Ich werde niemanden mit einem solchen Gesicht mit Nial Lynn zusammenlegen. Ich würde keinem von beiden zutrauen, dass sie tot blieben. Ich stecke ihn draußen ins Gefrierhaus. Höchstwahrscheinlich wird bald jemand nach ihm suchen und unser Geheimnis für uns lösen.« Er drehte sich um und stellte die Tinktur in das Regal hinter sich. »Was kann ich dir also für Laurel geben? Was habe ich, das du nicht hast?«

Eine Flasche mit einem Apothekersiegel darauf, das hatte er. Der Trunk darin könnte vielleicht besser helfen, sagte er, als der gleiche Inhalt, der aus dem Schrank zu Hause kam.

Ich dankte ihm und fuhr über Lynn Hall heimwärts.

In den Schnee auf den Feldern waren Schlitten- und Pferdespuren gestampft, aber ich hörte keine Stimmen; die Suchmannschaft war tief in den Wald eingedrungen. Das Gutshaus war still und bitterkalt. Abgesehen von dem Toten war nichts angerührt worden. Kerzen und Glasscherben lagen immer noch auf dem Fußboden; der gefrorene Blutspritzer verdunkelte den weißen Marmor. Zitternd schritt ich auf gebrochenem Glas und versuchte durch Stein zu sehen, ihn unter meinen Augen zu einer anderen Welt hin zu öffnen. Hinter dieser konnte ich nichts sehen. Der Wandteppich zwischen den Räumen zog meine Aufmerksamkeit auf sich, seine blassen, glitzernden Fäden, die Muster, Landschaften, Gesichter andeuteten, die man nur aus dem Augenwinkel wahrnehmen konnte; sie verschwanden in Formlosigkeit, wenn man sie ansah. Lange blickte ich ihn an, versuchte in ihn hinein, über ihn hinaus zu sehen, zu dem Ort, wo ich ihn über dem Sims hängen sah. Schließlich schob ich ihn ungeduldig beiseite.

Da war sie und wartete in ihrem Winterwald. Ihr Kopf drehte sich auf den Schultern wie der einer Eule und ich gefror, entsetzt über die geisterhafte Bewegung. Ihr Blick fing meinen; ich spürte, wie meine Knochen ihre Form änderten. Ich war die Maus im Schatten des Eulenflügels; ich trieb nun in ihre Winde.

Komm, sagten sie, *komm*, die Winde, die tote Blätter ernteten und die Vögel im Flug erfrieren ließen. *Komm mit uns. Du gehörst zu uns.*

Ich konnte mich kaum an eine menschliche Sprache erinnern. Meine Lippen waren aus Eis; sie sprachen Eis anstelle von Klang. *Corbet,* bildete sich zwischen uns eine glitzernde Frage.

Er wartet, antworteten ihre Winde. *Komm*.

Ich merkte, wie sie an mir zerrten, spürte, wie ich in sie hineintrieb. Aber sie hatten mir nicht gesagt, ob er unter ihren Lebenden oder Toten war. Ich zog meine Knochen aus dem Schnee, schüttelte meine Haut über sie zurück und sah sie wieder, wild und schön mit ihrem ungezähmten, gefährlichen Lächeln und ihren Augen wie Mittsommernacht.

»Ich will ihn sehen.« Sogar als Mensch konnte ich kaum sprechen; die Worte klapperten stückweise aus mir heraus. »Ich will mit ihm reden.«

Irgendwo hinter mir öffnete sich eine Tür. Der Wind knurrte; eine weiße Eule flog in einen blassen Lichtschimmer. Ich sah unberührte Laken, das leere Waschbecken, in dem sich nichts hielt, nicht einmal Staub.

Ich ließ den Wandteppich zufallen und drehte mich um. Schnee fiel sanft über mich und verglühte wie fallende Sterne. Ich erkannte Perrins Stimme, bevor der weiße Nebel sich auflöste und er mich auffing und ich sein Gesicht sehen konnte.

»Rois!« Er öffnete seinen Umhang und versuchte mich darin einzuhüllen. »Was machst du denn schon wieder hier? Du bist wie Eis ...«

»Ich suchte ...« Ich musste innehalten, etwas Kälteres als die Luft aus mir herausschütteln – den Eissplitter vielleicht, den sie in meinem Herzen gelassen hatte. »Ich suchte etwas ...«

»Laurel hat sich das ganze Haus vorgenommen«, sagte er grimmig. »Sie fand kein Wort. Kannst du allein nach Hause fahren? Oder soll ich dich zurückbringen?«

»Ich fahre. Es geht mir gut. Was machst du hier?«

»Den Wald absuchen. Ich sah deinen Schlitten.«

»Hat jemand was gefunden?«

»Nur noch mehr Schnee.« Sein Mund verschloss sich fest und hielt Worte zurück. Ich sah die plötzliche Düsterkeit in seinen Augen und fragte mich, was er zu finden hoffte: einen Leichnam, den Laurel betrauern konnte, oder ein Schweigen, das sie ihr restliches Leben lang verfolgen würde. »Und es steht noch mehr bevor«, fügte er schließlich hinzu, »damit es für uns nicht zu einfach wird.« Er schwieg und seine Augen wanderten über die Fetzen einer Geschichte, die für uns übrig geblieben waren: zerbrochenes Glas, der blutbefleckte Kamin. Ich spürte, wie ein Beben ihn durchlief, als ob sie einen eisigen Finger auf ihn gelegt hätte. »Es ist alles noch einmal geschehen«, hauchte er. »Wenn man falsch darüber nachdenkt. Am besten siehst du zu, dass du nach Hause kommst, Mädchen, bevor du hier erfrierst und zusammen mit Nial Lynn an diesem Ort spukst.«

An diesem Abend gab ich Laurel eine starke Dosis des Apothekertranks, aber immer noch schlief ich zu ihrem leisen Weinen ein. In meinen Träumen fand ich Corbet, nicht wo er sein könnte, sondern in einer Zeit und an einem Ort, an den ich gern zurückgekehrt wäre. Wieder stand er in diesem goldenen Streifen aus Sommerlicht neben den Rosenranken, eine unmerklich dunklere Goldnuance, noch kaum wahrnehmbar, etwas Geheimnisvolles, das sich in einem Streifen Sonnenlicht ereignete, das einem entginge, wenn man es an- und dann wieder fortsähe und nicht noch einmal darauf zurückblickte. Der Duft von Rosen hing in der unbewegten Luft, süß und schwer, und verlangsamte die Zeit, bis der Sommer, sogar in meinem Traum, genau in diesem Augenblick anzuhalten schien: als ich wusste, dass er kam, aber unmittelbar bevor ich sein Gesicht sah.

Ich erwachte im Dunkeln mit Tränen im Gesicht, roch immer noch Rosen. Ich hörte den Winter über die Felder heulen, in der Dachrinne singen, einen unverständlichen Zauber um das Haus werfen. Unten im Wohnzimmer schnarchten Beda und mein Vater, die eine sparsam, dosiert, der andere mit explosivem, korngetränktem Gemecker. Durch all das hindurch brachte ein schwacher Klang mein Herz zum Stehen: Laurel, die wach oder in ihren Träumen wegen Corbet weinte.

Am Morgen waren wir von der Welt abgeschnitten; nicht einmal der Dorfklatsch konnte uns erreichen. Ich blieb mit Laurel nah am Feuer. Unser Vater, der den Kuhstall ausmistete, kam gelegentlich herein, um sich mit einem Schluck Korn gegen die Kälte zu wappnen. Er roch nach Kühen und Wind; von ihm schmolz Schnee herab, wenn er am Feuer stand, große Krusten, die er in den Kamin stieß, mit Stiefeln, die mit gefrorenem, schmutzigem Schnee überzogen waren.

Jedes Mal, wenn er hereinkam, warf er Laurel einen gedankenverlorenen Blick zu, beunruhigt, ohne es zu wissen. Sie hob dann das Leinen in ihren Fingern und tat wieder einen Stich. Jedes Mal wenn er hinausging, ließ sie ihr Nähzeug sinken und starrte aus dem Fenster. Ihr Gesicht wirkte ruhig, trotz der geschwollenen Augen, aber es war blass wie Molke und sie hatte fast nichts gegessen. Ich hatte keine Vorstellung, was sie da machte; sie, so vermutete ich, auch nicht.

In dem schneegestreiften Wind hielt ich Ausschau nach Eulen. Laurel hielt Ausschau nach Corbet. Manchmal nahmen statt Eulen Erinnerungen aus dem Schnee Gestalt an. Ich sah Tearles von der Zeit unberührtes Gesicht, sah mich selbst mit Corbet in seines Vaters Traum von Lynn Hall stehen und ich empfand einen spinnwebartigen Frosthauch aus Angst und Verwunderung, der sich über mich breitete, dass ich so weit aus der Menschenwelt hinausgegangen und wieder zurückgekommen war. *Sie hat unsere Augen*, hatte Tearle gesagt. *Sie hat unsere Augen. Sie muss sie von irgendjemandem geerbt haben.* Wortlose Fragen lärmten in mir; ich wusste nicht, was ich fragen sollte oder was Laurel wusste oder ob es überhaupt etwas gab, das man wissen musste.

Als ob sie spürte, wie all meine Gedanken sich um sie drängten, bewegte sich Laurel und wandte sich vom Fenster ab. Sie erschrak, als sie mich anscheinend zum ersten Mal nach zwei Tagen sah. Sie nahm ihr Nähzeug auf; einen Augenblick lang sah sie aus, als wäre sie fast verblüfft darüber. Dann ließ sie es wieder sinken. Aber ihre Augen richteten sich auf mich und nicht auf den Schnee und überraschenderweise sprach sie, ohne angesprochen zu sein.

»Du siehst besser aus. Eine Weile habe ich mir Sorgen gemacht …« Ihre Stimme verstummte. Damit sie weitersprach, fragte ich: »Sorgen worüber?«

Das schwache Runzeln kam und legte sich auf ihre

Stirn; sie antwortete leise: »Ich habe an unsere Mutter gedacht. Du siehst ihr so ähnlich.«

Ich starrte sie an und fragte mich, ob ich, ohne es zu merken, laut gesprochen hatte. Dann glomm Glut hinter meinen Augen auf, kurz und plötzlich. »Du dachtest ...«

»Der Winter kam und sie hörte einfach auf zu essen. Sie wurde so dünn. Sie hat nie gesagt, warum. Ich brachte ihr Sachen zum Essen – einen Apfel, einen Keks – und sie lächelte mich an, berührte mein Haar und sagte mir, wie lieb ich sei.« Sie blickte auf ihre Hände hinab, fand dort Stoff und tat einen Stich, blasser Faden auf blassem Leinen. Ich beobachtete sie, stumm, meine eigenen Hände so fest ineinander verschränkt, dass ich nur Knochen spürte. »Später hörte ich dann, wie Beda sich beklagte, dass sie steinharte Kekse unter den Kissen fand.«

Da sah ich Laurel als Kind, mit jenen großen grauen Augen, die das Schreckliche und Unverständliche beobachteten, das sie nicht aufhalten konnte. »Ich war so klein ... ich habe vergessen, wie du ... wie sehr ...«

»Ich hatte es auch vergessen«, sagte sie einfach. »Bis du anfingst, ihr so ähnlich zu sehen.«

»Es tut mir Leid«, flüsterte ich und ein Ausdruck zog über ihr Gesicht, flink und formlos, Wind über Wasser.

»Es ist schon lange her.«

»Vielleicht. Aber jetzt bin ich alt genug, um zu wissen, was mir fehlte. Sie nicht zu haben. Stattdessen hatte ich dich. Ich habe damit nie gehadert. Ich habe nie daran gedacht, wie schwer das für dich manchmal gewesen sein muss.«

Ihre Nadel blitzte auf, sank, zu schwer. »Ich habe auch nie darüber nachgedacht. Es musste einfach getan werden. Wie das meiste um uns herum. Und Beda war als Hilfe immer da.«

»Erzähl mir von ihr«, bat ich. »Ihr sagt alle, ich sehe wie sie aus, und doch weiß ich von ihr nur Trauriges.«

»Ich weiß nicht ... Ich habe so viele Jahre kaum über sie gesprochen.« Eine Weile schwieg sie, dann setzte sie hilflos hinzu: »Dein Gesicht weckt Erinnerungen. Manchmal sehe ich dich an und werde das Kind, das ich damals war – nur für einen kurzen Augenblick – und mir fallen Dinge ein. Die alten Balladen, die sie auf der Flöte spielte. Wie ich mit ihr an einem heißen Tag Beeren pflückte, in den Sträuchern am Rand der Weide. Wie Bienen, so dick wie Brombeeren, im Licht um uns herum summten und sie mir Liedertexte beibrachte, während ich Beeren in meinen Eimer fallen ließ. Wie ein Ausflug zum Schuster, der meine Füße messen sollte, einen ganzen Nachmittag dauerte; jeder sprach sie an und unterhielt sich mit ihr. Sie hielt alles in Ordnung; sie hatte immer Blumen im Haus. Wildblumen aus dem Wald, wenn auch sonst nichts ...«

Ich zögerte, versuchte eine Frage zu stellen, indem ich eine andere formulierte. »Nach meiner Geburt, war sie da immer noch glücklich? Veränderte sie sich damals?«

»Nein.«

Kurz schmolz der Ausdruck in ihren Augen. »Sie liebte dich. Und ich liebte, was sie liebte. Sie lehrte mich Eier zu sammeln, während sie dich hielt, und zu sticken, Kräuter anzupflanzen ...«

»Sie war glücklich«, sagte ich, seltsam überrascht. »Niemand hat mir das je gesagt.«

Laurels Gesicht wurde wieder still, nach innen gekehrt. »Ich glaube, das hatten wir vergessen«, sagte sie schließlich. »Sie war glücklich bis zu jenem Winter und wir erinnerten uns nur an den Winter.«

»Was ist mit ihr geschehen?« Ich berührte Laurels Arm, als sie nicht antwortete. »Was glaubst du?«

Sie hob den Blick von ihren Händen und starrte ins Feuer. »Man hat es nie erfahren. Sie hatte kein Fieber, keinen Schmerz. Sie lebte ... einfach nicht.« Dann sprach sie stumm, indem sie mich anblickte. Ich starrte auf ihr dünnes, gehetztes Gesicht, ihre Augen, die die ganze Leere widerspiegelten, in die sie blickte, und mich erfüllte ein plötzliches Entsetzen, weil ich nicht wusste, wem von uns beiden sie ihre Erinnerungen erzählt hatte, wen sie da warnte.

Aus der Ferne hörte ich meine Stimme, klar und fest, um ihr wie einen Zauber die Worte zu vermitteln, die ihr Sicherheit gaben: »Ich habe nicht die Absicht zu sterben.«

Aber sie antwortete nur, indem sie den Faden für einen anderen beliebigen Stich gerade zog: »Unsere Mutter auch nicht. Sie vergaß einfach zu leben.«

In dieser Nacht rannte ich in meinen Träumen in den wilden Herbstwald. Ich hörte das endlose Seufzen sterbender Blätter, spürte die stürmischen Winde, die rastlosen Reiter des Zwielichts. Ich fand die Rosenranken und kauerte mich neben sie, ich machte mich klein, klein, aber sie sah mich immer noch. Mondlicht tropfte aus ihren Augen; der Sternenhimmel flog hinter ihr in ihrem Haar. Ich hörte das silbrige Gelächter winziger Glöckchen. Sie beugte sich zu mir, als ich mich im Laub zu vergraben versuchte. Gold fiel von ihren Fingern. Es glühte immer heller, als es zwischen uns fiel, bis ich in seinem vollen Licht ihr Gesicht sah.

Ich erwachte, immer noch in die Dunkelheit starrend.

Sie hatte mein Gesicht.

18

In der Morgendämmerung hatte sich der plötzliche Sturm verzogen. Noch fiel Schnee, aber vereinzelt; die Winde murmelten nun, anstatt zu kreischen. Im Aufwachen wünschte ich, ich könnte ihre gebrochenen Zauberformeln verstehen. Sie wussten etwas, das ich wissen musste; sie neckten mich, machten Anspielungen, aber sie erzählten mir nichts. Ich zog mir eine Decke über die Schultern und sah aus dem Fenster. Im Hof hatte mein Vater fertig geschaufelt; er zog ein Seil an seinem Pfad zwischen Haus und Scheune entlang, als ob er uns zwischen den Stürmen in der Erde verankern wollte. Auf der Straße waren Kutschpferde nah an unserem Tor abgebogen und hatten im frischen Schnee ihre Spuren hinterlassen.

Ich hörte, wie unten die Tür aufging. Mein Vater kam hereingestapft; Holz klapperte in die Holzkiste. Ich ging hinunter und fand ihn, wie er Holz ins Feuer legte.

»Wer war hier?«

»Perrin kam vorbei, um uns von seinem Bier zu bringen und sich nach Laurel zu erkundigen. Das ist doch ein gutes Zeichen, oder?«, sagte er hoffnungsvoll.

»Es ist ein Zeichen«, stimmte ich zu. »Hat er mit dem Bier irgendwelche Neuigkeiten gebracht?«

»Nichts Neues. Niemand ist aufgetaucht, um nach dem Fremden zu suchen, und Corbet ist immer noch nicht da. Perrin sagte, sie suchen heute wieder, wenn es aufhört zu schneien.« Er hielt inne und kratzte sich mit dem Daumennagel die Stirn. »Falls man ihn tatsächlich in einer Schneewehe findet, wird er nicht mehr am Leben sein. Und wenn man ihn nicht findet ...«

»Ich werde bei der Suche nach ihm helfen«, sagte ich plötzlich. »Niemand kennt den Wald besser als ich.«

»Nicht den Winterwald«, protestierte er. »Du gehst nie dorthin.«

»Das ist immer noch besser, als wenn wir beide aus dem Fenster starren und nach ihm Ausschau halten.«

Unnötig kraftvoll stieß er ein Scheit in das Feuer, enthielt sich aber einer Bemerkung darüber, was er von alledem hielt. »Entweder ist er in einem Straßengraben erfroren oder er widmet sich den Geschäften, derentwegen er fortging, was auch immer sie sein mögen. Lass die anderen suchen. Bleib bei Laurel.«

»Es wird ihr besser gehen, wenn man ihn gefunden hat«, sagte ich ohne Überzeugung. »Und ich kann es nicht ertragen, drinnen zu warten.«

Mürrisch brummte er etwas. Aber er konnte sich nicht wirklich vorstellen, dass ich lange draußen zwischen den düsteren, verfrorenen Gesichtern der Winterbäume bleiben würde. Er wechselte das Thema in der Hoffnung, dass es, wenn unbeachtet, von selbst verschwinden würde. »Perrin sagt, ein paar von ihnen – Furl Gett und Travers Sohn Willom – würden vielleicht in die nächste Gemeinde geschickt, um dort jemanden aufzutreiben, der weiß, wie man mit solchen Dingen umgeht. Einige sagen, das sei eine Dorfangelegenheit und wir bräuchten nicht alten Ärger neu auszugraben, Flüche, Mord und Gesichter aus der Vergangenheit, damit Fremde sich das anschauen. Aber wir haben nun mal einen Toten am Hals, mit dem wir irgendwie fertig werden müssen.« Sein Blick glitt zu mir; zögernd setzte er hinzu: »Dich würde man zuerst befragen, wenn wir Fremde einweihen.«

»Ich weiß.« Ich starrte ins Feuer und dachte an zwei Geschichten, eine einfache, eine jenseits des Verständnisses, beide merkwürdig. *Ich bin durch einen Sturm gelaufen und in einem leeren Haus eingeschlafen; als ich aufwachte, lag ein Toter neben mir* ... Ich hörte die Stufen knarren und drehte mich um. Laurel kam herunter, fertig angezogen, aber nichts sehend; ihr Blick bewegte sich bereits an uns vorbei und zum Fenster.

Sie brachte meinen Vater aus der Fassung; er verlor plötzlich die Beherrschung, einzig deshalb, das wusste ich, um den Ausdruck auf ihrem Gesicht zu verändern.

»Hör auf, nach ihm Ausschau zu halten. Ob er lebt oder nicht, er ist immerhin ein Mann mit einer fluchbeladenen Vergangenheit und einem frischen Blutfleck auf seinem Boden. Sieh dich an. Er ist nicht gut für dich. Schluck deinen Stolz hinunter und geh zu Perrin.«

Sie drehte sich zu ihm; abgesehen davon schien es, als hätte sie ihn vielleicht nicht gehört. »Perrin«, sagte sie mit schwacher Überraschung, als ob Perrin jemand wäre, den sie in ihrer Kindheit gekannt hätte und dem sie längst über den Kopf gewachsen war. Ich sah, wie unserem Vater das Blut ins Gesicht stieg, die Verwirrung in seinen Augen.

»Der, für den du all diese Spitze gemacht hast«, erinnerte er sie. »Der dich immer noch liebt und dich heiraten würde, wenn du aufhörtest, dir dein Herz nach einem Traum von Lynn Hall zu verzehren. Das ist alles, was es jemals war: ein Tagtraum. Nichts Solides. Nichts Wirkliches, womit man ein Leben beginnen könnte.«

»Du weißt nicht«, sagte sie leise, »du weißt nicht, was zwischen uns war. Perrin hat es gesehen, aber du nicht.«

»Perrin sagte ...«

»Perrin.« Sie sprach den Namen ohne Ungeduld, mit einer weit beunruhigenderen Gleichgültigkeit. »Er wird mich vergessen. Corbet wird zurückkommen. Er kann nicht vergessen, was wir einander bedeuteten.«

Unser Vater starrte sie an. »Nach ein oder zwei Abendessen? Ein oder zwei Gläsern Wein?«

»Du sahst nur das.« Sie wandte sich von ihm ab zu der toten Welt jenseits des Fensters. »Du sahst immer nur das.«

»Ich weiß nicht mehr, was ich sah«, gab er bedrückt zu, »aber was ich jetzt sehe, gefällt mir nicht. Von Rois kann man im Winter keinen gesunden Menschenverstand erwarten, aber du bist immer die Standhafte gewesen. Hör auf, hinter einem Mann her zu weinen, der dich, ob lebendig oder tot, ohne ein Wort verlassen hat. Iss dein Frühstück, zieh deine Stiefel an und geh los, um Perrin zurückzuholen. Er wird Flöte spielen und etwas Farbe in dein Gesicht bringen.«

Sie machte sich nicht die Mühe zu antworten. Schlecht gelaunt ging er wieder hinaus, um bei seinen Kühen gesunden Menschenverstand zu suchen. Laurel wandte sich zu mir und Verzweiflung stieg hinter der eisigen Ruhe in ihrem Gesicht auf.

»Deswegen ist er nicht fortgegangen, oder?«, sagte sie flehend. »Das hast du doch nicht geträumt? Er ist nicht verflucht und er hatte auch nichts mit dem Tod des Fremden in seinem Haus zu tun. Sag mir, dass du das nicht glaubst.«

»Nein.«

»Und das war auch nicht alles zwischen uns? Nur ein oder zwei Gläser Wein? Nur eine Art, die Winterstunden zu verbringen? Der Herr von Lynn Hall, der sich mit den Bauerntöchtern vergnügt, der mit seinem müßigen Zeitvertreib für etwas Ärger sorgt?«

Ich schüttelte den Kopf, schluckte. »Das habe ich nicht gesehen.«

»Wo also ist er dann?«, flüsterte sie und wandte sich wieder dem Fenster zu.

Später setzte sie sich zum Frühstück, um unserem Vater einen Gefallen zu tun. Ich beobachtete, wie sie ihren Löffel in eine Schale Haferschrot tauchte, Brot abbrach, einen Becher Milch an ihre Lippen setzte und ihn wieder abstellte, all die kleinen dauerhaften Gesten des Essens machte, aber es nie ganz tat.

Zuerst glaubte ich, unser Vater bemerkte es nicht. Dann wurde mir bewusst, dass er zu wissen glaubte, was er zu erwarten hatte, weil es Laurel war, die nicht in Rosenranken fiel oder hinter den Winden herjagte: Sie würde wieder einen Weg hinaus finden.

Aber er bemerkte nicht, wie weit sie bereits gegangen war. Ich erkannte das später an der Stickerei, an der sie hantierte: den musterlosen Stichen von Weißem auf Weiß, wie Fußstapfen im Schnee, die ziellos herumwanderten und nirgendwohin gelangten, sich selbst immer wieder kreuzten und umzingelten, bis man ihnen nicht mehr folgen konnte.

Am frühen Nachmittag liefen die Männer des Suchtrupps über die Felder und sahen in ihren Winterpelzen und Kapuzen aus wie Bären. Der Wind war jetzt still; nichts drohte in dem blassen Himmel. Ich wagte nicht, meinen Vater um den Schlitten zu bitten. Ich zog hohe Pelzstiefel an und lief durch den Schnee, den ein paar Schlitten aufgeworfen hatten, als sie dem Pfad von Lynn Hall folgten, den Corbet vielleicht genommen hatte, um die Straße zu erreichen. Mittlerweile hatte sich die Suchmannschaft im Wald oder weiter die Straße hinauf verteilt. Ein oder zwei Männer sah ich auf Schneeschuhen, wie sie zwischen den Bäumen stapften, gegen Schneewehen traten und hinauf in die kahlen Äste spähten, als erwarteten sie Corbet dort zu sehen. Als ich zum Wald kam, waren alle verschwunden.

Andere waren dort gewesen, wo ich lief; ihre Schneeschuhe verrieten es mir. Spuren führten überall um die schneebedeckten Ranken herum; jemand hatte gegen den glatten Schneehügel getreten, aber statt Corbet nur Dornengestrüpp gefunden und war weitergegangen. Doch sie wussten nicht, wo sie suchen oder wie sie nachsehen sollten. Ich glaubte es zu wissen. Tore, hatte er gesagt. Schwellen. Orte des Übergangs, wo das Gold von einer Geschichte in die nächste fiel, wo sich die Zeit über die Grenze zwischen den Welten verlagerte.

Ich wusste nicht mehr, wo ich noch suchen konnte.

Ich grub in dem Schnee um die Ranken herum, bis sie aufsprangen und ich sie von der Quelle wegschieben konnte. Einige waren im Eis gefangen und hingen um das Wasser hinab wie Gitterstäbe. Mit den Händen konnte ich das Eis nicht brechen. Es war dick, aber merkwürdig klar, wie zersprungenes Glas mit feinen, kristallenen Sternen, das über dem dunklen Wasser fein säuberlich eingesetzt war. Die Quelle war nun still – an ihrem Ursprung, so nahm ich an, zugefroren.

Als ich seinen Namen zum dritten Mal rief, kam er zu mir.

Bei dem unerwarteten Anblick spürte ich schmerzhaft, wie das Blut durch meinen Körper rauschte: Sein Gesicht, fern wie ein Traum, blickte zu mir aus dem dunklen Wasser auf. Er muss tot sein, dachte ich in Panik. Eingesperrt unter Eis, war er dem Anschein nach an einem zu entsetzlichen Ort, als dass eine menschliche Berührung ihn jemals erreichen könnte.

Ich versuchte es dennoch: legte eine Hand flach auf das Eis und seine Hand stieg durch die Kälte herauf, um sich gegen meine zu legen. Ich konnte so wenig von ihm erkennen – sein Gesicht, sein Haar, seine Hand. Der Rest waren einzelne kurze Farbstiche, die aus der Tiefe des Wassers aufblitzten.

Tränen strömten über mein Gesicht, gefroren im Fallen und sprangen wie kleine Perlen über das Eis.

»Corbet«, flüsterte ich. »Bist du tot?«

Seine Stimme schien von einem unendlich fernen Ort zu kommen. »Nein.«

»Kannst du aus der Quelle herauskommen?«

»Näher als hier kann ich nirgendwo an dich herankommen. Rois, woher wusstest du, dass du hier nach mir suchen konntest?«

»Ich habe dich schon einmal hier gefunden«, sagte ich benommen. »Ich kann dich in Wasser sehen, ich kann dich in Licht sehen. Ich weiß nicht, wie. Und ich weiß nicht, wie ich zu dir gelangen kann. Wenn ich das Eis breche …«

»Du kannst nicht mit einem Stein in ihre Welt brechen. Das weißt du.« Unter dem Eis spiegelten seine Augen Wintergrau und Schatten wider; ich durfte das Grün nicht vergessen. »Rois, lass mich hier zurück.«

»Nein.«

»Sie hat meinen Vater getötet.« Der in seinem Gesicht festgefrorene Ausdruck zersplitterte und ich sah ein plötzliches Aufblitzen von Farbe. »Er hat meinetwegen gekämpft.«

»Ich weiß.« Meine Hand drückte gegen das Eis, als ob mein Wünschen es erwärmen und schmelzen könnte, als ob sein Gesicht da wäre, wenn ich Wasser berührte. »Sie hat ihn in unserer Welt zurückgelassen. Ich fand ihn am Kamin neben mir, als ich aufwachte.«

Er ließ einen leisen, gequälten Laut hören, als ob er plötzlich die brennende Kälte spürte. »Sie ließ ihn dort zurück? In jenen zwei Räumen?«

»Er sieht immer noch … er sieht aus wie in eurer

Welt. Ihrer Welt. Die ältesten Dörfler sagen, sie erkennen ihn.«

Er schloss die Augen. »Sie hält ihn noch unter ihrem Zauberbann.«

»Man sucht nach dir. Du bist verschwunden, genau wie dein Vater, und hast einen Toten in deinem Haus zurückgelassen.«

»Nial Lynns Fluch.« Er sah mich wieder an, seine Augen schwer, bitter. »Sie hinterließ mir das also für meine Rückkehr, für den Fall, dass ich sie verlasse. Glaubt man, dass ich ihn getötet habe?«

»Niemand weiß, was er glauben soll.«

»Das ist unwichtig. Ich hätte ihn ebenso gut töten können; ich zwang sie dazu.«

»Nein ...«

»Wir wären immer noch bei ihm, du und ich, und er wäre am Leben, wenn er nicht mit ihr gekämpft hätte. Sie kennt dich jetzt. Wenn ich ihr Versprechungen mache, lässt sie dich vielleicht in Ruhe.«

»Was für Versprechungen?«, fragte ich. Er zögerte, suchte nach Worten. Ich fand sie für ihn. »Immer bei ihr zu bleiben? Zu vergessen, dass du je versuchtest Mensch zu werden oder dass dein Vater bei dem Versuch dich frei zu bekommen starb? Sie würde mich vielleicht in Frieden lassen, aber du wirst es nicht, weil ich dich in jedem Lichtstreifen suche. Ich werde dorthin kommen und dich holen.«

»Rois«, hauchte er. »Sag das nicht an diesem Ort.«

»Vielleicht findest du nie wieder einen Weg in diese Welt, wenn ich es nicht tue. Wie kann ich das Laurel erklären?«

Sein Gesicht wurde still, leuchtend in dem dunklen Wasser. »Laurel.«

»Sie steht am Fenster und wartet auf dich. Sie will nicht essen, sie weint in der Nacht, sie erinnert sich kaum noch daran, wer Perrin ist. Sie ist wie verzaubert, nur kennt und will sie nicht länger Liebe, sondern Leid.«

Schweigend blickte er zu mir auf; einen Augenblick lang fragte ich mich, ob sie ihn in sein eigenes Spiegelbild verwandelt hatte. Dann sah ich, wie er erschauerte. »Es ist mein Fehler. Ich versuchte wie ein Mensch zu lieben ... Laurel erwartete das. Ich gab vor zu sein, was sie wollte, wofür sie mich hielt. Ich log zu gut.«

Meine Hand umschloss Kälte; ich bebte, aber wenn ich meine Hand vom Eis wegnahm, würde er möglicherweise verschwinden. »Du hast uns beide belogen. Ich glaubte dir ...«

»Du hast mich gesehen.« Seine Stimme klang plötzlich rau vor Schmerz. »Dir konnte ich nie etwas vormachen ... du sahst mich zu gut.«

»Ich weiß nicht, was ich sah. Ich glaubte zu wissen, was du warst, wer ich war, aber du hast dich unter meinen Augen verändert und Laurel ebenfalls und auch der Wald und ich weiß nicht mehr, was ich bin, außer einer Frau, die zu viel sieht.«

»Ich weiß. Ich habe es immer gewusst.«

»Was hast du immer gewusst?«

»Dass du mit den Augen des Waldes siehst.«

Ich musste Feuer schlucken, bevor ich sprechen konnte. Eine ihm entgegengestreckte Hand schien das Einzige, was ich an mir erkannte; der Rest schien so weit vom Menschlichen entfernt, dass niemand von meinen Bekannten mich je wieder erkennen würde. »Du siehst also ...« Ich musste neu ansetzen.

»Du siehst also, warum ich dich nicht hier zurücklassen kann. Warum ich nicht von dir fortgehen kann. Du bist mein Schatten, das Einzige, wovor ich in der Menschenwelt nicht schnell genug davonrennen, dem ich nicht entkommen kann. Du kanntest mich, bevor ich mich selbst kannte.« Meine Hand öffnete sich neben seinem Gesicht. »Ich brauche dich.«

»Du musst vorsichtig sein«, flüsterte er. »Du musst so vorsichtig sein. Sogar einen anderen zu brauchen ist ein Weg zu ihr.«

»Ich weiß. Aber wenn ich mich von dir abwende, wohin soll ich dann gehen, um Laurel zu finden? Sag mir, wie ich vorsichtig sein kann. Sag mir, wie ich nicht sehe, was mein Herz sieht. Sag mir, wie ich ohne euch beide leben kann.«

Er schwieg; ich sah, wie er Atem sammelte und ihn ausstieß, ein perlender Nebel, der das Wasser erfüllte und ihn umfloss, bis ich kaum noch seine Hand sehen konnte, die sich immer noch meiner unter dem Eis entgegenstreckte. »Corbet«, schrie ich und spürte die Kälte, als ob der Nebel in meine Knochen gesickert wäre. Als er mein Herz berührte, drehte ich mich plötzlich um; eine Dornenranke ergriff meine Kapuze, eine andere umschlang meine Schulter.

»Rois«, sagte sie. Sie trug glitzernde Luft und wirbelnden Schnee und einen Mantel aus kleinen, lebenden Tieren in ihrem weißen Winterkleid. Lächelnd streichelte sie ein oder zwei, ihre Augen waren weit aufgerissen und voller Entsetzen, ihre Schreie stumm. »Ich weiß, was dein Herz sieht. Ich werde es dir zeigen.«

»Wer bist du?«, flüsterte ich. Die Kälte riss mich auseinander, die Dornen verstärkten ihren Druck auf mich. Sie war etwas Wildes in meinem Wald, das Glitzern eines Auges in einer lichtlosen Nacht, der gestaltlose, im Schatten eines Baumes gefangene Schatten, den der Mond enthüllt. »Wer bist du?«

»Ich bin die Nacht«, sagte sie und sie war es. »Ich bin das Lied des Winters« und ich hörte es. »Ich bin der Schatten des blutroten Mondes und aller Winde, die auf ihm Ernte halten.« Ich fühlte sie. »Ich bin der tiefste Winter.«

Sie hatte das Gesicht meiner Mutter.

19

Salish, Furl Gett und Willom Travers fanden mich zwischen Bäumen stolpernd und fuhren mich nach Hause. Zwischen Bierschwaden und nasser Wolle auf dem Schlitten verpackt, beobachtete ich, wie sich der dunkle Wald langsam hinter uns verschloss und seine Geheimnisse hütete. Die Suchmannschaft ließ verbittert und verblüfft den letzten Rest Bier herumgehen und versuchte aus Bruchstücken eine Geschichte zusammenzusetzen.

Es war Corbet Lynns Bruder, mit dem Gesicht ihres gemeinsamen Vaters und der Bosheit ihres Großvaters, der gekommen war, um mit Corbet gewaltsam einen Streit wegen der Erbschaft herbeizuführen.

Es war nur irgendein Fremder, der Pferd und Weg verloren hatte, vor dem Sturm ins Haus gekrochen und dort neben der ersterbenden Glut zusammengebrochen war.

Corbet Lynn war der wieder geborene Nial Lynn –

das konnte man an seinem Gesicht erkennen – und der Fremde an seinem Kamin war ein ahnungsloser Verwandter, der das Pech gehabt hatte, Tearle ähnlich zu sehen, als er in der Nacht des Fluches nach Lynn Hall kam.

Corbet Lynn war ein großzügiger Mann, der keiner Fliege etwas zu Leide tat – man brauchte sich nur anzusehen, wie er Crispin und Aleria half –, und der Fremde, der aus der Kälte hereingekommen war, hatte Corbets Freundlichkeit ausgenutzt, indem er während dessen Abwesenheit in seinem Haus tot umgefallen war.

Sowohl Corbet als auch der Fremde waren Geister – man brauchte nur daran zu denken, dass beide aus dem Nichts kamen und ohne Bindungen waren –, die sich am Vorabend des Fluchs aus ihren Gräbern erhoben hatten, und dieses Mal hatte Nial sich nach einem schrecklichen Kampf, bei dem alle Kerzen im Haus umgeworfen worden waren, an seinem Sohn gerächt.

Corbet war direkt vor dem Sturm in geschäftlichen Angelegenheiten aufgebrochen und hatte nicht die geringste Ahnung von dem, was er bei seiner Rückkehr zu Hause vorfinden würde.

Corbet Lynn war ein Mann, der vom Tag seiner Geburt an verflucht war, seines Vaters Mord zu wiederholen und wie sein Vater zu verschwinden, und es war ein unglücklicher Zufall für den Fremden, dass er in jener schicksalhaften Winternacht an Corbets Tür auftauchte.

»Corbet würde nie jemanden töten«, beharrte Salish. »Selbst wenn er verflucht wäre. Und sowieso hat Rois gesagt, dass Corbet überhaupt nicht dort war.«

»Rois hat geschlafen«, wandte Willom ein, der Gewalt und Geheimnis wollte, um sich den Winter zu vertreiben.

»Sie würde doch nicht während eines Mordes weiterschlafen. Nicht, wenn rundherum Dinge kaputt gingen. Was meinst du, Rois? Ihr seid seine Nachbarn. Ihr kennt ihn.«

»Der Fremde ist an Kälte gestorben«, sagte ich knapp. Ich konnte kaum denken, nicht einmal, um Corbets Ruf zu retten. »Blane sagte, das könne zutreffen. Corbet ist geschäftlich unterwegs und kann wegen des Wetters nicht zurück.«

Wenig überzeugt blickten sie einander und dann mich an. *Du weißt etwas*, sagten mir ihre Augen. *Niemand könnte dabei weiterschlafen.* Willom schüttelte den Kopf und lenkte den Schlitten in unseren Hof.

»Warum war der Fremde so angezogen? Als ob er gekommen wäre, um zu bleiben, und nicht einfach an der Tür aufgetaucht wäre? Warum sonst ließ Corbet sein Haus und seinen Stall offen, wenn nicht deshalb, weil er zu überstürzt aufgebrochen ist, um sich noch darum zu kümmern, und nie mehr zurückkommen wollte? Und warum sieht der Fremde aus wie Corbets Vater?«

»Niemand weiß das außer unseren Omas«, sagte Furl Gett. Er verkorkte das Bier und zog mich aus dem Durcheinander aus Pelzen und Schneeschuhen. »Und die sehen einfach, was ihnen passt. Die Wahrheit ist, dass wir nicht wissen, wonach wir suchen oder was wir unter dem Schnee finden werden. Aber irgendetwas ist dort begraben und wenn es nur ein totes Pferd ist. Irgendetwas ist da versteckt.«

Mein Vater knurrte mich an, als ich hereinkam; Laurel pflückte die Verzweiflung aus meinem Gesicht und wandte sich ab.

»Sie haben nicht ...?«, fragte unser Vater, als ich meinen Umhang aufhängte.

»Nein.«

»Gibt es irgendwelche ...?«

»Nein.«

Nach dem Abendessen saß ich nah am Feuer und versuchte brütend, den Frost aus meinem Herzen zu wärmen. Ich sah weiterhin das Gesicht meiner Mutter, erkannte es oder glaubte es zu erkennen. Vielleicht war es eine Lüge, ein Widerschein meines eigenen Gesichts mit ein paar subtilen Veränderungen. Ich hatte solche Tricks zuvor gesehen. Aber ich konnte nicht aufhören über meine Mutter nachzudenken und darüber, wonach sie in ihrem letzten Winter Ausschau gehalten hatte, so wie Laurel es jetzt tat. Sie starb vor Sehnsucht nach dem Frühling, sagte unser Vater. Hätte sie gewusst, dass der Frühling, den sie wollte, zu ihr zurückkehren würde, hätte sie gewartet. Aber jener letzte Winter sagte ihr, dass eine solche Jahreszeit nie wieder käme, nicht in ihrer Welt. Deshalb war sie woanders hingegangen.

Wie weit, fragte ich mich mit blankem Entsetzen, war sie gegangen?

»Du siehst«, sagte unser Vater unvermittelt und die Gedanken aus meinem Kopf pflückend, »deiner Mutter von Tag zu Tag ähnlicher. Außer dass ihr Ausdruck lieblicher war.«

Wieder runzelte er die Stirn. Neben ihm nahm Laurel die Tasse Tee, die ich ihr bereitet hatte, auf und nippte daran wie ein Vögelchen.

»Du sagtest, dass ich meiner Mutter nicht ähnlich sei.« Ich spürte die kalte Angst in meinen Fingern, meinem Gesicht, aber irgendwie sprach ich ruhig. »Dass sie nie wild im Wald herumlief. Sie hätte sich nie in Rosen verfangen. Sie wäre nicht einmal nach Einbruch der Dämmerung noch draußen geblieben.«

»Stimmt«, gab er zu. Irgendwie tröstete ihn das nicht. »Aber du wohl, deshalb bin ich nie sicher, was du als nächstes tun wirst. Wenigstens liegst du nie schwach und stumm da und starrst aus dem Fenster, auf der Suche nach jemandem, der nie kommt.«

Ich hörte die unausgesprochenen Worte in seiner Stimme: *Nach etwas, das ich ihr nicht bringen konnte, obwohl ich ihr alles gegeben hätte.* Ich sah ihn genauer an, die vertrauten Furchen und Hügel in seinem Gesicht, seine runden rauchfarbenen Augen, die einfache Dinge wahrnahmen, denen er einfache Namen gab.

Bin ich dein Kind?, fragte ich ihn stumm, drängend, mit zusammengepressten Lippen, damit die Worte nicht herausbrachen. *Oder bin ich das Kind des Waldes?*

Aber er wusste nicht, wie er solche Fragen hören sollte. Er konnte ihr nicht den Frühling bringen, glaubte er, und deshalb starb sie.

»Gab es einen Namen dafür?«, fragte ich leise und versuchte mit fester Stimme zu sprechen. »Woran sie starb?«

Er schüttelte den Kopf, den Blick aufs Feuer gerichtet und Erinnerungen sehend. »Der Apotheker konnte dem keinen Namen geben. Sie schien nicht zu leiden. Sie sagte ihm jedoch etwas, das er mir erst später erzählte. Danach. Dass sie sich in dieser Welt einfach nicht wohl fühlte.« Verstört hob er den Blick. »Welche andere Welt wollte sie denn? Von welcher Welt träumte sie? Darin bist du wie sie«, fügte er anklagend hinzu. »Du träumst zu viel. Du legst zu viel in Dinge hinein; du kommst ihnen zu nahe, machst etwas anderes aus ihnen. Phantasie.« Mit grimmiger Befriedigung stürzte er sich auf dieses Wort. »Du hast zu viel davon. Wie jeder hier im Winter. Zu viel Kälte und zu viel Bier. Die Leute fangen an Flüche zu hören und Geister zu sehen.«

»Etwas ist in Lynn Hall passiert«, sagte Laurel, uns aufschreckend. Sie hatte ihre stillen Augen vom Fenster auf sein Gesicht gerichtet. »Was, glaubst du, ist passiert?«

Er schwieg und betrachtete seine Pfeife, bevor er sie anzündete. Schließlich sagte er: »Ich glaube, die ganze Aufgabe war Corbet über den Kopf gewachsen – diese alte Ruine wieder aufzubauen. Der Winter hat ihn zu Verstand gebracht und er ist dorthin zurückgegangen, wo er herkam. Der Fremde war einfach nur ein Fremder, verirrt und halb erfroren, und er starb eines natürlichen Todes und vergoss rein zufällig Blut am Ort eines Mordes, der ein halbes Jahrhundert zurücklag. Das ist meine Meinung.«

Aber er runzelte unsicher die Stirn über dem Rauch, den er ausstieß. Laurel stand plötzlich auf und ihr Leinen und die Nadel glitten unbeachtet zu Boden. Ich hob sie auf; sie wandte sich unruhig zum Fenster und blickte in die klagende Dunkelheit. Ich sah mit ihr hinaus, lauschte auf den unbarmherzigen Wind, der den Namen unserer Mutter rief, und fragte mich, ob auch Laurel ihn hörte.

In der Nacht träumte ich von Corbet, der in der

Quelle gefangen war. Ich konnte das Eis zwischen uns nicht zerbrechen, aber meine Hand drang hindurch, als ob ich aus Luft wäre, und er langte durch die tödliche Kälte zu mir hinauf. Ich packte ihn und als ich unsere Hände aus dem Eis herauszog, sah ich, dass der Winter unsere Finger blank gekratzt hatte; wir hielten die Knochen des anderen.

Nach dem Aufwachen konnte ich nicht still sitzen, konnte nicht nachdenken. Als mein Vater nach dem Frühstück den Schlitten anspannte, um Beda ins Dorf zu bringen, bat ich ihn inständig, mich fahren zu lassen. Sie wollte einen Tag bei der Familie ihrer jüngeren Schwester verbringen, hatte sie gesagt, um zu klatschen und ihnen eine Mahlzeit zu kochen, die sie genießen würden, anstatt sie vor Sorgen zu zerkrümeln. Ich würde sie zum Haus ihrer Schwester bringen, versprach ich meinem Vater, und beim Apotheker anhalten und dann so schnell nach Hause kommen, dass ich mir bei der Hinfahrt noch begegnen würde. Er machte sich nicht die Mühe, mich zu fragen, warum ich zum Apotheker wollte. Wenn es irgendwo Neuigkeiten von Corbet gab, dann dort.

Aber ich ging nicht dorthin, um über Corbet zu sprechen.

»Sie kannten meine Mutter«, sagte ich zu Blane. »Sie versuchten ihr zu helfen in jenem Winter, als sie starb.«

Er sah mich schweigend an. Da sein Laden gerade leer war, mischte er Öl, Rosenwasser und getrocknete Blätter gegen jemandes Erkältung. Ich roch Wintergrün und Süßholz. Ich hatte mir noch nie Gedanken über sein Alter gemacht; er war schon immer in meinem Leben gewesen. Aber als ich zusah, wie sein

Gesichtsausdruck sich veränderte, plötzlich von Erinnerungen heimgesucht wurde, erspähte ich das Gesicht, das meine Mutter gekannt haben musste. Er war nicht älter als mein Vater, erkannte ich. Sie waren damals noch jung gewesen, als sie den Winter hindurch zusahen, wie ihre Jugend langsam starb.

»Ja«, antwortete er schließlich. »Was ist es, Rois? Was willst du mich fragen?«

»Warum sie starb. Niemand scheint es zu wissen.« Er wartete mit stillen Händen, bis ich ihm mehr gab. »Laurel und mein Vater sagen beide, ich sähe aus wie sie. Ich habe beide gefragt, woran sie starb; sie konnten es mir nicht sagen. Winter. Das ist alles, was mein Vater weiß. Sie starb am Winter. Ich erinnere mich nicht an sie. Ich wünschte es mir so sehr. Sie versuchen mir von ihr zu erzählen; sie versuchen meine Fragen zu beantworten. Aber ich verstehe die Antworten nicht. Die Leute sterben an Unterkühlung und Krankheit, sie sterben nicht am Anblick einer Jahreszeit.«

Seine Hände setzten sich wieder in Bewegung, maßvoll, mahlend. »Ich weiß auch nicht viel mehr«, sagte er langsam. »Wenn ich dem Grund für ihren Tod einen Namen hätte geben können, wäre mir einiger Kummer erspart geblieben. Es war schlimm, nicht zu wissen, wie ich helfen konnte, nicht zu wissen warum.«

»Hat sie Ihnen etwas gesagt?«

Er sah wieder in die Zeit zurück; ich erblickte Bestürzung und Trauer, aber nichts Verheimlichtes, nichts, was hinter seinen Augen verschlossen war. »Sie wollte einen anderen Ort«, sagte er endlich, »der nicht das Leben war. Wir haben nicht so viele Wahlmöglichkeiten: Wir haben diese Welt oder wir haben sie nicht. Sie verlor das Interesse an ihr.« Er schüttelte mehr Blätter in seinen Mörser. »Natürlich war es eine Art Krankheit. Vielleicht hätte jemand mit mehr Erfahrung sie erkannt. Aber ich hatte so was nie zuvor gesehen und ich habe es seitdem nicht mehr gesehen.« Er hielt inne und betrachtete mich aufmerksam. »Du siehst aus wie sie. Sehr. Kein Wunder, dass du Erinnerungen aufrührst. Ich wünschte, ich hätte eine bessere Antwort. Ich hatte damals gerade erst angefangen selbständig zu arbeiten; mein Vater war bettlägerig geworden und hatte mir alles überlassen. Ich hatte noch nicht die Erfahrung gemacht, dass ich nicht für alles ein Heilmittel hatte. Ich hatte kein Heilmittel für das Leben.«

Tränen der Trauer und Enttäuschung brannten hinter meinen Augen, weil ich sie nie kennen gelernt hatte, weil niemand sie je kennen gelernt hatte. Ich hielt das Weinen zwanghaft zurück. »Danke.«

Er schüttelte den Kopf, ohne mich anzusehen. »Wie geht es Laurel?«

»Nicht schlechter.«

Da sah er mich an. »Aber auch nicht besser.« Er richtete sich auf, vielleicht um etwas anzudeuten; die Tür ging plötzlich auf. Crispin, dem es trotz Ehe, Vaterschaft oder dem Wetter keineswegs schlechter ging, kam herein und zog eine Duftwolke aus Pfeifenrauch und Bier hinter sich her. Er hatte für mich das süße, großzügige Lächeln, das er immer noch für jede Frau übrig hatte, die noch ihre zweiten Zähne besaß.

»Rois.«

Blane griff nach einem Gefäß und goss ein brodelndes Gebräu hinein. »Sag deinem Großvater, er soll das und nicht Schnaps zum Tee trinken. Hat man unseren Mord schon im Gasthaus aufgeklärt?«

Crispins Lächeln schwand und hinterließ eine Falte zwischen seinen hellen Brauen. »Wir haben uns zu erinnern versucht …«, sagte er, dann blieb er einen Moment stehen bei dem Versuch sich zu erinnern, woran sie sich zu erinnern versucht hatten. »Oh. Was hat Corbet gesagt, wo er früher lebte, bevor er herkam? Wissen Sie das?«

»Ich habe ihn nie gefragt«, sagte Blane.

»Offensichtlich hat das niemand getan. Aber irgendjemand muss gefragt haben. Alle glaubten das zu wissen, bis zu dem Zeitpunkt, als sie gefragt wurden. Er muss es doch jemandem gesagt haben.« Crispin wandte sich hoffnungsvoll an mich. »Rois. Du musst das wissen. Ihr wart Nachbarn.«

»Er hat es nie gesagt.«

»Du meinst, ihr habt nie gefragt?«

»Vielleicht doch. Aber ich erinnere mich nicht an seine Antwort. Du hast ihn öfter gesehen als jeder andere …«

»Ich dachte ja auch, ich wüsste es«, antwortete er schlicht. »Ich dachte, wir wüssten es alle.«

»Genauso wie wir alle wussten, dass sein Vater tot war«, sagte ich, ohne nachzudenken.

Er sah mich nur ausdruckslos an. »Er *ist* tot. Deswegen kam Corbet doch her. Niemand«, fügte er eine Spur herausfordernd an den Apotheker gewandt zu, »kann mir erzählen, dass Corbet Lynn irgendwo irgendwen aus irgendeinem Grund getötet hat. Ich habe mit ihm gearbeitet, ich habe ihn kennen gelernt …«

Blane unterbrach ihn geduldig. »Jemand soll nach ihm an dem Ort suchen, von dem er kam, stimmt's?«

»Ja.« Er blinzelte Blane einen Augenblick an. »Ja. Nur kann niemand genau einen Finger darauf legen, wo ...«

»Und doch ist es eine gute Idee.«

»Ja«, stimmte Crispin zu. »Ich habe daran gedacht. Und ich werde auch gehen, sobald es irgendjemandem einfällt, ganz egal, wie das Wetter ist. Er war freundlich zu uns, zu Aleria und mir. Ich glaube nicht, dass er jemanden getötet hat, ich glaube nicht, dass er tot in einem Graben liegt, und ich glaube auch nicht, dass Nial Lynns Geist irgendetwas damit zu tun hatte.«

Die Stirn des Apothekers zuckte. Er reichte Crispin das Gefäß und fügte den Namen des Großvaters einer Liste nicht abgeschlossener Fälle hinzu. »Was glaubst du denn?«, erkundigte er sich neugierig.

Auch ich wartete auf die Antwort. Aber Crispin schien es nicht zu wissen.

»Er ist plötzlich gerufen worden. Und dann kam zufällig dieser Fremde, der Schutz vor dem Sturm suchte, in sein Haus ...«

Der Fremde aus dem Nirgendwo ohne ein Pferd ... Ich wandte mich zu Blane um, der mit seinem Stößel beschäftigt war. »Danke«, sagte ich noch einmal. Er runzelte leicht die Stirn, gedankenverloren, wie gegenüber einem alten und vertrauten Schmerz.

»Komm mich wieder mal besuchen«, sagte er. »Lass mich wissen, wie es Laurel geht.«

»Das werde ich. Auf Wiedersehen, Crispin.«

Wie die Sonne durch Wolken brach jenes Lächeln wieder aus ihm hervor, das einen wärmt, obwohl es überhaupt nichts mit einem zu tun hat. Dann ließ er das Gefäß in seine Tasche gleiten und beugte sich über den Tresen. »Jedenfalls ... also der Fremde ist fast tot vor Kälte und er sieht Rois verglimmendes Feuer ...«

Ich schloss die Tür.

Da sah ich sie. Sie stand still wie ein Baum mit einer weißen Eule auf ihrer Schulter, wo in fröhlicheren Jahreszeiten die Schafe auf der grünen Weide grasten. Sie trug einen Mantel aus weißen Federn, der sie vom Hals bis zu den Füßen bedeckte. Nur ihr Haar umflatterte sie frei, von Winden zerzaust, die kein Mensch an diesem tödlich stillen Morgen spüren konnte.

Sie hatte die Augen geschlossen. Die Eule öffnete ihre Augen und sah mich an. Sie waren so golden wie die Sonne, die ich nur aus der Erinnerung kannte.

Sie stellte ihre mir vertraute Frage.

Ich schloss die Augen. »Ich weiß es nicht«, hörte ich mich flüstern. »Sag du es mir.«

Als ich die Augen wieder öffnete, stand dort nur ein Baum im Schnee, in dessen dunklem, luftigem Ästegewirr eine weiße Eule schlief.

20

Ich erschuf sie mir aus jeder Schneewehe, während ich nach Hause fuhr; ich wünschte sie aus Luft und Wolken zu mir herbei, damit sie die stämmigen, sanften Zugpferde über die Grenzen dieser Welt hinaus lenkte, an den Ort, wo Rosen sich unter Wasser öffneten und weiße Eulen mit menschlichen Stimmen sprachen. Dort würde sie mir erzählen, was niemand sonst zu wissen schien. Aber weil ich sie herbeiwünschte, kam sie nicht; die Pferde folgten ihren eigenen Spuren heimwärts und bogen in den Hof ein.

Dort sah ich meinen Vater, der seinen gefrorenen schmutzigen Weg zur Scheune neu schaufelte und ihn vor dem nächsten Sturm nahe über dem Boden ausschälte. Ich spannte die Pferde aus, ließ aber den Schlitten draußen, damit mein Vater später noch Beda nach Hause holen konnte. Als ich die Pferde zu ihren Boxen brachte und mich umdrehte, sah ich ihn im Rahmen der offenen Scheunentür. Müde und aus der Puste stützte er sich auf die Schaufel. Hinter ihm stand Laurel am Fenster und beobachtete die fernen Felder.

Ich schloss die Augen, drückte meine Hände gegen sie, gegen die Ängste, die wie Krähen im Sturzflug durch meinen Kopf kreischten. Ich konnte das Schweigen in diesem Haus nicht ertragen, die Einsamkeit, die Laurel hinter sich zurückließ, wenn sie uns auf ihrem Weg aussperrte. Ich wusste nicht, was ich für irgendjemanden von uns tun konnte, außer eine andere Schaufel zu suchen, die an einem Nagel hing, und mich meinem Vater auf dem Weg entgegen zu arbeiten.

Er hielt einen Augenblick inne, schockiert, mich bei der Arbeit zu finden. Ich war keine besondere Hilfe; wie ich mich auch anstrengte, ich konnte mir den Weg nicht über die Welt hinaus freischaufeln oder auch nur über meine eigenen Gedanken hinaus. Aber mein Vater machte keine Bemerkung. Als er sich mir näherte, hörte ich sein schwaches, keuchendes Pfeifen.

Schließlich trafen wir unweit der Scheune aufeinander. Wieder stützte er sich auf seine Schaufel und sah mir zu, wie ich keuchte.

»Was hat dich denn gepackt?«, fragte er sanft, eine gerechte Frage, da ich nur eine vage Vorstellung davon hatte, welches Ende der Schneeschaufel nach oben gehörte. Ich zuckte mit den Schultern und wich seinem Blick aus.

»Du siehst müde aus«, sagte ich.

»Das war ich«, gab er zu. Seine Hand, die in einem Handschuh steckte, streckte sich nach mir aus und schob ohne Umschweife und ungelenk eine Haarsträhne wieder unter meine Kapuze. »Komisch, wie viel besser man mit jemandem arbeiten kann, der hilft. Ich habe dich noch nicht zurückerwartet. Ich dachte, du wärst irgendwo unterwegs auf der Suche nach Corbet oder nach Botschaften oder Rosen oder so was.«

Ich schüttelte den Kopf. »Mir sind die Orte ausgegangen, an denen ich noch suchen könnte.«

»Keine Neuigkeiten im Dorf?«

»Nein.«

Stirnrunzelnd klopfte er mir mit ausgestrecktem Arm leicht und tröstend auf die Schulter. »Merkwürdig. Man sollte doch annehmen, dass irgendjemand nach dem Toten suchen würde ...« Er verstummte; plötzlich starrte er zu Laurel im Fenster hinüber. Ich sah, wie seine Hände die Schaufel fester packten, und hörte sein erschrockenes Atmen. Er murmelte etwas, das ich nicht mitbekam; vielleicht belegte er Nial Lynn mit seinem eigenen Fluch.

Aber das war nicht das Gespenst in seinem Kopf. »Einen Moment lang habe ich deine Mutter gesehen«, sagte er rau. »So wie deine Schwester dort steht ... Wenigstens weiß ich bei Laurel, wonach sie Ausschau hält. Ich wünschte, sie würde sich da herausziehen. Soll ich vielleicht Perrin herholen? Würde ihr das helfen?«

»Ich weiß nicht.« Dann spürte ich die Kälte, die aus der Erde in meine Knochen stieg. »Sie könnte ihn nur wieder verletzen.«

»Vielleicht vermisst sie ihn, ohne es zu wissen.«

Das bezweifelte ich. »Vielleicht.«

»Sie kann so nicht weitermachen. Immerzu über

den Winter grübeln und nichts essen.« Einen Atemzug lang grübelte er über sie nach, dann griff er nach meiner Schaufel, während er sie weiter ansah. »Sie sieht aus wie … sie tut das Gleiche wie …« Aber er konnte es nicht sagen. Sein Mund wurde schmal und verkniffen; er klemmte sich die Schaufeln unter den Arm. »Ich gebe ihr noch ein oder zwei Tage«, murmelte er. »Aber nicht mehr. Nicht den ganzen Winter.«

Immer noch blieb er stehen; fröstelnd bewegte er sich, konnte sich aber offenbar nicht von Laurel abwenden. Durch sie blickte er auf seine eigene Vergangenheit, das wusste ich und ich konnte ihm nichts Tröstliches sagen; ich konnte nur im Schnee angefroren dastehen, entsetzt über das, was er dort finden mochte.

Schließlich berührte ich ihn und er sah mich mit einem Ausdruck an, den ich nie zuvor gesehen hatte. In dem Augenblick erkannte er mich nicht. Er richtete den ausdruckslosen, unpersönlichen Blick eines Fremden auf mich, als ob er nicht wüsste, wessen Kind ich war oder woher ich in sein Leben getreten war. Er drehte sich um und ging von mir weg in die Scheune.

Zitternd wartete ich und blinzelte Tränen zurück, unfähig mich zu bewegen. Ich fragte mich, ob ich noch einen Namen hatte, ein Heim, einen Vater oder ob er gesehen hatte, was ich sein musste, und mich aus seinem Herzen ausgeschlossen und zur Waisen gemacht hatte. Einen Augenblick später kam er wieder heraus, schloss die Scheunentür und plötzlich war sein Gesicht wieder vertraut: freundlich, eigensinnig, verdutzt.

»Danke, Rois. Jetzt geh aber hinein, bevor du erfrierst.«

In dieser Nacht träumte ich, dass Gold aus einer schlanken Hand fiel, Gold, das im Fallen immer heller wurde, bis es wie die Sonne in der Nacht glühte. Jemand ließ das Gold fallen; jemand anderes sah zu, wie es fiel. Ich sah keine Gesichter, aber im Traum wusste ich, dass ich das Gold fallen ließ, dass ich ihm beim Fallen zusah …

Kurz bevor ich erwachte, sprach der Wind zu mir.

Ich verstand ihn im selben Augenblick, alle seine wilden Lieder, sein Murmeln und Kreischen, seine Warnungen. *Gold*, sagte er, so deutlich, dass ich das Wort aus den Träumen in den Morgen mit hinüber nahm. *Gold*, sagte ich zu mir, als ich die Augen öffnete und mich so heftig an das Wort klammerte, als wäre es die Antwort auf alle Zauberformeln des Windes, das Wort, das uns aus unserer verzauberten Welt befreien konnte.

Aber in der frostigen grauen Morgendämmerung verwandelte sich Gold in nichts; die Welt blieb unverändert. Laurel trieb wie eine stille, farblose Motte von Fenster zu Fenster. Manchmal stand ich bei ihr und versuchte zwischen den Bäumen Lynn Hall zu erkennen. Wenn ich mich entschied zu gehen, würde der Winter mich dort treffen, sie würde mich in ihr Herz holen, mir zeigen, was ich wissen wollte. Sie hatte das Gold fallen lassen, sie hatte es fallen sehen … Aber wenn ich dieses Haus verließ, würde ich vielleicht nie mehr zurückkommen, überlegte ich schonungslos. Vielleicht sähe ich zu viel, auf eine Weise, die alles, was ich kannte, veränderte. Sogar Corbet konnte sich in meinen Augen, in meinem Herzen verwandeln.

Wie er wäre ich zwischen den Welten gefangen … Immer wieder gingen meine Gedanken über die Felder hinüber; ich blieb neben Laurel stehen, stumm und ängstlich, während Einzelne aus der Suchmannschaft um Lynn Hall herum auftauchten und verschwanden, die einzigen Bewegungen in der Welt.

Perrin kam an diesem Nachmittag herüber geritten. Ich wusste nicht, ob unser Vater ihm eine Nachricht geschickt oder ob er selbst in der verzauberten Art von Liebenden ihren Namen zusammen mit seinem gehört und seine Axt oder seine Ledernadel weggelegt hatte, um zu ihr zu kommen. Laurel sah ihn vom Fenster aus, sodass sein Klopfen an der Tür für sie keinen Moment von Geheimnis oder Hoffnung darstellte. Sie drehte sich um und setzte sich, nahm ihre fremde Stickarbeit ohne das geringste Interesse auf, als ob er Salish wäre, der ein Dutzend Flaschen Wein aus dem Gasthof anlieferte. Ich öffnete die Tür. Perrin lächelte mir kurz zu, sein winterblasses Gesicht wurde plötzlich noch weißer, als er Laurel sah.

Sie war dünner geworden, farblos, ihre Bewegungen ziellos und ohne Energie. Aber die Unnahbarkeit in ihren Augen, als wären wir alle kaum sichtbar, als ob sie sich nicht erinnern könnte, dass sie je Perrin geküsst hatte oder warum, beunruhigte uns am meisten. Ich empfand den Schock, der durch Perrin ging; einen Augenblick lang konnte er sich nicht rühren oder atmen. Da sah ich sie mit seinen Augen und derselbe Gedanke sprang durch die aufgewühlte Luft um ihn herum auf mich über: Ihre Augen sahen bereits tot aus.

Ich bin der tiefste Winter.

»Laurel«, hauchte er und zerrte an seinen Umhangbändern; er warf den Umhang auf einen Haken und er fiel zu einem feuchten Haufen auf den Boden. Perrin ging zu ihr. Ich hängte seinen Umhang auf. Zu unruhig, um still dazusitzen, ließ ich sie allein und ging in die Küche, um für Bedas Eintopf Zwiebeln zu schneiden.

Aufgeregt fuhrwerkte Beda um mich herum; welchen Ärger ich ihrer Meinung nach mit einem Messer und einer Zwiebel auf mich ziehen konnte, konnte ich mir nicht vorstellen. Ich war zu beschäftigt damit, durch ihr ängstliches Umherflattern hindurch auf andere Stimmen zu lauschen. Nach einer Weile hörte ich die Stufen knarren. Ich hörte nicht das Schließen der Vordertür. Ich machte eine Tasse Tee und brachte sie Perrin, der allein war und ins Feuer starrte. Ich sagte seinen Namen. Er fuhr auf, beugte sich dann hinab, um ein Scheit auf die ausgehenden Flammen zu legen.

Ich gab ihm den Tee; er trank einen Schluck und in sein Gesicht kam etwas Farbe. Er blickte in die Tasse und zog eine Grimasse.

»Was ist das?«

»Kamille.«

»Ich dachte, es wäre Bier.« Er stellte die Tasse auf den Sims und sah mich aus immer noch verblüfften Augen an. »Das alles«, sagte er unsicher, »wegen Corbet Lynn. Ich wüsste gern, wie er das gemacht hat. Es muss doch einen Augenblick gegeben haben, als ich zwischen sie hätte treten und die Angelegenheit beenden können. Wo ich hätte sprechen sollen, anstatt auf der Flöte zu spielen, oder spielen sollen, anstatt zu sprechen, oder von Liebe sprechen sollen statt von Kühen ... Es ist so, als ob du einen Fluss hinunterschwimmst und plötzlich merkst, dass er die Richtung geändert hat. Er ist ohne dich irgendwohin gezogen und lässt dich zwischen Schlamm und Steinen stranden. Und du fragst dich, was passiert ist, wohin all das tiefe, süße Wasser geflossen ist.« Holz entzündete sich und knackte; hineinstarrend sagte er noch: »Ich würde Corbet Lynn gern umbringen. Wenn er nicht schon tot ist.«

Auf diese Sichtweise war ich noch nicht gekommen. »So einfach ist das nicht«, protestierte ich.

»Was ist es dann, wenn es nicht so einfach ist? Er hat mit ihren Gefühlen herumgespielt und wer weiß was noch? Für ihn war es einfach ein Spiel: Er wollte sehen, ob er sich nehmen konnte, was sie jemand anderem gab. Und als er ihre Aufmerksamkeit und ihr Herz gewonnen hatte, wurde sie ihm langweilig und ...«

»Er tötete jemanden und verließ sie.«

»Ich könnte es besser ertragen, wenn er ehrlich gewesen wäre. Wenn er jetzt an meiner Stelle hier wäre. Aber so zu verschwinden, ohne Botschaft, ohne Abschied, nichts, sie einfach so zurückzulassen ...«

»Ohne ein Wort, eine Botschaft, einen Abschied von irgendjemandem stieg er auf sein Pferd und ritt inmitten des schlimmsten Sturms, den wir je gesehen haben, fort? Weil ihm langweilig wurde?«

»Du warst da, Rois.« Mit seinen klaren, zornigen Augen fing er meinen Blick ein und hielt ihn fest. »Du warst da. Du hast dich selbst dorthin geträumt, sagtest du, und schliefst wieder ein, erwachtest dann und fandest einen Toten neben dir. Du hast den ganzen Winter hindurch alle Flüche ausgegraben; du hast

Corbet beobachtet in Erwartung eines Unglücks. Ich glaube, du schützt ihn. Vielleicht weißt du nicht, wo er ist, aber ich glaube, du weißt, was in jener Nacht in Lynn Hall geschah und warum ein Fremder dort starb. Ich glaube nicht, dass du deine Augen vor irgendetwas verschlossen hattest.«

Er war nahe dran, aber von der Wahrheit so weit entfernt wie jeder von uns.

»Ich habe ihn nicht sterben sehen«, sagte ich müde. »Glaubst du, dass ich sonst neben ihm hätte einschlafen können? Auch ich habe den Wald nach Corbet abgesucht.«

»Hast du den Fremden vor seinem Tod gesehen? War Corbet da, als er hereinkam?«

»Nein«, lautete meine Antwort auf die zweite Frage; die erste würde er nicht wissen wollen. Er zögerte, verwirrt und nicht überzeugt; ich lenkte von dem Thema ab. »Corbet ist monatelang hier gewesen, hat uns alle kennen gelernt, hat Leuten Arbeit gegeben, sogar Crispin zum Arbeiten gebracht. Es gibt niemanden, der ihn nicht mochte ...«

»Ich hätte ohne ihn leben können«, sagte Perrin gereizt. »Der Fremde vielleicht auch.«

»Du glaubst also, er war ein Fremder?«

»Na ja, er ist nicht Tearle Lynn, der nach fünfzig Jahren immer noch so aussieht ...«

»Und du glaubst, Corbet hat ihn getötet?«

»Nicht, wenn er ein Fremder war, der von der Kälte hereingeweht wurde. Wenn er ein Bruder, Cousin oder sonst was war, dann hatte Corbet vielleicht einen Grund.«

»Den Leichnam dort neben mir liegen zu lassen, wo das ganze Dorf davon erfahren konnte? Warum hat er ihn nicht einfach versteckt und mich nach Hause ins Bett geschickt?«

»Ich weiß nicht.«

»Oder wenigstens das Blut von seinen Händen gewaschen und Laurel einen Liebesbrief geschrieben, in dem er ihr seine Rückkehr nach ein paar Jahren versprach, wenn die Aufregung sich gelegt hätte?«

Er schwieg mit zusammengepressten Lippen. Er nahm den Feuerhaken auf und schlug einen Funkenregen aus einem Scheit. »Ich weiß nicht.« Dann ließ er seufzend den Haken fallen. »Es ist ein solches Durcheinander, all diese alten Geschichten, die wir ersonnen haben, kollidieren mit der Wahrheit, so wie wir sie kennen. Und Laurel mittendrin, gefangen zwischen Geschichte und Wahrheit. Manchmal glaube ich, dass er tot sein muss und sie in Wirklichkeit das sieht, wenn sie aus dem Fenster blickt: dass er nie mehr zurückkommt.«

Stirnrunzelnd blickte ich ins Feuer und meine Finger umschlossen fest meine Arme. »Unser Vater glaubt, dass sie das gleiche wie unsere Mutter tut. Dass sie im Winter dahinschwand, weil sie sich nicht erinnern konnte – sie konnte sich nicht entsinnen, wie man lebt. Oder warum.«

Seine Hand legte sich auf meine Schulter. »Ich erinnere mich an diese Zeit«, sagte er sanft. »Ein wenig. Ich erinnere mich, wie ich einst mit Laurel unter den Weinranken saß. Sie wollte nicht aus dem Wein hervorkommen und sie wollte nicht sagen, was nicht stimmte. Und dann sah ich einfach eure Mutter nicht mehr. Man versuchte es mir zu erklären, aber ich brauchte einige Zeit, um zu begreifen, dass der

Tod nicht auf den Feldern oder im Stall bei den Tieren blieb, dass er ins Haus kommen konnte.« Ich spürte die Bewegung seiner Hand, hörte sein Zögern, bevor er weitersprach. »Ich habe nie verstanden, was eurer Mutter fehlte.«

»Mein Vater auch nicht.«

Seine Hand drückte plötzlich fest zu, traf auf Knochen, bevor er sie von mir nahm. Ich sah ihn an; blind blickte er ins Feuer, mit zerfurchter Stirn, sein Mund eine dünne Linie. Sogar Tiere, dachte ich dumpf, taten das manchmal: dahinschwinden wegen jemandem oder etwas, das niemals mehr zu ihnen zurückkehrte. Ich hörte Perrin unsicher einatmen. Schließlich begegnete er meinem Blick, seine Augen sahen schockiert, verstört aus, versuchten zu erkennen, nach wem meine Mutter in den leeren Winterfeldern Ausschau gehalten haben mochte.

Er sagte nur mit beherrschter Stimme: »Bleib du gesund, Rois. Laurel braucht dich.«

»Das werde ich. Und du wirst kommen ...«

»Ja. Es wird ihr gleichgültig sein«, fügte er mit einem Hauch Bitterkeit hinzu. »Aber ich kann nicht fortbleiben. Und vielleicht, wenn ich an seiner Stelle immer wieder komme, erinnert sie sich daran, dass ich ihr einmal wichtig war.«

Er küsste meine Wange und ging zur Tür. Ich spürte seinen Blick, als er sich seinen Umhang über die Schultern warf und zuband, als er die Tür öffnete. Und eure Mutter?, fragten seine Augen. Hielt sie auf den Feldern nach jemandem Ausschau? Wer war er? Kam er wie Corbet Lynn, ein Fremder, der mit dem Sommer hergeritten war und im Winter verschwand? Oder hatten sie sich schon länger gekannt? Wie lange? Du hast ihr Gesicht. Du bist wie sie. Du hast die Augen deiner Mutter.

Woher hast du deine Augen?

Wer bist du?

Wer?, fragte die Eule.

Gold fiel vom Himmel durch meine Gedanken und ich erinnerte mich.

21

Ihr Gesicht, das auf mich herabblickte.

Mein Gesicht, das zu ihrem werden wollte.

Das Gold, das zwischen uns fiel, wirbelnd, wirbelnd im Sommerlicht: der winzige Kreis, in dem ich windverwehte Rosen, Blätter, fliegende Vögel einfing, bis sie wieder zu mir kam.

Ihr goldener Hochzeitsring.

Mein Hals brannte, als ob ich Gold geschluckt hätte und es dort stecken geblieben wäre, ein O des Erstaunens.

Ich stand fassungslos in der Tür, während Perrin von mir fort in den Winter fuhr und in einer Welt, die er nicht sah, verwandelten sich die Felder und der karge Wald in Grün und Gold und Schatten im Licht der Erinnerung.

Sie musste mich heimlich dorthin gebracht haben, vielleicht während Laurel bei Beda blieb und unser Vater auf den fernen Feldern arbeitete. Ich nahm den

Duft der Rosen wahr, als sie mich hinlegte, und den kühlen, geheimnisvollen Geruch versteckten Wassers. Sie nahm ihren Ehering ab, um mich mit ihm spielen zu lassen, während sich ihre Sehnsucht auf Licht richtete und aus Licht die stille, verschwommene Gestalt wurde, die auf sie wartete. Sie lief von mir fort, wurde immer kleiner, bis sie ihn in meinem Ring aus Gold traf und beide im Schatten verschwanden.

Sie starb in dem Bemühen, das karge Licht der Erinnerung in Liebe zu verwandeln.

»Rois.« Laurels mittlerweile so selten zu hörende Stimme schreckte mich in unsere Welt zurück. Ich stand immer noch in der Tür und ließ den Winter herein. »Es ist kalt.«

Ich bewegte mich und sie schloss die Tür hinter mir. Sie hatte sich hingelegt, aber ihre schweren Augen, die Spiegelung der leeren Felder in ihnen, sagten mir, dass sie nicht geschlafen hatte. »Stimmt etwas nicht?«

Ja!, wollte ich schreien. Ich weiß nicht, wessen Knochen ich habe, wessen Augen. Wenn meine Mutter einen Liebhaber aus dem Wald hatte, als ich bereits geboren war, wer gab mir dann meine sehenden Augen? Oder kannte sie ihn, lange bevor ich geboren wurde? War ich in Heimlichkeit gezeugt worden, in einem heißen Lichtstreifen an einem Sommertag, ein für jeden so unvorstellbarer Gedanke, dass nicht einmal meine Mutter sich die Frage stellte, wer mein Vater war? Ich drehte mich von Laurels Augen weg, schob einen Stuhl gerade, dann einen Teppich zurecht, gegen den ich getreten hatte, und spürte, wie das Blut wie winzige, wilde Schwingen durch mich pulste. Ich konnte Laurel nicht fragen; sie wusste es nicht. Niemand wusste es. Sie trieb zum Fenster, aber nicht einmal sie konnte so sehen, wie unsere Mutter sah, an ihrem Menschenherz vorbei zu dem, was sie liebte.

Nach einer Weile sprach sie wieder. »Rois, du läufst hin und her.«

Ich hörte auf. »Es tut mir Leid.«

»Es ist die Jahreszeit. Du hast sie immer gehasst. Alles eine einzige Farbe, die kälteste Farbe von allen.«

Ihre Stimme machte mich frösteln. Sie hatte all ihre Farbe verloren, als ob sie nur noch Weiß sehen könnte. »Ich brauche etwas zu tun«, sagte ich. All mein Hin- und Herlaufen würde nur ein Netz um sich selbst spinnen; ich konnte nicht aus der Welt hinauslaufen. Laurels Aufmerksamkeit wandte sich von mir ab und wieder spürte ich die drängenden, verzweifelten Schwingen. Sie hatte so wenig Zeit für mich übrig und ich fürchtete, aus dem, was sie an Zeit hatte, herauszufallen. Ich hatte keine Wahl; angespannt sagte ich: »Ich gehe nach Lynn Hall.«

»Dort ist niemand«, sagte Laurel müde. Aber sie hatte sich von ihrem Spiegelbild zu mir umgedreht.

»Vielleicht hat er eine Botschaft hinterlassen, die wir beide übersehen haben.«

»Ich habe gesucht. Er hat nichts zurückgelassen.«

»Du hast nach Worten gesucht. Es gibt andere Möglichkeiten, eine Nachricht zu hinterlassen.«

Da verdunkelten sich ihre Augen, wanderten an mir vorbei; sie wollte einfache Antworten, eine Botschaft, die an sie gerichtet war, nicht Rois' Winterphantasien. Sie bewegte sich in Richtung Treppe, begann hinaufzusteigen, wie eine alte Frau mit langsamen einzelnen Schritten. »Wahrscheinlich würde es dir gut tun hinauszukommen«, sagte sie mit teilnahmsloser Gleichgültigkeit. »Aber es hat keinen Sinn, nach Lynn Hall zu fahren. Er hat dort für niemanden von uns etwas hinterlassen.«

Unser Vater brummte, spannte aber den Schlitten für mich an; sogar er griff verzweifelt nach dem Strohhalm, der in Corbets Richtung wies. »Jeder im Dorf ist seit Tagen bei diesem Haus, drinnen wie draußen. Ich weiß nicht, was du da noch zu finden hoffst, was die anderen übersehen haben sollen. Ich will, dass du zurück bist«, setzte er hinzu, »bevor mir überhaupt einfällt, dass du dort bist.«

Ich ließ den Schlitten vor dem Anwesen stehen und trat in das Zwielicht eines leeren Hauses ein. Drinnen war es kaum wärmer. Ich hinterließ auf der Schwelle Fußabdrücke, die nicht schmolzen. Eine Ecke des Wandteppichs oder eine Spitzenkante an einem Kissen hätte wie Eis in meiner Hand zerbrechen können. Das Feuer selbst wäre im Kamin erfroren.

Andere waren hier gewesen, hatten einander Botschaften der einen oder anderen Art hinterlassen. Jemand hatte Corbets Namen in Asche auf den Marmorsims geschrieben; in einem seiner Gläser war ein Rest abgestandenen Bieres. Stiefelabdrücke zogen sich um den Fleck auf den Herdsteinen, wurden von ihm angezogen, als ob der Fluch selbst dort läge, still, aber gefährlich, das ungelöste Rätsel des Winters.

Ich kniete mich daneben, schichtete Reste von halb verkohltem Holz zusammen, die noch glimmend im Kamin übrig geblieben waren und die jemand achtlos auf dem Boden verstreut hatte. Ich versuchte ein Feuer ohne eine Flamme, einzig durch Wunsch zu entzünden. In dieser bitteren Kälte konnte ich nicht bleiben, aber ich wollte auch nicht aufbrechen.

»Corbet«, flüsterte ich ohne Hoffnung und führte meine Hände an den Mund, um mir die Finger an seinem Namen zu wärmen.

Eine Rose knospte in der Feuerstelle und erblühte zu einer Flamme.

Das Glimmen flackerte und lohte auf, Feuer brach aus dem kalten Holz, als wäre es dort gefangen gewesen und wartete nur darauf, befreit zu werden. In ihm öffnete die Rose Blütenblätter aus Flammen, verzehrend, doch nicht verzehrt. In diesen Flammen roch ich sowohl Sommer wie Winter: Rosen und den brennenden Kern von Apfelholz, den Geruch von Holz im Schnee.

Die Steine fingen an zu brennen.

Ich stand auf und wich zurück. Das Feuer verzehrte die Herdstelle, die Kaminsteine, strömte in die Mauern. Wie ein Gemälde, das man zu nah an eine Wachskerze hält, begann der Raum um mich herum zu schmelzen. Ich stand in seiner Mitte und starrte auf das, was die schlängelnden, sich teilenden Feuersträhnen enthüllten: Farben, die ich im Winter nie gesehen hatte, Farben, die ich noch nie zusammen in einer Jahreszeit gesehen hatte, alle Grünschattierungen.

Als die Flammen sich golden verfärbten, sah ich Corbet. Ich stand auf Gras und spürte das Sonnenlicht auf Haaren und Händen. Ich hätte mir nie vorstellen können, dass eine Welt so schön sein konnte, eine Welt, die zu verlassen er gestorben wäre. Er stand unter einer Eiche. Efeu wand sich um ihren Stamm und durch ihre Äste und eine Ranke aus grünen Blättern hing herab und berührte sein Haar. In seinen Augen spiegelte sich eine ferne Landschaft. Stimmlos sprach ich seinen Namen. Da veränderte sich etwas in seinen Augen, Licht tauchte ein schneebedecktes Feld in goldenen Schimmer, enthüllte und verhüllte die Kälte.

»Rois.«

Er hob seine Hand, um meine zu treffen; dieses Mal trennten uns Licht, Luft und unsichtbare Blätter. Ich konnte sie angehäuft und raschelnd zwischen uns hören; er schien von mir so weit entfernt wie je.

»Corbet, wo bist du?«, fragte ich flehend. »Wo bin ich?«

Seine Stimme bebte. »Bei mir. Sogar hier.«

»Aber wo?« Frühling, erriet ich, als ich ein Ufer mit purpurnen Veilchen neben einem Bächlein erblickte. Dann sah ich schulterhohe Kletten, blaues Eisenkraut und Schafgarbe in dem vollen Ockergold des Spätsommerlichts. Und dann sah ich Blätter so golden wie Schafgarbe.

Die Luft roch nach Veilchen, zerdrückten Himbeeren, Holzrauch. Hätte ich eine Welt erträumen können, um dem Winter zu entkommen, so dachte ich benommen, wäre es dieses zeitlose Nirgendwo, in dem Grün wie Wasser zitterte, sogar in tiefem Schatten, als ob wir auf dem Grund eines durchscheinenden Wasserbeckens ständen.

»Ist das der Ort, an dem wir schon einmal waren?«, hauchte ich. »Die Welt, die du verließest, um in meine Welt zu kommen?« Ich brach ab, hörte mich selbst. *Meine Welt*, hatte ich gesagt und somit gefährliche Grenzen gezogen. *Deine Welt*.

Er lächelte ein dünnes, bitteres Lächeln, das mir bekannt war. »Das ist eines ihrer Gesichter. Einer ihrer Ausdrücke. Du hast andere gesehen; verlier nicht dein Herz an dies hier.«

»Sie ist verführerisch.« Ich schmeckte Licht auf meinen Lippen, während ich sprach; eine Brise bewegte Blätter und füllte meine Augen. Corbets Gesicht verschwamm vor dem Efeu, als ob es gerade auftauchte, Schatten von Gold gegen Grün, als ob ich es zum ersten Mal sähe. Meine Hand, die sich noch einmal nach ihm ausstreckte, umschloss wieder das Nichts. »Was hat sie mit dir gemacht? Sie hat dich irgendwo versteckt ...«

»Sie hat mich vor dir versteckt. Sie weiß, dass du hier bist. Sie kennt den Grund.«

»Wirklich? Weiß sie, dass ich herkam, weil ich nirgendwo sonst hingehen kann?«

»Was meinst du damit?«

»Kein anderer kann mir von meiner Mutter erzählen – kein anderer weiß, dass meine Mutter im Sommer in diese Wälder kam, wo die Rosenranken über die geheime Quelle fallen, und jemanden in einem Lichtstreifen traf ...«

»Woher weißt du das?«, fragte er.

»Ich erinnere mich.«

»Woher weißt du, dass er kein Mensch war?«

»Weil sie nach ihm Ausschau hielt«, flüsterte ich, »im Winter, so, wie Laurel nach dir Ausschau hält. Sie starb, während sie auf seine Rückkehr wartete. Ich kenne mich selbst nicht mehr. Ich weiß nicht, wohin ich gehöre. Ich kann einen Weg hierher sehen, also muss ich hierher gehören. Wenigstens erkenne ich mich, wenn du mich ansiehst und meinen Namen sprichst.«

»Warum vertraust du ihr?«, fragte er erbarmungslos. »Du hast ihr Herz gesehen – eine riesige Eiswüste. Sie lügt, wie der Mond lügt, jede Nacht mit einem anderen Gesicht, die bis auf eines alle falsch sind, und das eine wahre Gesicht ist so öde und hart wie Stein. Warum glaubst du ihr?«

»Du tust es.« Meine Worte kamen vor lauter unvergossenen Tränen abgehackt heraus. »Du erkanntest mich in dem Augenblick, als du mich sahst. Du sagtest, ich sähe mit den Augen des Waldes. Deshalb wandtest du dich Laurel zu. Du hattest Angst vor mir.«

»Rois …« Er zitterte; ich konnte die Blätter um ihn herum rauschen hören. »Ja. Du schienst in dem Grenzland zu der Welt zu leben, der ich zu entkommen versuchte. Du warfst dein Herz jeder vorbeistreichenden Brise nach. Sogar dem Licht. Du schienst nicht …«

Das Wort polterte wie zwei harte Steine durch meinen Hals. »Menschlich.«

Unsichtbare Blätter flüsterten das Wort. Langsam sagte er: »Bis jetzt habe ich nie gewusst, was das Wort bedeuten kann. Hier in ihrer Welt der Träume und tödlichen Lügen wirkst du sehr menschlich.«

»Corbet.« Ich schluckte etwas Bitteres hinunter. »Bedeute ich dir überhaupt etwas? Oder brauchst du mich nur?«

Er hauchte ein Wort: ja oder nein oder Rois. Seine Hand öffnete sich meinem Gesicht entgegen; ich spürte nur die kühlen unsichtbaren Blätter. Ich hob meine eigene Hand; im Licht berührten sich unsere Schatten.

»Du kommst zu mir«, flüsterte er. »An jeden dunklen Ort. In jede Erinnerung. In die leeren Augen des Winters. Ich gehe allein und finde dich bei mir. Warum bedeute ich dir etwas?«

Ich wusste es erst, als ich sprach. »Weil du mich menschlich machst.«

Wieder fand meine Hand Luft und Licht, Illusion, wo mein Herz sterbliche Knochen und Fleisch erflehte. Sein Gesicht zuckte, als ob er meinen Schrei hörte. Er sah hinab auf die Stelle, wo wir uns berühren konnten, und schloss die Augen.

Da hörte ich ihre Stimme, eine Erinnerung in den seufzenden Blättern: *Du musst ihn fest halten, egal, welche Gestalt er annimmt …*

»Wie kann ich das Licht fest halten?«, fragte ich verzweifelt.

Du musst ihn lieben.

»Du kannst nicht«, antwortete er müde.

Du musst Mensch sein, um zu lieben.

Wenigstens konnte ich ihn in meinen Augen behalten, solange sie ihn bleiben ließ. »Wie viel kann sie von dir beanspruchen?«, fragte ich ihn. »Ein Teil von dir ist menschlich.«

»Mein Vater heiratete, genauso wie Nial Lynn geheiratet hatte: eine Frau, die in ein zufälliges Lächeln seiner Augen gestolpert war. Sie konnte diesem Ort nicht entfliehen, nachdem sie ihn einmal ersehnt hatte. Er versuchte es. Er versuchte sie zu lieben. Aber man hatte ihm nie beigebracht, wie.«

»Dann gehörst du überhaupt nicht hierher …«

»Vor langer Zeit spazierte in der Nähe von Lynn Hall ein Fremder durch den Sommerwald. Er verliebte sich in einen Lufthauch, einen Duft nach Wildrosen, eine Berührung von Licht. Sie gebar ihm einen Sohn.«

»Nial Lynn.«

Er nickte. »Die Menschenfrau meines Urgroßvaters zog das Kind auf, aber sie war nicht zufrieden mit ihm. Nial hatte merkwürdige Kräfte und neigte zu seltsamen Gewaltausbrüchen. Aber sie hatten keine anderen Kinder. Deshalb erbte er Lynn Hall. Ich glaube, er muss die Menschenwelt gehasst haben, weil er nicht den Weg von dort in ihre Welt finden konnte.«

»Warum hat sie nicht ...«

Er lächelte leicht, angespannt. »Weil er es wollte. Sie nimmt nur die, wie dich und mich, die es nicht ertragen könnten, hier zu leben. Oder wie meinen Vater, der keine andere Wahl hatte, als die Menschenwelt zu verlassen.«

»Dann gehörst du tatsächlich hierher. Ein Teil von dir.«

Ich spürte Luft, die wie Finger aus Raureif über meine Wange strich. »Sei vorsichtig«, sagte er sehr leise. »Sie hat mich seit meiner Geburt festgehalten. Sie wird einen Weg finden auch dich zu halten und eine andere Rosenranke wird in der Menschenwelt erblühen, die ihre Wurzeln in dieser hat.«

»Und daneben werden ein Lorbeer- und ein Lindenbaum wachsen. Wer ist sie? Hat sie einen Namen?«

Er versuchte zu antworten. Blätter kamen statt Worten aus seinem Mund. Entsetzt schrie ich auf, griff nach ihm; meine Hände umschlossen Schatten, nichts. Blätter entfalteten sich in seinen Augen und flossen wie Tränen; Blätter schoben sich durch sein Herz. Ich versuchte seinen Namen zu sagen; ich hatte keine Stimme, nicht einmal Laub. *Corbet,* rief mein Herz immer wieder, bis eine Ranke sich durch den endlosen Efeu schlängelte und zur Antwort eine Rose daraus erblühte.

Dann kam sie zu mir, in Efeu gekleidet statt in Eulenweiß. Ihre langen Finger berührten mein Handgelenk und umfassten es. Tränen, Worte und Blut glitten allesamt in der Gestalt von Blättern aus Corbet, um sich in ihr Haar zu ranken. Ich konnte ihn nicht mehr erkennen, nur die undeutliche Form eines Mannes inmitten des Grüns: ein Finger, ein bleicher Haarschimmer, ein blindes Auge zwischen den Blättern.

»Du bist nicht hergekommen, um meinen Namen zu erfahren«, sagte sie, ohne auf mein gebrochenes, unzusammenhängendes Flehen zu achten. »Du bist hier, um deinen zu hören.«

Meine Mutter lief durch Gras und Wildblumen auf uns zu. Ihre verträumten Augen nahmen nichts wahr, ihre Haut war blanke Perle. Ich trat einen Schritt zurück; Finger so stark wie Baumwurzeln hielten mich fest.

»Sie sucht immer noch nach ihm, Rois. Die Zeit sammelt sich hier an; sie kann nirgendwo hingehen. Hundert Jahre mögen in deiner Welt vergehen, bevor ich sie wieder zu mir rufe, aber wenn ich sie in hundert Jahren rufe, wird sie kommen. Sie wird uns sagen, wer aus dem Wald kam und dir seine Augen gab.«

Ich konnte mich nicht rühren; ich konnte keinen Laut von mir geben. Und dann machte ich mit meinem ganzen Körper ein Geräusch, einen stillen Schrei, der durch mich schnitt und mich losriss. Der Efeu um Corbet bebte; ich hörte seinen heftigen Atem. Durch den Wirbel aus Wind und Licht um mich herum sprach sie mit lieblicher Stimme, aber nicht zu mir.

»Lass mich dir helfen. Wen suchst du?«

Da sah ich meine Mutter sehr deutlich, in einem jener fremden, zeitlosen Augenblicke, die ewig zwischen zwei Worten zu dauern scheinen oder während ein Messer fällt, direkt bevor es abrutscht und schneidet.

Als sie starb, war sie kaum älter als Laurel, erkannte ich mit Entsetzen. Sie hatte mir ihr Haar und ihre hellen Augen vermacht, aber nicht ihren Mund; dieser und ihre schlanken Hände waren an Laurel übergegangen. Sie war bleich wie Milch und so dünn, dass ihre Haut sich um die Knochen gelegt hatte. Sie schien nicht diejenige zu sehen, die sie befragte; ihre Augen enthielten zu viel Licht, zu viel Erinnerung. Aber sie hörte die Frage.

»Er hatte keinen Namen«, antwortete sie. »Er sprach nie.« Ihre träumerische Stimme war friedlich, fern. »Ich werde ihn erkennen, wenn er zu mir kommt. Zuerst sehe ich ihn nie deutlich. Er ist ein Streifen aus Licht neben der Eiche, die hinter der kleinen Quelle steht, wo die Rosenranken blühen. Sie öffnen sich den ganzen Sommer lang und wo ihre Blüten hinfallen, dahin habe ich meine Rois gesetzt, wo sie auf mich wartete.«

Es gab eine andere Frage; ich hörte sie nicht. Ich

zitterte wie ein nacktes Kind, das im tiefsten Winter ausgesetzt wurde. Ich schien nicht weinen zu können; meine Tränen waren in der Kälte gefroren.

»Er kam mit dem Sommer. Ein solcher Sommer wird zu jedem Sommer; es scheint, er kam in allen zu mir. Ich sah ihn und verlor mich selbst. Ich folgte immer dem Weg der Sonne in den Wald und wenn ich das Haus nicht verlassen konnte, dann in Gedanken. Es hatte nichts mit dem Leben zu tun, das ich kannte, genauso wenig wie Träume. Und deshalb dachte ich, ich würde aufwachen, wenn der Traum vorbei wäre.«

Da hörte ich, wie ich selbst einen Laut von mir gab; ich legte meine Hände über den Mund, um ihn zu ersticken. Meine Mutter schien nicht zu hören. Ich existierte nicht, nur das Kleinkind in ihren Erinnerungen, das sie neben der Quelle gelassen hatte.

»Er hat sich nie nach Rois erkundigt. Er sprach nie, genauso wenig, wie Licht spricht, bis es sich verändert, und dann versteht man und es ist zu spät.«

»Lass sie gehen«, flüsterte ich durch meine Hände. »Lass sie gehen.«

»Sie sucht nach ihrem Herzen. Menschen glauben, sie verlieren solche Dinge hier. Sie hat es in deiner Welt verlegt, eine Höhlung zurückgelassen, die nichts füllen konnte, bis sie ins Licht spazierte.« Sie fragte meine Mutter: »War er der Erste aus dem Wald? Gab es andere?«

»Nein«, sagte meine Mutter. »Niemanden sonst. Niemals einen anderen als ihn.«

Da schrie ich auf, bewegte mich auf meine Mutter

zu, versuchte ihren Blick einzufangen. »Er ist nicht hier! Du wirst ihn niemals finden, nie, nie! Er hat dich nie geliebt! Geh dorthin zurück, wo du geliebt wirst!«

Aber es war wie das Rufen in einem Traum oder unter Wasser. Meine Mutter, die keine weiteren Fragen mehr hörte, folgte einer Brise zu einem fernen Lichtbecken. Sie löste sich in Farben, in Luft auf, bevor sie es erreichte.

Ich konnte nicht stehen. Ich kauerte mich auf den Boden, gemartert von Kälte, als ob ihr Geist, ihr Tod durch mich hindurch gezogen wären. Ich konnte nicht weinen und ich konnte nicht aufhören zu zittern. Ich spürte einen Blick, weit kälter als die Blindheit meiner Mutter, und sah in Saphiraugen hinauf.

»Ich möchte wissen, wessen Kind du bist ... Ich möchte wissen, ob sie es überhaupt wusste. Aber nun weißt du, wohin du gehörst. Du bist hierher gekommen, seitdem du geboren wurdest.«

»Mein Vater ist ein Bauer«, flüsterte ich benommen, ohne Überzeugung. »Ich gehöre in seine Welt.«

»Wie hast du dann an seinen Erdklumpen und Furchen vorbei gesehen, um hierher zu gelangen?«

»So wie meine Mutter. Ich bin jemandem gefolgt. Wie sie konnte ich nicht anders.« Ich stand auf, immer noch zitternd, wollte gehen, wusste nicht wohin, weil ich nicht mehr wusste, was Liebe bedeutete oder warum es uns allen ohne sie eigentlich nicht viel besser ging.

Da sah ich Corbets Augen und seinen Mund und eine Hand, die sich zwischen den Blättern öffnete. Seine Augen hielten meine gefangen, mächtiger als jede Berührung; sie erkannten mich. Er flüsterte ein Wort, das nicht aus Laub war, und ich spürte, wie endlich die tödliche Kälte in mir schmolz und meine gefrorenen Tränen sich Bahn brachen.

»Rois.«

»Ja«, sagte ich zu ihm. »Ich komme wieder.«

Weshalb, so nahm ich an, sie mich gehen ließ.

22

Steinwände schlossen sich um mich herum. Ich stand am Kamin in Lynn Hall vor meinem Stapel aus Zweigen und Zündholz, der nur in einer anderen Welt gebrannt und mich in dieser kalt gelassen hatte. Die stillen Räume waren rauchig von den spätnachmittäglichen Schatten. Ich musste nach Hause gehen, aber irgendwo hinter dem fahlen Licht, in den Steinen hatte Corbet meinen Namen ausgesprochen und ich konnte es nicht ertragen, den Ort zu verlassen, wo man mich kannte. Ich kniete mich, pferchte mich gegen die Kälte, machte mich klein und still, etwas Namenloses im Winter, das beobachtete und beobachtet wurde.

Verlass mich nicht, hatte er gesagt: ein Flehen.

Sie kannte mich nicht; ich kannte mich selbst nicht. Ich war etwas Wildes in ihrem Wald, so, wie sie in meinem vielleicht menschlich, vielleicht nicht menschlich war, aber sogar als Mensch erkannte ich sie. Sie hatte meine Mutter gerufen, Laurel rief sie. Sie war der Tod des Herzens und sie hielt im tiefsten Winter Ernte. Sie formte meine Welt um mich neu, griff nach denen, die ich liebte, verwandelte sie so, dass sie zu ihrer Jahreszeit passten. Sie hatte meine Mutter, sie hatte Corbet; sie würde sich Laurel holen, am Ende würde sie mich holen, weil ich meinem Herzen folgte. Aber beide wussten wir nicht, was ich in ihrem Wald tun oder nicht tun konnte.

Ich hörte durch die Luft etwas flüstern und drehte mich um. Eine weiße Eule flog durch den Raum in den Wandteppich. Sie starrte mich aus weiten goldenen Augen an, bevor sie sich in formlosem Zwirn auflöste. Dieses Mal stellte sie nicht ihre spöttische Frage. Sie fragte nur, was sie schon wusste.

Sie hatte gesagt: Du musst Mensch sein, um zu lieben.

Keine von uns kannte diese Rois.

Schließlich stand ich auf, bevor die Welt schwarz wurde und mein Vater mich suchen käme. Der Schnee vermischte sich mit dem verblassenden Licht, als ich heimfuhr; Flocken, die sich in meinen Wimpern verfingen, schienen zu schwer zu sein. Der Schnee schien nie den Boden zu berühren; alles wurde undeutlich um mich. Ich hielt die Zügel, aber die Pferde wählten sich offenbar ihren Weg und brachten mich jenseits des Tageslichts in eine unbekannte Dunkelheit.

Aber sie hielten an einem bekannten Ort. Mein Vater, der den Schlitten hörte, kam heraus, um die Pferde hereinzuholen. »Wo warst du?«, fragte er immerzu. »Wo warst du denn? Die ganze Zeit in diesem kalten Haus?«

»Ja«, sagte ich. Er sah mich scharf an, schob aber den rauen Winden die Schuld an meinen geröteten Augen zu. Ich wusste nicht, wer schuld war: er, weil er nicht genug sah, meine Mutter, weil sie zu viel in einem Streifen Sommerlicht sah. Keiner von beiden, so beschloss ich; keiner war schuld. Die Schuld lag in einer anderen Welt; so viel konnte ich deutlich erkennen, sogar in der sich sammelnden Nacht.

»Du siehst schrecklich aus«, sagte mein Vater schroff. »Ich hatte gerade angefangen zu glauben, dass du zu Verstand kämest.« Er wendete die Pferde in Richtung Stall. »Von euch beiden wenigstens du«, hörte ich und er sagte noch ein paar andere Sachen, die nur die Pferde hörten.

Ich setzte mich zum Abendessen mit ihm und Laurel hin, konnte aber kaum essen. Etwas drückte mir immerzu den Hals zu, wenn ich zu schlucken versuchte. Ich sah dann das blasse Gesicht meiner Mutter, ihre dünnen, dünnen Finger und gequält wie ich war, wollte ich nichts essen, da ich nicht für sie essen konnte. Ich merkte, dass Laurel mich beobachtete; ihr gelang die Kunst des Luftessens überzeugender als mir.

»Rois«, sagte sie leise. Die geringste Andeutung von Ausdruck rührte die tote Ruhe in ihrem Gesicht auf. »Was hast du dort gefunden?«

Geister, dachte ich. Ich zögerte; sie würde mir nichts glauben. Unser Vater antwortete für mich.

»Nichts«, sagte er rundheraus, »und ich will auch nichts mehr davon hören. Schluss, aus.«

Aber sie hatte in meinen Augen etwas entdeckt, das verwirrender war als nichts.

»Rois«, hauchte sie und ich stand abrupt auf.

»Nichts«, wiederholte ich und war wie sie über die Heftigkeit in meiner Stimme erschrocken. »Du hattest Recht. Frag mich also nicht mehr. Und er hat Recht. Schluss jetzt. Und deshalb wünschte ich mir, du würdest etwas essen außer nichts.«

Dann kroch ich ins Bett, ohne mich auszuziehen, und grub mich unter Wolle und Daunen ein. Laurel kam bald darauf nach oben; sie blieb an der offenen Tür stehen, eine Kerze in der Hand, und erriet an meinem ungleichmäßigen Atem, dass ich noch wach war. Sie kam herein und ich wühlte mich aus den Decken heraus.

»Du weißt etwas«, sagte sie mit weit geöffneten, leuchtenden Augen, die meine fixierten. »Du hast etwas in Lynn Hall gesehen, das mir entging. Was war es?«

Ich hatte Geister und Erinnerungen gesehen, Liebhaber aus Luft und Blättern, nichts. Ich öffnete den Mund; nichts kam heraus. Sie legte ihre Hand auf meinen Arm. Ihre Finger waren wie aus Wachs; im Kerzenlicht konnte ich beinahe ihre Knochen sehen. Mein Hals zog sich in plötzlicher Angst zusammen; ich zwang mir Worte ab. »Ich habe dich gesehen«, flüsterte ich. »Ich habe dich gesehen.«

Sie schwieg. Ihr Griff wurde locker, ihre Finger glitten von mir ab. »Du redest Unsinn, Rois.«

»Du tust genau das, was unsere Mutter tat. Du isst nicht, du schwindest dahin, wartest, dass jemand aus dem leeren Winter zu dir kommt.«

»Sie wartete auf niemanden. Sie liebte unseren Vater.«

»Sie ging in den Wald … sie nahm mich …«

Etwas huschte in ihre Augen; beinahe Leben, beinahe eine Erinnerung. Sie zwinkerte es zurück. »Es ist Winter. Du hast nicht genug zu tun, deshalb bildest du dir Sachen ein. Erzählst dir Geschichten. Über unsere Mutter, über mich, über Corbet.« Sie legte eine federleichte Hand aus Vogelknöchelchen auf meine Schulter. »Mach dir nicht so viele Sorgen meinetwegen. Das hat nichts mit unserer Mutter zu tun. Ich warte einfach darauf, dass Corbet zurückkommt.«

Ich erwachte und wischte vom Wind herbeigewehte Blätter aus meinem Gesicht, bis sich die Blätter unter meiner Hand in einen Hügel aus Steppdecken verwandelten, und die heftigen Winde wehten aus meinem Traum und rüttelten am Fenster. Ich sah hinaus. Ein Schneegeist, der Schleier und Wolken nach sich zog, umhüllte meinen Vater auf seinem Weg zum Stall. Er verschwand einen Augenblick, tauchte dann wieder auf, hielt sich an seinem Seil fest. Ich zog mich an und frühstückte allein. Laurel kam später herunter, ihr Schritt so zart, dass ich kaum die Stufen knarren hörte. Sie setzte sich neben das Feuer, in eine Decke eingewickelt, und die Haare hingen ihr strähnig über den Rücken. Ich brachte ihr Tee und ein Butterbrot. Sie dankte mir, aber ihre Augen bewegten sich nicht von den wilden, schneegestreiften Winden fort, die sie von jenseits des Fensters riefen.

Später klopfte Perrin an die Tür und erschreckte mich. Laurel musste ihn gesehen haben, als er kam; ihr Ausdruck blieb unverändert. Oder wenn nicht, dachte ich mit plötzlichem Entsetzen, hätte sie sogar Corbet mit derselben Gleichgültigkeit gegrüßt: Jetzt wartete sie auf etwas vollkommen anderes.

Perrin gab mir einen Topf mit Suppe, die seine Mutter für Laurel bereitet hatte. Ich brachte ihn zu Beda, die ihn auf das Feuer stellte und mich mit einem Becher Schnaps für Perrin zurückschickte.

Er machte Konversation für zwei und sah aus, als ob er es brauchte.

»Wie konntest du nur einen Weg da hindurch finden?«, fragte ich ihn.

Er warf mir einen grimmigen Blick zu, dann merkte er, dass ich das Wetter meinte. »Es schneit nicht, ist nur windig. Wenn wieder Schnee fällt, muss ich möglicherweise eine Weile hier wohnen, wo der Wind so schlimm ist.« Er sah Laurel an, ein blasses Profil mit schlaffem Haar. Zart berührte er ein gesticktes Veilchen auf ihrer Decke. »Möchtest du ein wenig von der Suppe meiner Mutter essen? Sie wird es wissen wollen. Sie wird sich schlecht fühlen, wenn du nicht davon isst. Sie hat sie für dich gemacht.«

Laurel löste ihren Blick vom Fenster und sah ihn über schneebedeckte Felder hinweg an. »Das war nett von ihr«, sagte sie höflich. »Sag ihr bitte, sie war gut.«

Sie schwiegen beide, als ich mit der Suppe zurückkam. Ich reichte Laurel eine Schale; sie nahm einen halben Löffel voll, sagte etwas der Form halber, dann saß sie da, hielt ihn unbeholfen in der Hand und ließ ihn kalt werden. Ihr Blick wanderte zum Fenster. Ich hörte, wie Perrin unsicher einatmete. Aber er sprach mit fester Stimme zu mir, als Laurel nicht antwortete. Als er bei uns beiden mit Worten keinen Erfolg hatte, fiel ihm die Flöte auf dem Regal hinter Laurel ein.

Er nahm sie und fing leise an zu spielen. Bei den ersten Tönen wandte sich Laurels Gesicht schnell vom Fenster ab. Sie starrte Perrin an, als wäre ihr nicht bewusst gewesen, dass er hier war. Dann spürte sie die Schale in ihren Händen. Sie stellte sie ab, lehnte sich zurück und zog die Decke eng um sich. Feuerschein strich über ihr Gesicht und schmolz ihre Steifheit, als sie Perrin ansah; ein vergessener Ausdruck tauchte auf. Ich ließ sie dort zurück, auf den Stufen sitzend und lauschend, damit sie sich erinnerte, wie wir alle einmal vor so endlos langer Zeit gewesen waren, als Laurel Perrin liebte und ich niemanden liebte und nur die Jahreszeit sich veränderte.

Perrin sprach zu Laurel und spielte und sprach wieder; ein- oder zweimal hörte ich sie murmeln. Schließlich verließ er sie und kam blass und müde zur Tür. Er sagte leise, als er seinen Umhang zuband: »Sie hat zugehört, aber kaum gesprochen und überhaupt nichts gegessen. Als ich aufhörte zu spielen, hörte sie den Wind und ihre Aufmerksamkeit verlor sich wieder. Es ist, als wäre sie verzaubert.«

»Ja«, sagte ich dumpf. »Kommst du bald wieder?«

»Morgen. Selbst wenn ich blind durch einen Schneesturm laufen muss. Ich gehe zuerst ins Dorf und schaue, ob Blane ihr mit irgendwas helfen kann.«

»Danke.«

»Vor noch nicht so langer Zeit wünschte ich Corbet Lynn vom Erdboden fort. Nun würde ich mein Herz hergeben, wenn ich ihn hier wieder sähe, weil es mich das nämlich kosten würde. Aber ich würde es hergeben, um ihretwillen.«

Er küsste meine Wange und ging den Pfad unseres Vaters zum Stall hinunter.

Am nächsten Morgen stand Laurel nicht auf. Sie entschuldigte sich bei unserem Vater, als er zu ihr hinaufkam. Er knirschte mit den Zähnen, erspähte einen neuen Alptraum; ich sah das Entsetzen in seinen Augen.

»Es wird mir wieder gut gehen«, sagte Laurel zu ihm. Es schien ihr ehrlich Leid zu tun, ihn mit etwas zu beunruhigen, das sonst nur ich im Winter tat. »Ich muss mich nur ein wenig ausruhen. Ich fühle mich einfach müde. Ich weiß nicht, warum.«

Doch sie schlief nicht. Als ich ihr Tee oder Suppe oder einen von Bedas Ingwerkeksen brachte, fand ich sie wach vor; sie beobachtete den Schnee mit ruhigem, unnahbarem Gesicht, das so farblos war wie Schnee. Verzweifelt wünschte ich, dass sie auf und ab laufen, weinen oder Corbet verfluchen würde, weil er sie verlassen hatte, und ihn dem Totenkopflächeln und der mitleidlosen Umarmung des Winters übergeben würde. Ich wollte ihre Teetasse durch das Zimmer werfen, sie anschreien, weil sie sich selbst gegenüber so blind war, so selbstsüchtig und grausam, nicht um unseretwillen leben zu wollen, wenn sie schon keinen anderen Grund finden konnte. Aber sie sagte mir dann nur, dass es Winter sei und ich mir wieder einmal Sachen einbildete; ihr gehe es gut; sie habe einfach nur gerade keinen Hunger.

Am späten Nachmittag saß ich bei ihr und bürstete ihr Haar, das lose länger war als in meiner Erinnerung. Es sah jetzt dünn aus, hatte seinen dunklen Glanz verloren. Schließlich erstarben die Winde und ließen die Welt in einer geisterhaften Stille zurück. Ich sah Perrin in seinem Schlitten, noch weit weg unten auf der Straße. Mit seinen Pelzen und bunten Rennpferden sah er zugleich mutig und machtlos aus, während er sich zwischen den weiten weißen Ebenen von Erde und Himmel dahinbewegte. Er hatte Blane mitgebracht.

Der Apotheker sah sich demselben Alptraum gegenüber, wenngleich er es besser verbarg. Er zog sich einen Stuhl neben das Bett und hörte, ohne eine Miene zu verziehen, Laurels Entschuldigungen an, weil man ihn bei so schlechtem Wetter grundlos hergeholt hatte. Er schickte unseren Vater und Perrin nach unten, während er sie untersuchte; dann schickte er mich hinunter, während er sie befragte.

Ich fand meinen Vater Erinnerungen wiederkäuend und seine nicht angezündete Pfeife neben dem Feuer vor. Perrin saß da mit der Flöte in den Händen, drehte sie langsam und beobachtete, wie das Licht des Feuers sie silbern streifte und verschwand. »Spiel«, bat ich. Er versuchte es; ein paar liebliche Töne pfiffen in die Luft und er ließ die Flöte wieder sinken, wortlos, um dem Licht zuzusehen.

Endlich kam Blane herunter. Seine Augen richteten sich zuerst auf meinen Vater und dann auf Perrin. »Corbet Lynn«, sagte er. Es war eine Frage.

Mein Vater machte eine angestrengte Bewegung, wischte dann die gesamte Frage Perrin zu und griff nach einer Kerze.

»Er hat sie aus dem Gleichgewicht gebracht«, sagte Perrin müde. »Uns alle.«

»Und dann ist er verschwunden.« Blane rieb sich die Augen. »Oder gestorben. Leider ist er das einzige Heilmittel, das ich für Laurel finden kann.«

»Das ist alles?«, fragte mein Vater ungläubig. »Corbet Lynn?«

Der Apotheker sah ihn einen Augenblick lang schweigend an. »Es ist mehr«, sagte er sorgfältig, »als wir früher hatten.« Er ging zum Feuer, starrte hinein, sein hageres Gesicht blutlos, gehetzt. Widerstrebend fügte er hinzu: »Ich weiß nicht einmal, ob sie jetzt Corbet will.«

»Also … dann … was …« Mein Vater stolperte einen Schritt auf ihn zu, auch sein Gesicht wächsern; Blane erwiderte wortlos seinen Blick. Perrins Hände verkrampften sich. Abrupt sagte er: »Sie will nur ihn, und wenn sie ihn will, dann werde ich ihn auch finden und wenn ich den Wald umgraben muss. Jemand muss sich daran erinnern, woher er kam. Es muss doch in seinem Haus einen Brief von irgendjemandem geben. Das gehört zum Leben der Menschen, sogar Corbet muss so etwas haben, obwohl es den Anschein hat, dass er trotz der Bindungen, die er zu dieser Welt hat, genauso gut in einer anderen gelebt haben könnte. Irgendetwas muss es geben.«

»Ja.« Blane drehte sich nach seinem Umhang um. »Ich habe ihr Nachtschatten gegeben«, sagte er zu mir gewandt, »damit sie schlafen kann. Ich komme morgen wieder.« Perrin erhob sich mit zusammengepressten Lippen, um ihn nach Hause zu fahren. Der Apotheker legte eine Hand auf seine Schulter. »Das Wichtigste ist, dass sie wieder anfängt zu essen. Wenn sie erst einmal eine andere Sicht auf das Leben hat, könnte sie sich allmählich darauf besinnen, was sie vom Leben erwartet.«

Perrin brachte ihn ins Dorf zurück. Ich saß mit meinem Vater zusammen, während er rauchte, und beobachtete das Feuer und ich sah, wie Feuerschein und Schatten über sein Gesicht flogen wie Ausdrücke, die ich nicht entziffern konnte. Ich wusste, dass er auf merkwürdig anderen Wegen zu denselben Gedanken über meine Mutter gelangt war. *Hatte sie?*, fragten die flackernden Schatten. *War sie? Warum sie?*

Er ging nicht weiter; ich ging allein in diese dunkle Frage. *Bist du?*, fragte ich ihn stumm und suchte aufmerksam nach einem Hinweis auf mich selbst in seinem Gesicht. Oder bin ich das nichtmenschliche Kind des Winters?

Er spürte meinen Blick und begegnete ihm schließlich; einen Augenblick lang befragten wir uns gegenseitig ohne Worte. Dann schmolz sein hartes Gesicht unter einer Liebkosung des Lichts und er rührte sich und schüttelte den Kopf. Er konnte in jenen fernen, leeren Feldern niemanden sehen, der meine Mutter verzaubert hätte. Niemanden, nach dem sie hätte rufen, sich sehnen können, bis die Sehnsucht sie reduziert hatte bis auf die Knochen, dann bis in die Erde, und uns nur ihre Sehnsucht übrig blieb, um uns alle zu verfolgen.

»Es ist schon gespenstisch«, hauchte er, als ob wir die ganze Zeit geredet hätten. »Es ist, als hätte Laurel eine Schwäche von ihrer Mutter geerbt. Und da sie keinen anderen Namen dafür kennt …« Er brach ab, erhob sich unruhig und ließ den Namen dafür ungesagt und beunruhigend in der Luft zwischen uns. »Weißt du noch, wie du und Laurel euch immer wieder nach seiner Vergangenheit erkundigt habt? Was hat er da gesagt? Woher war er gekommen?«

»Er hat es nie gesagt.«

»Er muss doch etwas gesagt haben, irgendeinen Hinweis. Morgen fahr ich mit Perrin ins Dorf, helfe ihm bei seinen Erkundigungen …«

Ich ließ meinen Vater neben dem Kamin Apfelkorn

trinken und ging nach oben in Laurels Zimmer. Sie schlief, ohne sich zu rühren, so still, dass ich mich über sie beugen musste, um sie atmen zu hören. Sie machte jetzt so wenige Geräusche; sie verbrauchte so wenig Luft. Sie zwang sich durch Willenskraft, kleiner und kleiner zu werden; bald würde sie nichts mehr vom Leben nehmen, weder Luft noch Raum, noch Zeit, und das Leben hätte keinen Anspruch mehr auf sie. Ich spürte, wie ein wilder Schmerz in mir aufstieg bei dem Gedanken, dass meine Augen sie suchen würden, da ich sie an jedem Tag meines Lebens angesehen hatte, und sie würde mir nichts zum Ansehen zurücklassen. Ich wollte diese neue Welt nicht kennen lernen, in der sie nicht existierte. Ich hörte die Winde in der Dunkelheit und ich wusste, sie riefen sie; wenn ich aus dem Fenster sähe, würde ich Geister aus schimmerndem Schnee sehen, die um das Haus trieben, in jedes Fenster spähten und ihren Namen flüsterten. Im tiefsten Winter.

Ich ging hinunter und bereitete mir einen Tee, um mich wach zu halten, damit ich sie vor den Toten schützen konnte. Ich saß neben ihr in der Dunkelheit, achtete nicht auf die dünnen Finger, die am Fenster rüttelten, auf das ungeduldige Kreischen, die lockenden Rufe. Solange ich sie atmen hören konnte, waren wir alle sicher. Trotz des Tees wurden meine Augen schwer. Einmal glaubte ich, sie öffne Augen wie kalte Saphirsterne, um mich anzusehen, und ich schreckte auf und verschüttete Tee. Schließlich stellte ich die Tasse ab, kniete mich auf den Boden und stützte meinen Kopf neben ihrem Kopfkissen auf die Arme, wo ich sie sogar in meinen Träumen hören konnte.

Ich stand im Wald. Jetzt war er ein düsteres und schattiges Gewirr aus dicken, dunklen Bäumen, toten Ranken, blattlosen Ästen, die wie Finger ihre Zweige ausstreckten, um auf den Herzschlag der Hufe zu weisen. Die buttermilchfarbene Stute, gespenstisch bleich in diesem stummen Wald, galoppierte zwischen den Bäumen; drei Baumstämme wandten sich wie Gesichter nach ihr um. Eine Frau im Hochzeitskleid ritt mit einem Mann in Schwarz; mit der einen Hand hielt er die Zügel und mit der anderen seine lächelnde Braut. Sie trug von Kopf bis Fuß Spitze; die Rosen in ihrem kastanienbraunen Haar glühten in zu hellem Scharlach, spotteten ihrem Brautweiß. Schwärze wirbelte um den Bräutigam, als er das Pferd anhielt; die Kapuze seines Umhangs glitt zurück und enthüllte sein goldenes Haar, seine kalten, kalten Augen. Als sie anhielten, begann ihr Gesichtsausdruck von einem erfreuten, erstaunten Lächeln in Verwirrung und zunehmendes Entsetzen umzuschlagen. *Was ist das für ein Zwielichtwald?*, fragte sie ihn. *Welch toter, vergessener Ort?*

Das ist unser Heim, antwortete er. Er hielt sie fest, als sie anfing zu kämpfen. Sie kreischte und er lachte und auch all die knorrigen, verdrehten Baumgesichter lachten.

»Rois.« Ich hob meinen Kopf, als ich Laurels Stimme hörte. Wir waren in demselben Traum, dachte ich entsetzt. Es ist kein Traum. »Rois.« Ihre Finger fanden meine Hand und ergriffen sie mit mehr Kraft, als ich ihr zugetraut hatte, um mich in den schrecklichen Wald mitzunehmen oder um sich ans Leben zu klammern, damit sie nicht allein gehen müsste. Dann drehte sie sich von mir weg. Ich spürte den harten Boden unter meinen Knien, hörte wieder ihren Atem, so schwach, dass er selbst Spinnweben kaum stören würde.

Der Wind klapperte an der Tür; zitternd stand ich auf, innen so kalt, als wäre ich gestorben. Leise ging ich hinunter, so leise, dass mein Vater, der immer noch wach ins Feuer starrte, sich nicht rührte. Ich öffnete die Tür, beobachtete die wirbelnde Schwärze, die langsam Gestalt annahm in einem nervösen Huf, einem sternenhaften Auge, silbernem Harnisch, dem schneebedeckten Saum eines Umhangs. Ich konnte das Gesicht des Reiters nicht sehen; ich wusste nicht, wer mich beobachtete: sie mit eisigen Feuern des Winters oder er mit den kalten, vertrauten Augen des Bräutigams.

Zu beiden sagte ich: »Lasst sie bleiben. Ich werde mit euch gehen.«

Der Reiter beugte sich herab und streckte eine Hand aus. Ich schloss die Tür und ritt auf den dunklen Winden in die Mitternacht.

23

Sie brachte mich nach Lynn Hall.

Ich sah ihr Gesicht, als wir eintraten; der Wind riss die Tür vor uns auf, zog an ihrem Umhang, ihrer Kapuze, bis sie zurückglitt. Mit befremdlicher Erleichterung nahm ich ihre Augen wahr, weniger schrecklich als seine, weil sie nichts war, was ich je geliebt hatte. Lynn Hall hatte sich wieder verändert. Dieses Mal zeigte sie mir, wie ihr geheimer Wald es verschlang, in einem monströsen Geflecht aus Wurzel und Ranke, das sich zwischen seine Steine flocht und über seinem offenen Dach zusammenzog. Die Vergangenheit, die Zukunft und der zeitlose Wald hatten in zwei Räumen zerbrochene Teile von sich selbst verstreut. Nial Lynns Marmorboden war gebrochen und von den Jahren verwittert, während zugleich sein Blut oder das von Tearle dunkel darüber floss. Eine gebogene Baumwurzel, so dick, dass sie die Welt umkreist haben musste, hatte sich durch den

Boden unter Corbets Tisch gedrückt, auf dem von irgendwem noch schales Bier stand und in einem Becher noch schaler wurde. Der Wandbehang war mal da, dann wieder nicht; mal fest und voll weißer, goldäugiger Eulen, dann wieder aus durchsichtigen, glitzernden Lichtfäden. Das Bett war eine Anhäufung von Dornenzweigen, auf denen Kopfkissen ordentlich in Spitzenbezügen steckten. Hier und dort erblühten zwischen den Dornen wilde Rosen und verwelkten, erblühten anderswo.

Efeu wuchs an der Wand neben dem Kamin empor, griff nach den Steinen und floss an der Decke entlang, als wären seine Blätter Finger, die ihr Entkommen ertasteten. Ich starrte darauf und suchte in dem Grün nach Corbet, da er sonst nirgendwo im Haus war. Sie sprach seinen Namen. Der Efeu zitterte und atmete, seufzte einen menschlichen Seufzer. Auf dem Sims entzündeten sich plötzlich Kerzen aus Holz und Wachs. Licht berührte ihn und ließ ihn Gestalt annehmen; die Blätter wurden seine Augen, Laub wurde zu Worten.

Er sah benommen aus, wie er aus seinem grünen Traum erwachte, als ob er sich nicht entsinnen könnte, warum er eine menschliche Gestalt besaß. Dann sah er mich und wusste wieder, wie man sprach.

»Rois.«

»Rois ist gekommen, um bei uns zu bleiben.«

Schweigend sah er von mir zu ihr und wartete. Ihr Umhang war gefallen; sie trug, wie ich mit Entsetzen feststellte, das Kleid, das Laurel in meinem Traum angehabt hatte, allerdings zerrissen, zerschlissen und blutbefleckt, als wäre es vor sehr langer Zeit zu einer verheerenden Hochzeit getragen worden. Ich sagte schnell: »Ich werde tun, was immer du willst, wenn du mir versprichst, dass Laurel in Sicherheit ist.«

»Du wirst tun, was ich will. Und dann erzähle ich dir vielleicht von Laurel.«

Dieses Mal konnte ich nicht vor ihr davonrennen; sie würde Laurel schneller erreichen als ich. Sie lächelte, ihr Gesicht jetzt knochenfarben, ihr Haar weiß wie Spinnweben, etwas sehr Altes und sehr Schönes, namenlos in der Menschenwelt und so gefährlich wie alles, was wir nicht benennen konnten.

Ich sagte, was ich sagen musste. »Ich werde tun, was du willst.«

»Nein«, hauchte Corbet. »Rois, nein …« Sie warf ihm einen Blick zu; er schluckte, dann stieß er ein Wort in Grün aus.

»Rois ist freiwillig gekommen«, antwortete sie. »Um an Laurels Stelle bei dir zu sein. Sie hätte mit mir oder ohne mich den Weg zu dir und zu diesem Ort gefunden; das ist ihr Geburtsrecht. Ich werde dir geben, wovon du träumtest, Rois. Du wirst Corbet in Lynn Hall heiraten.« Ich blickte sie an. Blätter kamen aus Corbet, das gleiche Wort endlos wiederholt. Sie sagte nur zu ihm: »Du kannst dieses Haus mit Laub anfüllen, bis du sie nicht mehr siehst, aber du wirst sie jetzt und hier ehelichen. Wenn du im Haus deines Vaters lebst und Kinder für mich aufziehst, wirst du nicht wieder versucht sein, mich zu verlassen.«

Mein Name blühte blutrot aus seinem Mund. Ich legte die Hände über meinen. »Bitte … lass ihn sprechen …«

»Nicht, bevor aus diesem Nein ein Ja wird.« Sie

wartete; er schüttelte stumm den Kopf und schluckte Laub.

»Bitte«, bat ich sie wieder. Aus Augen, die wie gegen die heftigsten Winde zusammengekniffen waren, sah er mich an; sein Gesicht hatte nicht mehr Farbe als der Stein hinter ihm. »Vielleicht ... vielleicht liebt er mich nicht.«

»Vielleicht nicht, aber er wird dich nie verlassen. Die Rose wird den Efeu in Lynn Hall heiraten und sie werden so eng aneinander gebunden sein, dass, reißt man die Wurzel des einen aus, die andere mit entwurzelt wird und beide werden zusammen leben oder sterben.«

Da hörte er auf, um Worte zu ringen; sein Gesicht wurde sehr still. Ich sah das Wort in seinen Augen, bevor er sprach. Meine eigenen Augen brannten vor bitteren Tränen. Eine Schattenehe in einem Schattenland wäre alles, was wir je hätten; wir hatten die Wahrheit in einer anderen Zeit hinter uns gelassen. Sein Kopf senkte sich; er sah uns beide nicht an.

»Ja.«

Sie lächelte ihr ungezähmtes Lächeln, das keine Spur von Liebe oder Lachen enthielt. »Dann zündet die Kerzen an und bereitet das Haus vor. Ich werde die Hochzeitsgäste besorgen.«

Ich brauchte einen Augenblick, bis ich merkte, dass sie nicht mehr bei uns war. Corbet starrte bewegungslos auf die Luft, wo sie verschwunden war; seine Augen enthielten eine düstere Verzweiflung, als er unsere Zukunft betrachtete. Dann sah er mich an.

Ich sah den Geist seines Großvaters in seinem bleichen, kalten Gesicht, in seinem zu einer schmalen, blutlosen Linie zusammengepressten Mund. Ich kenne dich nicht, dachte ich plötzlich, als Angst durch mich sickerte. Ich kenne dich überhaupt nicht an diesem Ort.

Er sah meine Angst; er wandte sich nur ab, um eine Reihe Kerzen anzuzünden, die an der Wand auf Dornen steckten. »Du hast es versucht«, sagte er zur Wand.

»Ich wusste nicht … ich musste, für Laurel …«

»Ich weiß.«

»Und ich weiß nicht einmal …« Ich presste die Hände zusammen. »Sie wird mir nicht einmal sagen, ob Laurel …«

»Sie gibt niemals und sie gibt nie nach.« Er stand immer noch mit dem Gesicht zur Wand, aber ohne sich zu bewegen, auf die Dornen starrend. Die Kerze brannte nah an seinen Fingern. Er spürte es nicht oder vielleicht war es ihm egal. Sanft sagte er noch: »Ich bat dich um das Unmögliche. Das hätte ich nie tun dürfen. Aber ich hatte niemanden, an den ich mich wenden konnte. Und du warst an jeder Wegbiegung bei mir. Es tut mir Leid.«

Ich flüsterte: »Und jede Wegbiegung führte uns hierher. Zurück in diese zwei kleinen Räume.«

Da spürte er die Kerzenflamme; er schüttelte sie von sich in den Kaminrost. Hilflos sagte er: »Ich habe versucht …«

»Ich weiß.« Ich zitterte, kalt bis auf die Knochen. »Du hast mich gewarnt.«

Ich näherte mich dem Kamin, wo ein halb verbranntes Holzscheit, bis ins Innere aufgefressen, dumpf rauchte. Ich kniete mich neben ihn. Corbet entzündete eine andere Kerze und berührte damit weitere, die in Wurzelhöhlungen auf Dornen gespießt waren, bis es den Anschein hatte, dass überall in dem wilden Gewirr aus Wurzel und Stein Feuerrosen um uns erblühten.

Unsere Blicke trafen sich. Ich hörte, wie der Winter uns umzingelte, die kreischenden, kämpfenden Winde, die über ein ödes Wüstengebiet auf uns zurasten. Seine Hand bewegte sich zu mir, sank hilflos, hielt Luft und Feuerschein. Ich versuchte nicht ihn zu berühren.

Und dann sah ich die Schatten um uns herum, als ob sie schweigend zugehört hätten und auf den Augenblick warteten, in dem wir uns nichts weiter mehr zu sagen hatten. Kerzenlicht strich über eine elfenbeinerne Wangenkurve, gefror in einem Juwel, brannte in einem starren Auge. Ich konnte niemanden sehr deutlich sehen außer ihr, die sich langsam auf uns zu bewegte und zwischen den Dornen einen Strauß brennender Rosen pflückte.

»Du brauchst Blumen.« Sie drückte sie mir in die Hände. Die Flammen wurden still, formten Blütenblätter aus kaltem Feuer. »Und einen Schleier.« Sie zog am Wandteppich; er glitt leicht hinab, Silber und Gold flossen aus ihren Händen. Sie zog ihn über mein Haar, meine Schultern; er fühlte sich zugleich luftig und anschmiegsam an, wie Federn. »Und einen Ring.« Sie öffnete ihre Hand und ich sah den goldenen Kreis, durch den ich einst den Himmel beobachtet hatte.

Blind sah ich zu ihr, während mir die Erinnerung kam, wie dieser Ring bei Tageslicht, in der Herbstnacht, aus der Hand meiner Mutter, aus ihrer Hand gefallen war.

»Ich gab ihn dir schon einmal«, sagte sie und ich wartete auf das schwache spöttische Gelächter um sie herum. Aber niemand lachte. Das Lächeln in ihren Augen hätte nur das Licht von Corbets Kerze sein können. »Diesmal muss Corbet ihn dir geben.« Sie nahm ihm die Kerze ab. »Rois mit dem Wald, Rose mit Efeu, Jungfrau mit sterblichem Mann werdet ihr die Ehe eingehen, in der Zeit und jenseits der Zeit und für immerdar in meinem Wald.«

Sie ließ den Ring in Corbets Hand fallen.

Ich hob meine Hand, um den Ring entgegenzunehmen, und spürte die unerwartete Wärme von Fleisch und Knochen, die den zeitlichen Gesetzen unterworfen waren; Wärme, welche die Sterblichen brauchten, um ihre kurzen, elenden, leidenschaftlichen Leben weiterzuführen.

Meine Finger umschlossen sein Handgelenk.

Ich spürte, wie er erschrak. Ein Wort brach durch den endlosen Winter in seinen Augen. Aber sie ließ ihm keine Zeit, es zu sagen, außer mit Blättern. Grün wob sich durch die Luft, wo er gewesen war, und ich spürte, wie Tränen in meinem Hals brannten, weil sie ihn wieder vor mir versteckt hatte. Aber ich hielt ihn, Ranke, Blatt und ungesprochenes Wort, während das Gold durch die Blätter glitt, um auf dem Marmorboden das Schweigen zu brechen.

»Ja«, sagte ich zu dem Wald und allen seinen Geistern.

Ich hörte den plötzlichen wilden Schrei des Windes, der zur Tür hereingesprengt kam. Alle Kerzen drehten sich wie wahnsinnig in ihren Haltern und fielen, wie Sterne erlöschend. Ich konnte nur ihr Gesicht im Schein des Feuers sehen und ihre wilden Raureifhaare, die wie Schnee im Wind flogen. Um uns herum bewegte sich unsicher ihr Gefolge, ihre

Geister, und flüsterte. Einige lachten; wieder vernahm ich die winzigen silbrigen Glöckchen, ihren kurzen und merkwürdig klimpernden Gesang.

Ich verstärkte meinen Griff um den Efeu, von Wind geschüttelt, der die Blätter von der Ranke und die Ranke von meinen Fingern hätte reißen sollen. Nicht einmal dieser Wind war stark genug. Ich konnte nicht sprechen, unter dem rauchenden blauschwarzen Feuer in ihren Augen. Aber ich hielt ihre Worte fest, so fest, wie ich unsere Leben hielt. Sie hatte gesprochen, hatte die Worte gesagt; ihre eigenen Worte forderten sie heraus.

Sie wurde jetzt sehr deutlich. »Hierfür wird Laurel sterben.«

Ich schluckte, zwang mir laubtrockene Worte ab. »Nicht, wenn ich Corbet mit mir zurücknehme. Sie wird ihn sehen und sich erinnern, wie man lebt.«

»Du wirst hier sterben, einfach so, und ich werde deinen Geist behalten. Du wirst Corbet nicht befreien und ihr werdet nicht fortgehen.«

»Doch.« Meine Stimme bebte schrecklich; wieder hörte ich das schwache, tonlose Gelächter. »Du hast mir gesagt, wie.«

»Ich habe mit dir gespielt. Du warst ein dummes Kaninchen, das in meinen Rosenranken zwischen den Welten gefangen war, geblendet vom Mondlicht und im Glauben, dass du den Mond wolltest. Du hattest keinen Schimmer, worum du batest.«

»Nein, damals nicht.« Ich bewegte mich näher an den Efeu; vor ihrem Zorn klammerte er sich an Stein und Dorn. »Aber du hast mir gesagt, wie man ihn holen kann.«

»Und du bist zu mir gekommen, um zu fragen. Du

hast keine menschlichen Augen, kein menschliches Herz. Du kannst nicht in der Menschenwelt leben – warum wohl hast du Zeit und Träume zerpflückt, um meinen Wald zu finden?«

»Er hat immerzu aus deinem Wald um Hilfe gerufen. Du hast seinen Vater getötet. Du verwandelst seine Worte in Laub. Du nimmst ihm seine Augen, seine Stimme fort. Du liebst ihn nicht. Warum bedeutet es dir etwas, wohin er geht?«

»Weil er mir gehört, von meinem Blut und dem des Waldes ist. Liebe und Hass sind hier nicht mehr als Blätter; er weiß das. Er wurde nicht geboren, um sie kennen zu lernen.«

»Aber er kennt sie! Er ist menschlich, abgesehen von dem Eissplitter in seinem Herzen, der von dir stammt. Hier wird er nicht schmelzen und er wird uns beide zerstören. Lass ihn gehen. Du willst ihn nur als Spiegel für dich, in dem du deine Macht und Schönheit erkennst, wenn du ihn ansiehst. Nichts weiter. Sein Menschenherz führte ihn in meine Welt – du konntest es hier nicht gebrauchen.«

»Er hat kein Herz.« Ihre Augen brannten noch dunkler, fixierten meine. »Ich nahm es ihm im Augenblick seiner Geburt fort. Und deines werde ich auch nehmen.«

Ich spürte einen dünnen Arm, der durch meine Finger glitt. Ich hielt vor Entsetzen den Atem an und verstärkte meinen Griff, bevor er mir entglitt. Dann verlor ich ihn beinahe wieder, als ich nach Corbets Gesicht suchte und meine Mutter fand.

»Rois«, sagte sie vorwurfsvoll. »Was tust du da?«

Ich konnte meine Stimme nicht finden. »Du bist Efeu«, flüsterte ich. »Du bist Corbet. Du bist nicht ...«

»Du gehörst hierher«, sagte sie. »Zu mir. Und zu deinem Vater.« Ihr Gesicht, das meinem so sehr ähnelte, bannte mich wie angewurzelt fest. *Ich bin du*, schien es zu sagen. *Ich bin dein Schicksal.*

»Ich habe einen Vater.«

»Dein richtiger Vater ist von diesem Wald. Das weißt du. Du hast es immer gewusst. Du sahst ihren Wald in jeder Lichtbewegung, in jedem geheimen Schatten. Du suchtest nach ihm, bis du ihn fandest. Ich habe dich erkannt, weil du seine Augen hast.«

»Ich will keinen Vater, den ich nie gesehen habe! Es ist mir egal, wer er war! Und wie kann ich hier einen Vater haben? Du liebtest einen Sommer und starbst im Winter und ich war bereits geboren. Hier dauert die Liebe nicht länger als eine Jahreszeit – sie kann ihren Winter nicht überdauern.«

»Es gab andere Sommer, bevor ich starb. Andere aus dem Wald.«

»Du belügst mich! Du bist nicht einmal meine Mutter – du bist Blätter, sogar deine Worte sind Laub.«

»Ich bin deine Mutter, Rois. Du kannst mich hier sehen. Du kannst mit mir sprechen. Bleib bei mir. Du liebst Corbet und du liebst den Wald. Bleib hier bei uns. Du hättest nie den Weg hierher finden können, wenn du nicht hierher gehörtest.«

»Ihr auch«, sagte ich durch Tränen. »Und seht, was mit euch passiert ist. Ihr könnt mich hier nicht lieben.« Ich sprach mit beiden: mit ihr und Corbet, während ich mich an beide klammerte. »Ihr könnt mich hier nicht lieben.«

»Verlass mich nicht«, flehte sie. »Verlass mich nicht, Rois. Nicht.«

»Komm mit mir«, bettelte ich und packte sie so

fest, dass ich einen Abdruck auf ihren Knochen hinterlassen hätte, wäre sie nicht eine Illusion und außerdem ein Geist gewesen. »Corbet.«

Ihr Gesicht veränderte sich. Sein Gesicht und nicht sein Gesicht starrte zu mir zurück und ich spürte, wie tierhafte Angst in mir prickelte, wie Corbets Vater sie unter diesem mächtigen, unfruchtbaren grauen Blick empfunden haben musste.

»Du spielst also jetzt ein kleines Spielchen, Rois«, sagte er. Die plötzliche Windung seines Armes in meinem schlaffen Griff befreite ihn beinahe; ich packte mit beiden Händen zu, hielt grimmig an ihm fest, gedankenlos, und wich seinen Augen aus. Ich spürte, wie etwas uns beide erschütterte; plötzlicher Schmerz warf mich auf die Knie.

»Du bist tot«, flüsterte ich atemlos und schmeckte Blut. »Dein Sohn hat dich getötet. Nial Lynn.«

»Nichts stirbt in diesem Wald«, sagte er. »Das hast du gesehen. Hier kann mir niemand ein Leid antun. Aber ich werde dich verletzen, wenn du mich nicht loslässt. Die Liebe duckt sich vor dem Schmerz. Die Liebe versteckt sich. Die Liebe winselt wie ein Hund und läuft davon.«

Ich winselte wie ein Hund. Rosen erblühten in meinen Händen; ihre Dornen hefteten sich so fest an mich wie ich mich an sie. Blut streifte meine Finger, als ob die blutroten Blütenblätter bluteten. Und dann flammten sie auf.

Ich konnte nichts sehen außer Feuer. Schweiß und Tränen liefen mir das Gesicht hinunter. Die Liebe tut weh, dachte ich im Wahnsinn. Die Liebe tut weh.

»Aber das wusste ich«, sagte ich durch Blut und Tränen, immer noch kniend, vor Schmerz zusammengekrümmt, meine brennenden Brautblumen fest haltend. »Das brauchtest du mir nicht zu erzählen.«

»Ich tue dies zu deinem eigenen Besten«, sagte Nial Lynn. Es klang aufrichtig: Kein Schauder des Vergnügens störte die tödliche Ruhe in seiner Stimme. »Du bist zu wild geworden, Rois. Du musst deine Phantasien zügeln. Selbst jetzt bildest du dir ein, hier zu sein und jemanden befreien zu wollen, den du zu lieben glaubst und der in der Wachwelt doch kaum Notiz von dir nahm. Dort liebte er dich nicht, deshalb erträumst du dir eine Welt, wo er dich braucht, wo er dir dankbar sein muss. Deswegen zwingst du dich, dies hier in deinen Träumen zu erleiden. Damit er dir dankbar ist und dich liebt. In deinen Träumen.«

Meine Haut schmolz mir von den Knochen; Fingerknochen schmolzen, während ich seine brennenden Hände fest hielt. Ich schluchzte lautlos; alles brannte, sogar die Worte. »Dann muss ich den Traum beenden, um dem Schmerz ein Ende zu setzen. Und er wird nie enden, nie, nie, für keinen von uns, wenn ich dich loslasse. Ich muss dich fest halten, weil du ein Teil von ihm bist. Du wirst ihn hier gefangen halten und sein Herz in Eis verwandeln, wenn ich dich loslasse. In meinen Träumen.«

Das Feuer loderte hoch in mein Gesicht. Ich zuckte schreiend zurück und spürte, wie mein Gesicht zu schmelzen begann. Hinter den Flammen hörte ich seine Stimme.

»Du musst einzig den Traum anhalten. Hör auf zu träumen, Rois. Wach auf. Geh in die Menschenwelt zurück. Vergiss diese Welt, weil dies der einzige Augenblick daraus ist, an den du dich je erinnern wirst, wenn du daran zu denken versuchst.« Ich konnte nicht sehen; ich fühlte, wie meine Augen zu brennen begannen. Wieder schrie ich, klanglos, und atmete Feuer ein wie Luft. Meine Knochen fingen Feuer und dann brannte mein Herz.

»Rois. Wach auf. Rois.«

Ich hörte mich selbst sprechen, irgendwie, denn ich hatte keine Lippen, keinen Hals, um zu sprechen: »Ich muss diesen Traum fest halten, egal, welche Gestalt er annimmt, denn es ist nur ein Traum; es gibt kein Feuer und keinen Schmerz und keinen Nial Lynn. Du bist tot. Du hast keine Macht mehr. Du bist tot. Dein Sohn hat dich getötet und ich weiß warum und wenn ich an deinem Grab vorbeikomme, werde ich darauf spucken. Ich werde alle Blumen, die darauf wachsen, abschneiden. Ich werde ...«

Ich spürte Hände in meinen Händen, kühle, starke Finger in meinen. Ich hatte wieder Hände. Ich hatte einen Mund, Augen. Ich schloss die Augen, hielt die Hände an mein Gesicht und küsste die Blütenblätter aus Blut auf ihnen.

»Rois.«

Ich sah auf. Meine Hände spannten sich; das Festhalten tat nicht mehr weh. Aber ich war mir nicht sicher, was ich hielt.

Er sagte sehr müde: »Rois, du musst mich loslassen.« In seinen kalten Augen sah ich wieder seinen Großvater; ich sah die elfenhafte Schönheit, die er von ihr geerbt hatte, die mich so mächtig gelockt, dann losgelassen und sich von mir abgewandt hatte; mich hatte sie nur mit einer hoffnungslosen, verzweifelten Sehnsucht zurückgelassen. »Ich dachte, ich könnte dich nicht belügen, aber ich habe mich geirrt.

Ich habe die ganze Zeit gelogen. Ich habe dich nie geliebt. Ich will nicht mit dir hier sein. Wenn ich jemanden lieben würde – wenn ich überhaupt jemanden lieben kann –, dann Laurel. Das weißt du. Das hast du immer gewusst.« Wortlos blickte ich zu ihm auf. Er kniete sich plötzlich vor mich, blickte mir in die Augen und ließ mich deutlich sein Gesicht sehen. »Ich kann dich nicht vergeblich durch diese Qualen gehen lassen. Du wirst dich elend fühlen, wenn du hier bleibst. Das hast du schon gespürt. Ich kann es in deinen Augen sehen. In dieser Welt hast du Angst vor mir. Du hast Recht dich zu fürchten.«

Ich flüsterte seinen Namen.

»In dir ist etwas, das es einem schwer macht, dich zu lieben. Etwas kaum Menschliches. Du bist zu wild, Rois; du bist nicht so wie andere Frauen. Es wäre kaum möglich, dich in der Menschenwelt zu lieben, unmöglich, dich hier zu lieben. Wie konntest du dir einbilden, dass ich Laurel wirklich vergessen würde?« Er warf einen Blick auf meine Finger, die um seine gefroren waren. »Es ist besser für uns beide. Ich gehe zu Laurel, sie wird wieder gesund und du wirst ohne mich viel glücklicher sein. Du wirst nichts verlieren.«

Ich schluckte nichts, Staub, heiße Asche. Mein Herz hämmerte ekelhaft. Immer noch hielt sein Blick meinen gefangen; ich konnte nicht wegsehen. Er hatte all meine heimlichen Ängste aufgespürt und eine nach der anderen herausgelassen. Heulend wimmelten sie in mir und zeigten mir einen blutigen Zahn. »Ich kann nicht fort.« Meine Lippen fühlten sich eisig an, als wäre ich vom Winter geküsst. »Ich will bei dir bleiben. Vielleicht liebst du mich mit der Zeit.«

»Rois, ich habe es versucht … du hast gesehen, dass …«

Ich spürte, wie Trauer kalt und still mein Gesicht hinunter glitt. »Du lügst. Du bist nicht Corbet …«

»Du kennst mich, Rois. Dein Herz kennt mich. Genauso wie du weißt, dass es wahr ist, was ich sage. Es tut mir Leid. Was Laurel und ich füreinander empfinden, ist ganz anders als alles, was du dir vorstellen kannst. Du hast versucht mir zu helfen und ich bin dir dankbar. Aber Liebe ist nicht Dankbarkeit. Ich kann mich deswegen nicht mit dir zufrieden geben.«

»Nein.« Das Wort tat mir weh wie ein Stein im Hals. »Das kannst du nicht.« Sein Gesicht verschwamm in meinen Augen; ich zwinkerte, bis es wieder klar war. Nichts sonst schien mir klar; alles, was er zu mir sagte, hatte ich mir selbst schon gesagt. »Aber, Corbet, zwischen uns gab es doch etwas …«

»Du hast dir zu viel eingebildet. Du wolltest, dass es etwas gab, und deshalb war es auch so. Aber nur für dich.« Er ließ seinen Kopf sinken und küsste meine Eisfinger. »Nun musst du mich verlassen. Geh zu Laurel zurück. Sie braucht dich sehr viel mehr als ich. Ich werde bald zu ihr kommen. Eines Tages wirst du mir vergeben.«

Ich konnte nicht mit ihm streiten; ich wusste nicht mehr, was ich tat oder warum. Ich klammerte mich an alles, was ich kannte: seine Hände, ihre Worte. »Sie sagte, ich muss dich fest halten …«

Er seufzte. »Rois. Du hältst nur irgendeinen Traum von Liebe fest … nichts Wirkliches.«

»Egal, welche Gestalt du annimmst …«

»Rois.«

»Egal, welches Gesicht du aufsetzt ...«

»Hör auf mir helfen zu wollen. Ich will deine Hilfe nicht. Ich brauche dich nicht.«

»Lass mich nicht hier zurück. Verlass mich nicht. Nicht. Das hast du zu mir gesagt. Und dann sagtest du meinen Namen.«

»Du hast geträumt ...«

»Ich werde dir geben, was du willst.« Ich konnte meine Stimme nicht finden, nur eine Hülle von ihr; sie drang kaum durch das Feuer in meinem Hals hindurch. Ich umklammerte seine Hände fester und sah ihm in die Augen; ich sah den ersten Anflug eisigen Zorns, der mit seiner Geduld kämpfte. »Ich werde dich verlassen. Ich werde dich nicht länger mit meiner Liebe belästigen. Aber ich will dir zuerst etwas geben. Mit meiner Liebe.«

»Was?«, fragte er gleichgültig.

»Freiheit. Von mir, von diesem Haus; von ihrem Wald. Ich werde dich fest halten, bis du von uns allen frei bist. Und dann werde ich dich verlassen.«

Ich hörte, wie er meinen Namen sagte, direkt bevor die Winde wieder an ihm zerrten. Ich verlor eine Hand; ich hielt die andere mit meinen beiden fest, als der Wind ihn fortzutragen versuchte. Wieder spürte ich Efeu und dann eine menschliche Hand und wieder Efeu und dann schloss sich der Efeu um mein Handgelenk.

Die Winde kreischten durch die plötzliche Dunkelheit. »Wer gab dir deine Augen?«

Da wusste ich es. Mein ganzes Leben lang hatte ich die Antwort angesehen, all ihre Schönheit, ihre Jahreszeiten, ihre ständig wechselnden Gesichter von Leben und Tod.

»Der Wald.«

Darauf hielt der Efeu mich fest, so wie ich ihn fest hielt. Die Ranke wurde zu Knochen, das Blatt zu Wort.

»Rois«, sagte er und ich spürte, wie eine Rose auf meinen Lippen erblühte. Ich hielt ihn in der Winterdunkelheit, in all meinen Träumen, bis ich erwachte.

24

Ich lag lange Zeit wach, bevor ich die Augen öffnete. Ich hörte leise Bewegungen im Haus, hin und wieder ein Wort. Ich roch den Duft von Brot, das gerade gebacken wurde, und von einer Hand voll getrockneter Blumenblätter, die süß auf kleiner Flamme über dem Feuer köchelten. Vielleicht hatte mich das geweckt: der Geruch von Frühling.

Aber es war noch Winter, bemerkte ich, als ich endlich die Augen öffnete. Der Schnee lag in Krusten auf dem Stalldach; der Himmel war steingrau, der ferne Wald noch blattlos. Kein Rauch stieg von Lynn Hall auf.

Ich blickte verblüfft über die schneebedeckten Felder. Meine Hände spürten noch den Efeu, den der Wind von mir fortzureißen versucht hatte; meine Knochen erinnerten sich an Feuer, das sie wie Zweige schälte. Ich hörte Nials Stimme: Dies ist das Einzige, woran du dich erinnern wirst … Du bildest dir ein hier zu sein. Beende den Traum.

Laurel fiel mir ein.

Bei diesem Gedanken setzte ich mich mühsam auf. Der Fußboden fühlte sich eisig an, als meine nackten Füße ihn berührten. Der Winter klagte immer noch um das Haus herum, schob lange, dünne Finger durch Spalten und Fugen. Was hatte ich getan?, fragte ich mich und schob mir Haare aus den Augen. Was hatte ich richtig oder falsch gemacht? Ein Goldring, brennende Rosen, das Gesicht meiner Mutter, Corbets verzweifelnde Augen – mein Traum jagte mir stückweise durch den Kopf. Ich war in den tiefsten Winter gegangen und hatte Corbet von dort in diese Welt zurückgezogen, sodass er auf seiner buttermilchfarbenen Stute bis zu unserer Tür reiten und Laurel treffen und ihren Namen sagen konnte, damit sie wieder wüsste, wer sie war und was das Leben war, bevor sie es verließ.

Vielleicht, überlegte ich verzweifelt, als ich die Tür öffnete, war er jetzt dort: auf dem Weg zu unserer Tür.

Ich lief den Gang entlang zu Laurels Zimmer und empfand dabei das Joch der Angst, die schmerzhaft meinen Nacken und meine Schulter drückte. Ich versuchte geräuschlos einzutreten, aber ihr Türriegel entglitt klappernd meinen Fingern. Sie rührte sich leicht und ich atmete wieder, wobei ich mich einen Augenblick lang an der Tür fest hielt und sie beobachtete.

Sie sah aus wie eine Frau aus Seide und Stroh, so zerbrechlich, dass der Wind draußen sie mit einem Atemzug in Stücke hätte wehen können. Ihre Haut schmiegte sich an ihre Knochen. Ihre Augenlider, zart wie Papier, hoben sich, als spürte sie meinen Blick. Einen Augenblick lang starrte sie mich ohne Verstand an, bevor sie meinen Namen sagte.

Ich ging zu ihr, kniete mich neben ihr Bett. Die blauen Adern ihrer Handgelenke waren so deutlich unter der Haut, dass ich sie beinahe pulsieren sah. Sie hob einen Finger und berührte mich federleicht. »Ich hatte den merkwürdigsten Traum«, sagte sie.

»Welchen?«

»Ich bin nicht sicher ...«

Sie schwieg, ihre Augen auf eine Erinnerung gerichtet. Sie atmete schwach ein. »Ich glaube, du warst darin. Ich weiß nicht. Alles, was ich jetzt sehe, sind Farben. Ich höre eine Stimme, aber ich verstehe die Worte nicht. Du weißt, wie das ist, wenn man sich an Träume zu erinnern versucht. Sogar das, woran man sich noch erinnert, ergibt keinen Sinn ...«

»Manchmal schon.«

»Ich meine, in der Wachwelt.«

Ich beließ es dabei; plötzlich verstand ich sehr wenig. »Soll ich dir einen Tee bringen?«

»Nein.« Ihre Augen wandten sich zum Fenster. Ich spürte, wie meine eigenen Augen sich weiteten und brannten. Ich hatte nichts getan; ich hatte geträumt und sogar in meinem Traum hatte ich nichts getan. Oder schlimmer noch, nichts von dem war ein Traum gewesen und ich hatte nichts richtig gemacht.

Wieder spürte ich ihre Hand auf meinem Arm. »Dieser endlose Winter ... Rois. Weißt du, was ich gern hätte? Etwas heiße Milch.« Ich nickte und stand auf, ohne sie anzublicken, damit sie meine Tränen nicht sah. Ihre Stimme ließ mich an der Tür stehen bleiben. »Ich rieche frisches Brot im Ofen. Rois, könntest du mir auch etwas warmes Brot bringen, wenn es fertig ist?« Ich drehte mich um und starrte sie an. Sie sah jetzt nicht aus dem Fenster; sie dachte ans Essen.

»Was noch?« Meine Stimme stieß gegen etwas, zu groß zum Hinunterschlucken. »Butter? Ein Ei?«

»Butter, ja. Das ist alles. Glaube ich. Danke.«

Ich ging hinaus. Ich war halb unten, als ich mich setzen musste, zitternd, ich hielt meine Knochen zusammen und blinzelte, sodass ich genauer erkennen konnte, was wahr zu sein schien: Laurel wollte essen.

»Rois«, hauchte mein Vater unten an der Treppe. Ich sah hinunter, bemerkte das Entsetzen in seinen Augen und sah mich dann selbst, barfuß in meinem Morgenmantel, zitternd und zusammengekauert auf der Treppe.

»Es ist alles in Ordnung«, sagte ich. Ich erkannte meine Stimme nicht. »Sie will nur Frühstück.«

»Sie will …«

»Sie hat Hunger.«

Er ergriff das Geländer. Ich sah sein Gesicht, bevor er sich drehte, um sich auf die unterste Stufe zu setzen. Auch er konnte nicht deutlich sprechen. »Was … was will sie?«

»Heiße Milch. Heißes Brot und Butter.«

»Oh.« Es kam heraus wie der Laut, den er gemacht haben mochte, als er Laurel zum ersten Mal sah. Ich bemerkte, wie er bebte. Ich stolperte zu ihm hinunter, meinem Vater in dieser Welt, in jeder Welt, und hielt ihn fest. Dort fand Beda uns vor und ließ uns beide sitzen, um mit roten Augen den Apfelkorn zu holen.

Mein Vater fing Salish auf seinem Schlitten ab und

schickte Perrin und dem Apotheker eine Nachricht. Perrin kam zuerst, mit mehr Suppe von seiner Mutter; wir trieben uns in Laurels Nähe herum, zählten jeden Löffel. Später untersuchte sie der Apotheker und bemerkte den schwachen Lebenshauch unter ihrer Haut, das plötzliche Interesse in ihren Augen.

»Was hast du ihr gegeben?«, fragte er mich ungläubig.

Ich konnte es ihm nicht sagen. Noch sah ich, wie eng ihre Haut der lieblichen Knochenlinie in ihrem Gesicht anhaftete, wie ihre Augen sich auf Entfernungen hinter den festgelegten Horizonten unserer kleinen Welt einstellten. Sie war so weit gegangen, wie wir uns überhaupt voneinander zu entfernen vermochten, um doch noch zurückkommen zu können. Sie wusste es, das konnte ich spüren; sie hielt mich an ihrer Seite, wo sie mir beim Nähen oder Teetrinken zusah; sie wollte mich sogar in ihrer Nähe, während sie schlief. Es war, als müsste sie mir etwas sagen, wüsste aber nicht wie oder vielleicht nicht einmal was; sie wollte mich bei sich haben, weil ich bereits Bescheid wusste.

Schließlich fand sie eines Nachmittags die Kraft, hinunter zu gehen und neben dem Feuer zu sitzen. Sie beobachtete das Feuer, während ich einen schiefen Flicken auf die Hose unseres Vaters nähte. Der Wind versprühte Schnee wie Spreu; es war schwer zu erkennen, ob die wirbelnden Flocken vom Dach oder vom Himmel flogen. Laurels Blick wurde zum Fenster gezogen; ich beobachtete sie, wobei ich mich beim Nähen hin und wieder stach. Sie war ohne Corbet zurückgekommen; ich auch und keine von uns beiden hatte seinen Namen ausgesprochen.

Sie sagte sanft: »Es scheint so sehr wie ein Traum. Als ob jemand mich mit einem Zauber belegt hätte. Ich verstehe nicht, was ich gedacht habe.« Sie sah mich an. »Es kommt mir jetzt so unmöglich vor, an irgendeinen Mann auf diese Weise zu denken.«

Ich nickte und beugte mich angestrengt über meinen Flicken. Ich konnte Corbet nirgendwo in meinen Träumen finden; ich hatte keine Vorstellung, in welcher Welt ich ihn zurückgelassen hatte. Vielleicht hatte ich mir nur eine Welt und ihn in ihr eingebildet; ich konnte diese letzte, unmögliche magische Geste nicht machen und ihn aus meinem Kopf in die wirkliche Welt ziehen. Das schien, da er so vollkommen verschwunden war, am wahrscheinlichsten zu sein. Aber noch musste ich Tränen unterdrücken, Tränen der Besorgnis, des Verlustes und einfach der Enttäuschung, weil ich nicht wusste, wen ich aus dem Wald gerettet hatte: Laurel, Corbet oder uns alle, oder ob ich am Ende nur mich gerettet hatte.

Laurels Blick wanderte wieder zum Fenster. »Aber ich möchte wissen, was aus ihm geworden ist. Hat man je etwas gehört?«

»Nein.«

»Er war so allein in diesem Haus ... Kein Wunder, dass er sich uns zuwandte. Ich glaube, deswegen hat er uns verlassen: Er konnte wirklich nicht in dieser alten Ruine mit all ihren Erinnerungen leben. Er ist gegangen, um ein anderes Leben als das von Nial Lynn zu suchen.«

Ich sah sie an, erstaunt über ihre Ruhe. »Bist du nicht zornig auf ihn, weil er dich verlassen hat?«

»Ich denke nicht an ihn«, sagte sie sanft. »Wo ich war, war ich allein und darüber denke ich nach, das muss ich verstehen. Manchmal frage ich mich, ob das, was ich tat, genauso viel mit unserer Mutter wie mit Corbet zu tun hatte. Ich sah ihr zu, wie sie starb. Als Corbet mich so plötzlich verließ, war es für mich vielleicht wie ein weiterer Tod. Auf eine merkwürdige Art habe ich um sie beide getrauert.«

Da wollte ich fragen, wusste aber nicht, wie ich die Frage umkreisen konnte, und hoffte, sie würde sie beantworten, ohne es zu merken. Schließlich fragte ich einfach. »Du hast nach Corbet Ausschau gehalten«, sagte ich und blickte auf einen ungleichmäßigen Stich. »Das hat mich zu der Frage geführt, nach wem unsere Mutter wohl Ausschau gehalten haben könnte. Wer aus ihrem Leben verschwand und nie mehr zurückkehrte.«

»Ja«, sagte sie und erstaunte mich wieder. »Der Gedanke ist mir in den letzten paar Tagen auch durch den Kopf gegangen. Für wen sie wohl eine solche Leidenschaft empfunden haben konnte, dass sie ihr eigenes Leben aufgab, als er sie verließ.«

»Wer?«, hauchte ich. »Weißt du es?«

Aber sie schüttelte nur den Kopf. »Wenn es jemanden gegeben hat, konnte sie ihn nicht sehr lange geliebt haben. Das ganze Dorf hätte alles erraten, was länger als eine halbe Jahreszeit andauerte. Wahrscheinlich hätte schon eine Woche genügt. Und unser Vater hätte es auch gewusst.«

»Er hat nie …«

»Nein. Du weißt, wie er im Hinblick auf sie ist. Es gibt nicht einen Schatten des Misstrauens in all seinen Erinnerungen.« Sie sah mich dann an, aus Augen, die im schwindenden Licht über den Feldern rauchig grau waren, nicht länger gequält, doch immer noch unvertraut in ihrer Ruhe. »Du hast das schon einmal angesprochen. Du sagtest, ich täte, was sie tat.«

»Nun ja, ich habe mich eben gewundert.«

Sie sah mir einen Augenblick länger in die Augen, erspähte etwas – vielleicht eine Kaskade von Dornenrosen, einen Lichtstreifen. Vielleicht war sie als Kind dort gewesen, vielleicht hatte sie gesehen …

Vielleicht hatte es überhaupt nichts zu sehen gegeben.

Eines Morgens sah ich Schneeglöckchen im Schnee und die gelben Knospen von Krokussen. Es schien nicht möglich, dass dieser harte Winter je enden konnte, aber der Krokus log nicht. Schnee trieb in der Luft, doch er schmolz, als er den Boden berührte. Während die Tage vorbeigingen, tauchten allmählich Flecken brauner Erde auf den Feldern auf. Ich beobachtete, wie der Winter zu Ende ging, als er in einer Eisscheibe vom Stalldach herunter rasselte und auf dem Boden in Stücke zerbrach. Eines Tages regnete es. Laurel, der ich ohne nachzudenken beim Waschen, Essen und Anziehen geholfen hatte, drückte mich an diesem Morgen schließlich lachend zur Seite. Sie war noch dünn, bewegte sich jetzt aber leicht und ihre Haut hatte die wächserne Blässe verloren, die sie auf ihrer Wanderschaft zwischen Geistern angenommen hatte. An diesem Nachmittag saßen wir zum ersten Mal draußen und sahen, wie Sonnenlicht durch die aufgeblähten Wolken rutschte und ein plötzliches Aufglitzern von Regentropfen um uns auf Ast und Eggenzinken und Stein entfachte. Ich konnte nicht genug davon sehen, dachte ich; ich konnte nicht genug Erde riechen und den Regen und den Geruch von Regen auf den langsam knospenden

Zweigen. Ich brauchte mehr Augen, eine zweite Nase. So beklagte ich mich bei Laurel und sie lachte wieder, ein Laut, der ebenso unwahrscheinlich schien wie der Klang der zurückkehrenden Vögel.

Dann legte sie ihren Arm eng um mich und küsste meine Wange. »Danke«, flüsterte sie, »dass du mich in diesem Winter nicht allein gelassen hast. Dass du bei mir geblieben bist.«

Ich schwieg, überrascht: Ich musste wohl menschlicher geworden sein. Meine Gedanken schweiften abrupt ab; ich holte sie ins Hier und Jetzt zurück, voller Angst vor dem geheimen und gefährlichen Wald drinnen, voller Angst vor der Frage, was Traum und was Wahrheit war und wie viel von beiden Liebe.

Da kam Perrin in den Hof geritten und spritzte Schlamm und Wasser auf. Er stieg neben der Veranda ab und reichte mir ein paar frühe Veilchen. Ich versenkte mein Gesicht in ihnen und atmete ein, spürte, wir ihr süßer Geruch in mein Blut drang. Laurel und Perrin sahen einander aufmerksam an auf der Suche nach Anzeichen neuen Lebens. Ich nahm einige wahr in Perrins ruhigen Augen, dem schwachen, ironischen Zug um seinen Mund. Die Sonne, oder vielleicht auch Perrin, hatte Farbe in Laurels Haut gebracht. Er lächelte leicht.

»Du siehst schön aus«, sagte er zu ihr. Er setzte sich auf die Treppe und warf einen erfahrenen Blick auf die Furchen unseres Vaters. Laurel nahm ein Stück Leinen auf, das sie für Beda mit Sonnenblumen bestickte. Perrins Augen waren in die Ferne gerichtet; plötzlich blickten wir alle dorthin, wohin er sah, über die Felder zu dem Waldflecken, der Lynn Hall verbarg.

»Was ist nur mit ihm geschehen?«, hauchte Perrin. »Was nur? Ich hatte erwartet, dass man im Tauwetter seinen Leichnam irgendwo an der Straße finden würde, aber er ist wie ein Geist verschwunden.« Sein Gesicht wandte sich schnell zu Laurel. »Es tut mir Leid.«

Sie schüttelte den Kopf, ihr Blick noch immer auf die Wolke und das strahlende Blau gerichtet, wo der Kaminrauch getrieben wäre. »Es ist in Ordnung. Ich frage mich das auch immer noch.« Sie zog ihre Nadel durch das Leinen und malte mit gelbem Faden ein Blütenblatt, während Perrin ihr zusah. Sie schien seine Gedanken zu hören, langsam sagte sie: »Ich frage mich, aber ich halte nicht nach ihm Ausschau. Wenn ich daran zurückdenke, an das, was zwischen uns geschah, erkenne ich mich selbst nicht mehr. Jetzt erinnere ich mich kaum an das, was war. Wenn überhaupt etwas geschah, so betraf das jemand anderen.« Sie begegnete seinem Blick. »So kommt es mir vor.«

Er nickte, lächelte jetzt nicht. »Vermisst du ihn?«

»Nein«, sagte sie sanft. »Nicht mehr, als ich das vermisse, was ich war in jener Zeit, als ich ihn vermisste.«

Eine Zeit lang kam Perrin sporadisch, wie die Sonne. Er sprach nicht viel, er blieb nicht lang. Und dann begannen die Blätter sich auf den Bäumen zu öffnen und er kam jeden Tag. Er ritt in den Hof, während ich der Sonne zusah, die hinter dem Wald aufflammte und dann langsam unterging. Der Frühling brachte vertraute menschliche Geräusche und die Vögel zurück. Unser Vater pfiff, wenn er vom Stall zum Haus lief, ich hörte, wie er und Perrin gemeinsam lachten, schlammig vom Pflügen, zu stark nach Dünger riechend, um ins Haus zu kommen.

Eines Abends hörte ich, als ich nach dem Abendessen hinaufging, Perrin wieder Flöte spielen.

Das trieb mir Tränen in die Augen, weckte Erinnerungen, die ich nicht wahrhaben wollte. Es machte mich plötzlich auch ruhelos, ungeduldig, ich wollte das nasse Gras unter meinen Füßen spüren, die wilden Erdbeeren schmecken. Ich wollte das kalte, süße Wasser aus der Quelle trinken und die neuen Blätter sehen, die die Rosenranken bedeckten. Ich saß auf der Treppe und lauschte und dachte an den Wald in der Nacht und wie das Mondlicht sich in den nassen silbrigen Astwindungen fing und zitternd in einem Blatt hing.

Das Spiel verstummte. Ich hörte Laurels sanfte Stimme, die ein wenig neckte, das Kichern unseres Vaters, Perrins gelassene Antwort. Leise ging ich hinauf und spürte, wie sich die neuen Blätter in mir öffneten und Licht ansammelten.

Am nächsten Morgen ritt ich mit den Winterstiefeln meines Vaters ins Dorf, um die undichten Stellen vom Schuster flicken zu lassen und vom Apotheker etwas Salbe für die Kühe zu besorgen. Während er die Salbe in ein Gefäß füllte, erzählte ich ihm von Laurel. Wie gewöhnlich drückte sein ungerührtes Gesicht sehr wenig aus; seine Augen aber sagten mir viel.

»Ich glaubte, sie würde sterben«, sagte er einfach. »In jener schrecklichen Winternacht. Ich konnte für sie keine Hoffnung erkennen.«

»Damals konnten wir das alle nicht.«

»Hat sie nie etwas von Corbet gehört?« Ich schüttelte den Kopf. »Dann hat er auch nicht wirklich ihre

Krankheit verursacht. Ich wüsste zu gern, was es war … Schrecklich, so etwas zu beobachten.«

»Ja.«

»Was hast du im Wald gefunden? Ich weiß, es ist noch früh, aber du warst höchstwahrscheinlich schon da draußen, bevor der Schnee geschmolzen war. Myrte blüht früh und Veilchen. Ich könnte beides gebrauchen.«

»Ich war noch nicht …« Ich räusperte mich. »Ich war noch nicht da draußen.«

Er verzog die Stirn; ich hatte ihn verblüfft. »Warst du krank, Rois?«

»Nein. Ich hatte einfach viel zu tun, mit Laurel …« Ich hielt inne, spürte seinen klaren, erfahrenen Blick. Ohne ihn zu erwidern, fragte ich: »Hat man Corbet je gefunden? Oder etwas Neues von ihm gehört?«

»Nein.« Er steckte einen Korken in die Gefäßöffnung und griff nach seinem Siegel. Während er Wachs schmolz, sagte er: »Corbet Lynn ist vom Dorfklatsch in die Dorfgeheimnisse übergegangen, zusammen mit dem Fremden an seinem Kamin und der Frage, wessen Baby es wirklich war, das an Ley Getts Tür in jenem Sommer zurückgelassen wurde …«

»Hat niemand nach dem Fremden gesucht?«

»Ich habe ihn auf Eis gelegt, weil ich darauf wartete, dass jemand Anspruch auf ihn erheben würde. Aber bei diesem Wetter kann ich ihn nicht viel länger dort lassen. Es wird Zeit, ihn zu begraben. Ich weiß nicht, was ich sonst noch mit ihm tun könnte.«

Ich dachte an Tearle, den aus zwei Welten Ausgestoßenen, gefangen in der einen sogar noch nach dem Tod und als Fremder in der anderen bald beerdigt. »Kann ich ihn sehen?«, bat ich, ohne nachzudenken:

Sein Gesicht war alles, was mir von Corbet blieb. Ich spürte Blanes Überraschung und hob meine Lider, um seinem plötzlich aufsteigenden Verdacht zu begegnen. Matt setzte ich hinzu: »Er tut mir Leid. Er starb so jung an einem Ort, wo ihn niemand kennt.«

»Rois …«

»Mehr kann ich Ihnen nicht sagen. Aber er kann nicht einfach so ins Grab gehen, ohne dass irgendjemand einen Gedanken für ihn übrig hätte. Er starb neben mir; ich mag zwar geschlafen haben, aber wenigstens war er nicht völlig allein. Wahrscheinlich könnte man sagen, dass ich von allen hier ihn am besten kannte.«

»Wahrscheinlich könnte man das so sagen.« Ich hörte noch mehr in Blanes gleichmäßiger Stimme, Fragen, die er in sein eigenes Grab mitnehmen müsste, weil ich sie niemals beantworten würde. Er drehte sich um; ich folgte ihm durch das hintere Zimmer und durch die Hintertür in die Sonne hinaus. Das steinerne Gefrierhaus, das groß genug für ein oder zwei Särge und fensterlos war und nur eine Tür hatte, sah wie jede andere Gruft aus. »Am besten bleibst du einen Augenblick draußen«, schlug Blane vor, als er die Tür entriegelte. »Er ist zwar von Eis und Stein umgeben, aber manchmal, wenn sich das Wetter ändert, geraten Dinge in …«

Lange blieb er bewegungslos, wortlos in der Tür stehen, lüftete, so dachte ich, während ich ein paar Vögel in nördlicher Richtung über Ley Gett fliegen sah, der in seinem Feld Furchen gen Süden zog. Dann blickte ich auf den Rücken des Apothekers. Er hatte sich immer noch nicht gerührt; er hätte in Stein verwandelt sein können.

»Was ist los?«

Er hörte mich nicht. Schließlich ging ich zur Tür und sah, was er in dem klaren Frühlingslicht sah.

Der Mann, der dort lag, hatte langes graues Haar und ein breites, gealtertes Gesicht, das alle Linien und Schatten dessen aufwies, der durch die Menschenzeit gereist war. Ich erkannte ihn; ein Schatten seiner Schönheit war noch in den anmutigen Wangen- und Kieferknochen zu sehen, in seinen Händen. Tränen der Verwunderung stachen mir in den Augen: Er war nicht länger verzaubert. Sie konnte ihn nicht halten oder sie wollte ihn nicht mehr; sie hatte ihn der Zeit überlassen.

Ich hatte nicht bemerkt, dass ich zu atmen aufgehört hatte, bis ich wieder tief einatmete. »Wenn Sie die Ältesten im Dorf fragen«, sagte ich erschüttert, »werden Sie Ihnen wahrscheinlich sagen, wer er ist.«

»Davon bin ich überzeugt.« Ich hatte Blanes Stimme noch nie so trocken gehört. »Und ich bin überzeugt, dass du es nicht sagen wirst.« Ich antwortete darauf nichts. Sanft schloss er die Tür, als wollte er den Toten nicht wecken. »Der Fremde, den wir in Lynn Hall fanden, starb eines natürlichen Todes und ich werde das bei den Knochen meines Vaters gegenüber jedem beschwören, der mich dazu befragt. Was immer Lynn Hall heimsuchte, hat seinen Preis gefordert. Genug ist genug. Ich werde ihn heute Abend in einem namenlosen Grab bestatten. Wenn er dann noch da ist.«

Ich hörte Nial Lynns Stimme aus der Vergangenheit: *Niemand wird je erfahren, wann du stirbst, und sogar dein Grabstein wird schweigen* ... Meine Haut prickelte. Sie hatten alle gestimmt, wie Corbet gesagt hatte, all die Flüche. Außer dass ich Tearle gekannt hatte, ich hatte gesehen ... Wenigstens hatte ich diesen Fluch verändert, Nial Lynn zum Trotz; mir würde der unbeschriebene Stein seines Sohnes seine Geschichte erzählen.

Zumindest ließ ich Tearle Lynn in Frieden zurück, aber ich konnte mich immer noch nicht entschließen, wieder in den Wald zu gehen. Er kam mir wie eine Schattenwelt vor und ich fürchtete mich dorthin zurückzukehren, sogar in meiner Erinnerung – nicht allein, nicht ohne Corbet. Und ich wusste nicht, ob ich ihn je wieder sehen würde, außerhalb des Traumes, in dem ich ihn zurückgelassen hatte. Vielleicht, dachte ich, war er immer nur dort gewesen. Das hatte mir mein Traum am Ende gesagt.

Und dann öffnete ich eines Morgens der sanften Luft mein Fenster und hörte den vertrauten Klang von Hämmern aus dem Wald.

Verblüfft starrte ich durch das sonnenbeleuchtete Grün. Ich dachte an Laurel und mein Hals zog sich zusammen. Ich wusste nicht, was ich tun sollte, wirbelte herum und stieß gegen Laurel, die auf der Suche nach mir hereinkam.

Sie hielt mich an den Schultern. »Es ist in Ordnung, Rois. Ich wusste, dass er zurück ist.«

»Wann ...? Wie ...?« Ich konnte nicht sprechen. Er war nicht gekommen, um mich aufzusuchen; ich würde diesen Fremden vielleicht nicht kennen, der nach Lynn Hall zurückgekehrt war. Alles hatte sich ereignet; vielleicht hatte sich nichts ereignet. Ein Mann, der sein Haus neu aufbaute, war im Winter fortgegangen und im Frühling zurückgekehrt.

»Er schickte mir einen Brief. Er bat Salish, ihn

unserem Vater zu geben. Der las ihn und gab ihn mir. Er …«

»Wann?«

»Vor ein paar Tagen. Er muss sich wieder Leute besorgt haben, die für ihn arbeiten. Salish sagte, dass all die wilden Geschichten über ihn in sich zusammengefallen sind und nur ein Fremder übrig blieb, der während eines Sturms krank wurde und nach Lynn Hall kam.« Sie hielt inne und die schwache, ängstliche Falte erschien auf ihrer Stirn. »Rois … du bist doch nicht noch …«

»Nein.« Ich schüttelte schnell den Kopf. »Nein.« Das kam mir wie eine Lüge vor, aber »Ja« ebenso. Ich wusste nicht, in welchem Traum ich ihn immer noch lieben mochte. »Ich bin nur erschrocken. Erzähl weiter.«

»Das war ich auch. Ich brauchte Zeit, um nachzudenken … deshalb habe ich dir nichts erzählt. Dann wurde mir bewusst, dass es nur noch wenig gab, worüber ich nachzudenken hatte.«

»Was hat er gesagt?«

»Dass er inmitten jenes Sturms unerwartet fortgehen musste. In dringenden Familienangelegenheiten. Und dann ist jemand gestorben. Er hatte keine Zeit eine Nachricht zu schicken. Später wurde ihm dann bewusst, dass er vielleicht nie mehr zurückkommen konnte, und es gab anscheinend keine Möglichkeit, mir das zu sagen. Das schrieb er. Ich bin nicht sicher, was er gemeint hat. Er konnte vor dem Winterende keinen Weg hierher zurückfinden. Er sagte, er hoffe, ich würde ihm eines Tages sein Schweigen und die Aufregungen vergeben, die er verursacht habe. Er sagte, er verstehe, dass das nicht leicht sei.«

»Hast du?«

»Was?«

»Ihm vergeben?«

Sie schwieg einen Moment; ich sah, wie ihr das Blut ins Gesicht stieg. Sie lächelte das tänzelnde, sonnenbeschienene Lächeln, mit dem sie Perrin zu necken pflegte, und ich umarmte sie plötzlich.

»Du wirst Perrin heiraten.«

»Er hat eine Möglichkeit gefunden, mir zu verzeihen.«

»Und Corbet?«

»Anscheinend habe ich keinen Raum für die Erinnerung, verletzt worden zu sein«, antwortete sie schlicht. »Er sagte, wenn ich ihn je als Freund betrachten wolle, solle ich ihm schreiben, aber ohne Erlaubnis komme er nicht her. Ich bin froh, dass du nicht böse auf mich bist, Rois.«

»Weswegen?«

»Weil ich nicht auf dich gehört habe. Weil ich dir und Perrin und unserem Vater so viel Kummer bereitet habe. Du hattest die ganze Zeit über Recht. Ich hätte auf den Frühling warten sollen.«

Ich wartete, sah zu, wie das Grün sich im Wald vertiefte, die triefnassen Felder sich in ordentliche, gerade Furchen verwandelten und mit der ersten schwachen Farbe überzogen wurden. Ich hatte Angst vor seiner Höflichkeit, seiner Gleichgültigkeit, das wusste ich, also wartete ich, bis ich es ertragen konnte, falls er mir nichts weiter zu geben hätte.

Eines Morgens ging ich, als Laurel zum ersten Mal wieder ins Dorf geritten, unser Vater auf den Feldern und niemand da war, um zu fragen, wohin ich ging. Ich brach forsch auf, hatte nur eine Sache im Sinn.

Aber als ich in den Wald ritt, zeigte er mir hundert Dinge, die meine Aufmerksamkeit einfingen: Hyazinthen und Waldanemonen, große rosa- und goldfarbene Himbeerblüten, Weißdorn, den spitzenartigen Hornstrauch, Frauenschuh, Purpurlilien. Er lockte mich hierhin und dorthin, er nannte meinen Namen mit kleinen weißen Blüten. Ich ritt an all seinen Ablenkungen vorbei, denn jeder Hammerschlag auf Lynn Hall trieb einen Namen tiefer in mein Herz und je näher ich kam, desto stärker schlug mein eigenes Herz. Erinnere dich hieran, sagte der Wald. Erinnere dich daran. Es schien dort nichts zu geben, was ich vergessen konnte, und keinen Frieden oder keine Gnade in der Erinnerung.

Er sah mich von den spitzen, rohen Balken aus, die sich auf seinem Dach erhoben. Crispin, der mit ihm arbeitete, hörte einen Augenblick auf, Nägel einzuschlagen, um mir zuzuwinken. Aber Corbet ließ seinen Hammer fallen und ging zur Leiter. Ich glitt von meiner Stute herunter, klammerte mich an sie, plötzlich voller Schrecken. Ich konnte nicht einem Mann in die Augen blicken und ihn fragen, ob er in irgendeiner Welt jemals in Efeu verwandelt worden war. Ob er zwischen seinen eigenen Geistern gelebt hatte. Ob er mich je geliebt oder ich das nur geträumt hatte. Ob er überhaupt jemals in meinen Augen wirklich gewesen war und wenn nicht, welcher höfliche Fremde dann den ganzen Winter meinen Namen gesagt hatte.

»Rois.«

Ich zwang mich ihn anzusehen. Er trug ein einfaches Arbeitshemd, das an den Ellbogen aufgekrempelt und am Hals offen war. Seine Augen schienen die Augen eines Fremden zu sein, voller Licht, das nun nichts versteckte: keinen schwachen Schatten von Unruhe, keine zögernde Unentschlossenheit, bevor er wieder sprach.

»Danke, dass Sie gekommen sind. Ich hoffte ... irgendwie ... dass Sie nicht zu ärgerlich auf mich sein würden.«

»Nein.« Die Worte blieben stecken. Ich musste mich räuspern, sie sorgfältig auswählen, um nur die Worte zu finden, die in diese Welt gehörten. Ich konnte meine Hände zittern spüren; ich wand die Zügel fest um meine Finger. »Laurel sagte mir, Sie hätten ihr geschrieben. Sie verschwanden so plötzlich. Wir dachten ... wir wussten nicht ...« Ich verstummte unter seinem unvertrauten Blick. »Wir haben alles Mögliche gedacht. Sogar, dass Sie vielleicht gestorben wären.«

»Es war grausam von mir«, sagte er einfach, »so fortzugehen.«

»Es schien grausam.« Ich befreite meine Hände, gelangte allmählich leichter in die Erinnerung, da ich wusste, dass wir beide uns wenigstens an das erinnerten. »Laurel sagte, Sie hätten dringende Familienangelegenheiten gehabt.«

Er nickte. »Ich wurde nach Hause gerufen. Und dann starb mein Vater.«

Ich blinzelte. Welten gingen kurz ineinander über, trennten sich. »Es tut mir Leid ...«

»Es kam ganz unerwartet. Aber ich war so lange in Familiengeschäfte verstrickt, dass ich fürchtete, es nicht mehr zu schaffen, hierher zu kommen.«

»Hatten Sie Angst?«

Da lächelte er ein wenig. »Der Winter hat mich nicht eingeschüchtert. Ich wollte zurückkommen.«

Er hielt inne, betrachtete mich einen Moment. »Sie sehen gut aus. Aber verändert. War der Winter schlimm?«

»Ja. Sehr.«

»Wie geht es Ihrem Vater? Und Laurel?«

»Es geht ihnen beiden gut.« Ich beobachtete seine Augen. »Laurel wird bald heiraten. Perrin.«

Außer Erleichterung nahm ich in seinen Augen wenig wahr. »Ich freue mich«, sagte er sanft; wie Laurels Erinnerungen hatten auch seine die Winterstürme nicht überlebt. »So sollte es sein. Ist sie glücklich?« Er las die Antwort von meinem Gesicht ab; die Spannung wich aus seinen Zügen. »Ich freue mich«, sagte er noch einmal.

Plötzlich gab es anscheinend nichts weiter zu sagen, nur Crispins Hammer sprach. Die Worte kehrten in Träume zurück; sie würden mit der Zeit verblassen, das wusste ich. Mit der Zeit. Ich bewegte mich verlegen hin und her, wusste nicht, wie ich mich verabschieden sollte, wusste nicht, ob es irgendeine Welt gegeben hatte, in der wir das nicht taten.

»Also ...«

»Ich weiß«, sagte er unvermittelt, »warum Sie so verändert wirken. Sie sind nicht barfuß durch meinen Wald gelaufen. Sie sind geritten und Sie tragen Schuhe.«

Überrascht sah ich auf sie hinunter. Ich merkte, dass er noch anderes an mir entdeckte, einen Ausdruck in meinen Augen vielleicht oder etwas an meiner Frisur. »Sie wirken auch verändert«, sagte ich. »Der Winter war für uns alle schlimm.«

»Ja.« Da atmete er tief die verführerische Luft ein und sein Gesicht war offen, als er sich umdrehte, um sein Haus zu betrachten. »Ich glaube, dieses Mal wird es anders sein«, sagte er, mehr zu sich selbst als zu mir. Ich fragte ihn nicht, was er meinte.

»Ich sollte gehen. Niemand weiß, wo ich bin.«

»Das hat Sie früher nie beunruhigt«, kommentierte er. Ich musste lächeln, weil er sich daran erinnerte. Sein erwiderndes Lächeln, kurz, aber warm, wirkte ebenfalls unvertraut. »Ich wollte Sie etwas fragen, Rois. Das heißt, wenn Sie einen Weg gefunden hätten, wieder mit mir zu sprechen.«

»Was?«, fragte ich vage, da ich wieder nur meinen Namen hörte, seine Stimme, die ihn sprach.

»Wegen meines Gartens. Oder was man dafür hält. Oh ... und noch etwas.« Er griff in seine Hemdtasche. »Bevor ich es vergesse. Ich habe das hier in meinem Haus gefunden. Ich frage mich, ob Sie wohl wissen, wem das gehört.«

Ich blickte auf seine Handfläche. Dann sah ich ihn an. Plötzlich schloss ich die Augen, spürte Licht wie Gold auf meinem Mund, sah Gold hinter meinen Augen. Alle Worte, die ich kannte, befreiten sich wieder, wurden zu Visionen, Träumen, ihrem wilden Wald, meinem Wald.

»Rois?« Er berührte mich leicht. Ich öffnete die Augen.

»Ja.« Ich wollte weinen, ich wollte lachen, als ich den Ring meiner Mutter von ihm nahm. »Ich weiß, wem er gehört.« Ich ließ ihn in meiner Rocktasche verschwinden; dieses Mal würde er sich nicht in Blätter verwandeln. Ich begegnete seinem Blick, füllte meine Augen mit ihm, suchte nach all den Kleinigkeiten, die ich geliebt hatte. Ich fand sie noch dort. Ich konnte die Hand nach ihnen ausstrecken oder nicht;

er konnte Ja sagen oder er konnte Nein sagen. Plötzlich lächelte er mich an, ohne zu verstehen, was er sah, aber davon angezogen. Freiheit, hätte ich ihm erklären können: ein neues Wort für uns beide.

»Was wollten Sie mich noch fragen? Wegen Ihres Gartens?«

»Oh. Die alten Rosenstämme. Einige leben noch, glaube ich. Aber sie sind so verwildert und mit Efeu überwuchert, dass ich nicht weiß, ob sie noch blühen. Ich dachte, dass Sie sie vielleicht einmal ansehen könnten.«

»Sie haben den Winter überlebt?«

»Sogar diesen Winter.«

Ich sah an ihm vorbei zum Garten, wo die buttermilchfarbene Stute friedlich auf einem Wiesenstück graste.

»Rois? Würden Sie das vielleicht tun?«

Hinter dem Garten hatten die jungen Blätter an den Bäumen den Wald in ein nebliges Grün getaucht. In dem Nebel lagen Schatten und überraschende Lichtstreifen, die Mysterien seiner Jahreszeiten, alt, vertraut, für immer unvorhersehbar.

»Vielleicht«, sagte ich. »Ja.«

SERIE PIPER

Alan Garner

Eulenzauber

Roman. Aus dem Englischen von Frederik Hetmann. 219 Seiten. SP 2587

Ein altes Landhaus in Wales wird zum Schauplatz seltsamer Ereignisse, als eine Legende aus dem Mittelalter plötzlich durch drei junge Menschen zu neuem Leben erweckt wird. Unheimliche Geräusche auf dem Dachboden, ein geheimnisvolles Gemälde im Billardzimmer, der Zwang, Eulen aus Papier auszuschneiden, vor allem aber ein grünes Blumenmuster auf einem alten Porzellanteller, das sich auf mysteriöse Weise in einen Eulenkopf verwandelt – es entsteht ein gefährlicher Sog, dem sich die junge, sensible Alison, ihr Bruder Roger und ihr Freund Gwyn nur schwer entziehen können. Langsam entschlüsseln sie das Rätsel um die machtvolle Geschichte von Gwydion, dem Zauberer, der vor langer Zeit für seinen Neffen eine Frau aus Blumen erschuf, Blumen, wie auf dem entdeckten Geschirr. »Eulenzauber«, ein Klassiker der modernen phantastischen Literatur, erzählt voller Poesie von der Zeitlosigkeit starker menschlicher Gefühle.

Der Strandläufer

Roman. Aus dem Englischen von Ingo Berensmeyer. 237 Seiten. SP 2586

Der junge William Buckley wächst auf in einem abgeschiedenen Tal in England, in dem die vorschristlichen Mythen noch lebendig sind. Doch das Zeitalter der Französischen Revolution bekämpft die alten Magien, William wird verhaftet und in Ketten nach Australien deportiert. Zu langjähriger Verbannung verurteilt, kann er unter dramatischen Umständen aus dem Straflager fliehen. Trotzig kämpft er in der Wildnis um sein Leben und schließt sich einem Aborigines-Stamm an, bei dem er aufgrund seiner seherischen Fähigkeiten hohes Ansehen genießt. Alan Garner erzählt die abenteuerliche und historisch verbürgte Geschichte des Helden wider Willen mit großer Poesie und bewegender Anteilnahme und verbindet überzeugend die archaischen Traum- und Tanzkulte der Aborigines mit den Mythen und Gebräuchen des heidnischen Europa.

Töchter der Göttin

Gabriele Beyerlein

Die Göttin im Stein

Roman, 462 Seiten, ISBN 3 522 71785 6

Seit die Dörfer des Alten Volkes von den Wolfskriegern überfallen wurden, regieren Angst und Schrecken im Land. Doch auch in einer von Männern beherrschten Gesellschaft beweisen die Frauen ihre Stärke.

Gabriele Beyerlein erzählt eine Geschichte vom Untergang einer friedlichen matriarchalischen Gesellschaft, eine Geschichte von Gewaltherrschaft und Unterdrückung – und doch zugleich eine Geschichte von der Kraft der Frauen.

Weitbrecht